데미안

데미안

헤르만 헤세 | 구기성 옮김

문예출판사

Demian

: Die Geschichte von Emil Sinclairs Jugend

Hermann Hesse

차례

- 본문의 주는 모두 옮긴이 주다.
- 인지명은 국립국어원의 외래어 표기법을 따르며 규범 표기 미확정인 경우는 원어 발음에 가깝게 표기했다.

서문

정말이지 나는 내 안에서 스스로 솟아 나오려 하는 것,
그것을 살아보려 했다.
왜 그것은 그다지도 어려웠던가?

내 이야기를 하려면 훨씬 이전의 시절에서부터 시작하지 않으면 안 된다. 가능하기만 하다면 한층 더 옛날로 내 유년 시절의 초기까지 그리고 그것을 넘어 내력의 아득한 곳까지 소급해야 할 것이다.

소설을 쓸 때 작가는 상습적으로 자기가 신이라도 된 것처럼 그리고 그 한 인간의 역사를 빈틈없이 넘겨다보고 파악할 수 있으며 신이 자신에게 이야기하는 것처럼 아무런 가림 없이 항상 있는 그대로를 묘사해낼 수 있는 체하는 법이다. 하지만 나는 그런 일을 할 수가 없다. 다른 작가들이 그렇게 할 수 없는 것과 매한가지로 나도

할 수 없다. 그러나 내 이야기는 그 어느 작가에게 자신의 이야기가 중요한 것보다 한층 더 내게는 중요하다. 왜냐하면 그것은 나 자신의 이야기이고, 또 한 인간의 이야기이기 때문이다. 가상적이고 존재할 가능성이 있고 또 이상적인 혹은 어떻든 존재하지 않는 인간의 것이 아니라, 즉 실재하는 단 한 번만의 그리고 살아 있는 인간의 이야기다. 실재의 살아 있는 인간, 그것이 무엇인가는 오늘날 확실히 옛날만큼은 알려져 있지 않다. 각자가 자연의 귀중한 단 한 번만의 시도인 인간들이 대량으로 총에 맞아 죽어가고 있는 형편임에랴. 우리가 단 한 번만의 인간 그 이상이 아니라면 그리고 우리들 각자가 정말로 한 발의 총알로 송두리째 이 세상에서 말살될 수 있다면, 이야기를 늘어놓는다는 것이 이미 아무런 의미가 없는 일이니라. 그러나 각자의 인간은 비단 자기 자신일 뿐만이 아니라 단 한 번만이고 아주 유별나며 어느 경우에나 중요하고 눈에 띄는 그러한 한 점이다. 그곳에서는 이 세계의 현상들이 서로 교착하지만 그것은 단지 한 번뿐이며 결코 다시 되풀이되는 법은 없다. 그러므로 각기 인간의 이야기는 중요하고 영원하고 신성하다. 그렇기 때문에 각각의 인간은 그가 어떻게 해서든지 살면서 자연의 의지를 충족시켜주고 있는 한 놀랍고 주의를 받을 만한 가치가 있다. 모든 인간의 내부에서 정신은 형상이 되고 그 내부에서 생물은 번민하고 그 내부에서 사람의 구세주가 십자가에 못 박힌다.

오늘날 인간이 무엇인지 아는 사람은 거의 없다. 많은 사람이 그걸 느끼기는 한다. 내가 이 이야기를 다 써버리면 더 쉽사리 죽어갈 것처럼 그들은 그걸 느끼기 때문에 더 마음 가볍게 죽어간다.

나는 식자(識者)라고 자처하려는 자는 아니다. 나는 구도자였으며 아직도 그러하다. 그러나 이미 나는 별이나 책에서 탐구하지는 않는다. 나의 내부에서 피가 속삭여주는 교훈에 귀를 기울이기 시작했다. 내 이야기는 유쾌하지 않다. 그것은 꾸며진 이야기 모양으로 감미롭고 조화롭지도 않다. 그것은 흡사 더는 스스로를 속이지 않으려 하는 모든 인간의 인생처럼 덧없음과 혼란 광상과 몽환의 맛이 나기 때문이다.

모든 인간의 인생은 자기 자신에게로 향하는 길이며 하나의 길을 향한 시도이며 오솔길의 암시다. 여태껏 송두리째 자기 자신이었다면 사람은 없었다. 그럼에도 각자는 그렇게 되기 위해 어떤 사람은 몽롱하게 어떤 사람은 명확하게 제각기 할 수 있는 대로 애를 쓴다. 각자는 탄생의 잔재(殘滓)와 원시 세계의 점액과 알껍데기를 죽을 때까지 지고 다닌다. 많은 사람이 한 번도 인간이 되어보지도 못한다. 여전히 개구리인 채로 도마뱀인 채로 개미인 채로 남아 있다. 많은 사람이 위는 인간이요, 아래는 물고기다. 그렇지만 모두 다 인간을 향한 자연의 투척이다. 우리 모두는 어머니라는 공통의 유래를 가지고 있다.

우리는 하나같이 똑같은 심연에서 유래했다. 그러나 우리 각자는 심연에서 시도하고 투척되어 자기 자신의 목표에 다다르려 노력하고 있다. 우리는 서로를 이해할 수 있다. 그러나 각자 자기 자신만 설명할 수 있을 뿐이다.

두 개의 세계

내가 열 살 무렵 라틴어 학교에 다니던 그 시절의 경험에서부터 내 이야기를 시작하려 한다.

말해놓고 보니 그 시절로부터 갖가지 향기들이 밀려오고, 비애와 유쾌한 전율이 내 안에 파문을 일으킨다. 어둡거나 밝은 골목들, 집들과 탑들, 시계 소리와 사람의 얼굴들, 안락함과 포근한 위안으로 가득 찬 방들, 비밀과 유령에 대한 공포로 가득 찬 방들. 따스하고 좁은 구석, 집토끼와 하녀, 가정용 상비약과 마른 과일 향기도 난다. 그곳에서는 두 개의 세계가 착잡히 교차했으며, 양극에서 낮이 오고 또 밤이 왔다.

그 하나의 세계는 우리 집이었다. 그러나 그 세계의 범위는 매우 좁아, 엄밀히 말한다면 단지 나의 부모님만을 포함하고 있을 뿐이었다. 그 세계는 대부분 내가 잘 알고 있었다. 그 세계는 어머니와 아버지라고 불렀고, 사랑과 엄격이라고도 불렀으며, 모범과 교훈이라고도 불렀다. 따사로운 광채, 명확함과 깨끗함이 이 세계의 것이었으며, 여기에는 온화하고도 다정스러운 대화, 말끔하게 닦은 손, 깨끗한 옷 그리고 바른 예절이 깃들어 있었다. 이곳에서는 아침 찬송을 불렀고 성탄절을 경축했다. 이 세계에는 미래로 이끌어주는 똑바른 선과 길이 있었다. 의무와 죄, 양심의 가책과 참회, 용서와 선의, 애정과 존경심, 성서의 말씀과 예지가 있었다. 우리의 미래가 명랑하고 청순하며, 아름답고도 정돈된 것이 되기 위해서는, 이 세계에 속하지 않으면 안 되었다.

그러나 어느덧 또 다른 세계가 우리 집 한복판에서 시작되었다. 그것은 아주 딴판이었고, 냄새도 다르고, 말투도 다르고, 약속도 요구도 달랐다. 이 두 번째 세계에는 하녀들과 직공들, 유령의 이야기와 추문이 있었다. 거기에는 도살장이나 감옥, 주정뱅이들과 욕지거리하는 여인네들, 새끼를 낳는 암소와 거꾸러진 말들, 가택 침입과 살인, 자살 이야기처럼 터무니없이 거추장스럽고 유혹적이며, 무서우면서도 수수께끼 같은 갖가지 일이 사태를 이루고 있었다.

골목길이나 이웃집 등 내 주위 곳곳에 이와 같은 온갖 아름답고도 몸서리쳐지며 야만적이고 잔인한 일들이 일어나고 있었다. 경찰들과 무뢰한들이 쫓고 쫓기며 내달리고, 주정꾼이 마누라를 때리고, 젊은 아가씨 무리가 밤이면 공장에서 쏟아져 나왔다. 노파가 사람을 홀려 병들게 할 수도 있었고, 숲속에는 도둑이 살았으며, 방화범이 경찰에게 붙잡혔다. 가는 곳마다 이런 요란한 두 번째 세계가 용솟음치고 분분히 냄새를 풍기고 있었다. 아버지와 어머니가 계시는 우리 방 안을 제외하고는 어디나 그러했다. 그런데 그것이 매우 좋긴 했다. 여기 우리 집에 평화와 질서와 휴식이, 의무와 양심과 용서와 애정이 깃들어 있다는 것은 멋있는 일이었다. 그리고 그 밖의 다른 모든 것이, 온갖 소란스러운 것과 번득이는 것, 암흑과 폭력 같은 것이 존재하지만, 한 번만 껑충 뛰면 그 모든 것에서 어머니의 품속으로 도망쳐 들어갈 수 있다는 것도 역시 멋있는 일이 아닐 수 없었다.

그런데 가장 기이한 일은 이 두 세계가 서로 인접해 있고, 아주 가까이에 공존해 있다는 사실이었다. 가령 우리 집 하녀 리나는 저녁에 기도를 드릴 때, 거실 문 곁에 앉아 말끔히 씻은 손을 깨끗이 다려진 앞치마 위에 올려놓고 명랑한 목소리로 노래를 부르는데, 그럴 때면 완전히 아버지와 어머니, 즉 우리들에게, 그러니까 밝은 것과 올바른 것에 속해 있었다. 그러나 부엌이나 헛간에서 나에게 머리가 없는 난쟁이 이야기를 해줄 때나, 또는 푸줏간이나 조그마한 가게에서 이웃집 아낙네와 언쟁을 할 때면 이내 딴사람이 되어 다른 세계에 속했고 비밀에 휩싸였다. 그런데 그것은 모두가 다 마찬가지였다. 그리고 나 자신이 가장 심했다. 내가 밝고 올바른 세계에 속해 있었던 것은 사실이었다. 나는 내 부모님의 자식이었다. 그러나 내가 눈과 귀를 돌리면 어디에나 다른 것이 존재했다. 그리고 간혹 그것이 내게는 낯설고 징그럽더라도, 또 그곳에서 양심의 가책과 불안감을 얻게 되더라도 나는 그 다른 것 속에서도 살았다. 나는 때때로 아주 기꺼이 그 금지된 세계에서 살기까지 했다. 그리고 때로 밝은 세계로 귀환하는 것은 설사 그것이 아무리 필요한 일이고 좋은 일이라 하더라도 대부분 덜 아름답고 더 권태롭고 황막한 것으로 귀환하는 것과 같았다.

인생의 목표가 나의 아버지나 어머니처럼 그렇게 명랑하고 순결하며 탁월하고 정돈되는 데 있다는 생각을 나 또한 갖고 있었다. 그러나 그곳에 이르기까지 길은 멀고, 그러기 위해서는 학교에 다니고 공부를 하고 이런저런 시험을 치러야 했다. 더욱이 그 길은 언제나 그 다른 어두운 세계의 곁으로 지나가거나 통과해갔으므로, 그 세계에 머물게 되거나 그 속에서 아주 잠겨들어버리는 것이 전혀 있을 수 없는 일은 아니었다. 그러한 일을 당한 탕아들에 관한 이야기가 있었는데, 나는 열심히 그런 이야기를 읽었다.

거기에서는 언제나 아버지와 선한 세계로 귀환하는 것이 매우 구체적이고 그럴듯했으므로, 그것만이 정당하고 착한 일이며 또 소원할 만한 가치가 있는 일이라고 나는 느꼈다. 그러나 그럼에도 악인들과 탕아들이 활약하는 대목이 훨씬 더 매력적이었다. 털어놓고 말해도 좋다면, 그 탕아가 참회하고 다시 건실해졌다는 사실이 때로는 아주 유감스럽기까지 했다. 그러나 그런 소리는 입 밖에 내지 않았거니와 또한 낼 생각도 하지 않았다. 단지 그것은 하나의 예감이나 가능성으로 감정의 아주 깊숙한 곳에 겨우 존재하고 있을 따름이었다. 내가 악마를 마음속에 그려볼 때면, 변장을 했든 공공연하게 나타났든 간에 거리나 술집이나 혹은 시장바닥에 있는 악마의 모습을 상상할 수 있었지만, 우리 집에 있다고는 결코 생각할 수가 없었다.

내 누이들도 마찬가지로 밝은 세계에 속해 있었다. 내가 때때로 생각했듯이, 그들은 천성적으로 아버지와 어머니에 훨씬 가까웠고 나보다는 한결 더 착하고 얌전했으며 결함도 적었다. 그들에게도 결점이나 악습이 있긴 했다. 그러나 그 정도가 그다지 심각하지는 않아서, 악과의 접촉으로 때로는 몹시 우울하고 괴로우며, 어두운 세계가 훨씬 가까웠던 나하고는 달랐다. 누이들은 부모님처럼 아낌을 받고 존중을 받아야 했다. 그리고 행여 누군가 누이들과 싸움을 했다면, 후에 자기의 양심에 비추어볼 때 언제나 나쁜 사람이고 용서를 빌어야 할 장본인은 그 누군가였다. 왜냐하면 누이들을 욕되게 하는 것은 부모님을, 곧 선과 계율을 모욕하는 것이기 때문이다.

그러나 나에게는 나의 누이들보다는 오히려 방종하기 그지없는 거리의 아이들과 나눌 수 있는 비밀이 있었다. 날씨가 청명하고 양심이 제대로일 때면, 누이들과 함께 착하고 얌전하게 지내면서, 훌륭하고 고귀한 광채에 싸여 있는 나 자신을 바라보는 일은 정말이지 유쾌한 일이었다. 천사라면 의당 그래야만 했다. 그것이야말로 우리가 알고 있는 최상의 것이었으며, 마치 성탄절이나 행복처럼 밝은 음향과 향기에 둘러싸여 천사가 된다는 것은 감미롭고 멋진 일이라고 생각했다. 아, 그러나 그러한 시간들은 얼마나 드물었던가! 종종 나는 착하고 허물없이 얌전한 놀이를 하다가도 누이들을 진저리나게 하고 결국에는 싸움과 불행으로 이끄는 열정과 성급함에 사로잡히는 일이 있었다. 그리하여 노여움이 북받칠 때면 나는 무섭게 달라져서 되는 대로 행동하고 지껄이면서, 이미 그 사악성을 마음 깊이 타는 듯이 느꼈다. 그러고 나면 뉘우침과 회한의 참담하고 침울한 시간이 온다. 그러고는 용서를 비는 괴로운 순간이 오고, 그다음에야 다시금 밝은 세계의 한줄기 빛이, 갈등 없는, 고요하고 고마운 행복이 몇 시간 혹은 몇 순간 찾아왔다.

나는 라틴어 학교에 다니고 있었다. 시장과 산림 감독의 아들이 같은 반이어서 때때로 내게 놀러 왔다. 난폭한 아이들이었지만 용납되는 선한 세계의 식구였다. 그럼에도 나는 이전에 우리가 멸시하던 초등학교 학생인 이웃에 사는 아이들과 친밀한 관계를 맺고 있었다. 그들 가운데 한 아이에 대해서부터 내 이야기를 시작해야겠다.

내가 막 열 살이 넘었을 때였다. 수업이 없는 어느 오후, 나는 이웃에 사는 두 아이와 빈들빈들 돌아다니고 있었다. 그때 우리보다 더 큰 아이 하나가 우리 쪽으로 왔다. 열세 살쯤 되는 힘 세고 거친 그 아이는 양복집 아들로 초등학교 학생이었다. 그의 아버지는 주정꾼이었고 다른 가족도 악평이 자자했다. 이 프란츠 크로머를 나는 잘 알고 있었고 그를 두려워했다. 그래서 그때 그와 마주치자 나는 불쾌했다. 그는 벌써 어른 같은 태도에 젊은 직공들의 걸음걸이와 말버릇을 흉내 내고 있었다. 그의 지휘하에 우리는 다리 옆으로 해서 강변으로 내려가서는 첫 번째 교각 아래 몸을 숨겼다. 활 모양으로 굽은 다리의 벽과 완만히 흐르고 있는 물 사이의 좁다란 강변에는 온통 쓰레기와 파편들, 고물들과 녹슨 철사 뭉치 그리고 그 밖의 잡동사니들이 널브러져 있었다. 그곳에서 이따금 쓸 만한 물건들을 발견하기도 했다.

우리는 프란츠 크로머가 시키는 대로 그 지대를 샅샅이 뒤져 우리가 찾아낸 것을 그에게 보여주어야 했다. 그러면 그는 그것을 주머니에 집어넣거나 또는 물속에 내팽개치거나 했다. 그는 납이나 놋쇠, 주석으로 만든 물건이 있는지 유의하라고 명령하고 그것을 모조리, 심지어는 낡아빠진 뿔로 된 빗까지도 제 주머니에 집어넣었다. 나는 그와 함께 있는 것이 몹시 마음에 걸렸다. 아버지가 이 일을 알면 이러한 교제를 당장 금하리라는 것을 알아서가 아니라, 프란츠에 대한 두려움 때문이었다. 하지만 그가 나를 다른 아이들과 마찬가지로 취급해주는 것은 기뻤다. 그는 명령하고 우리는 복종했다. 처음으로 그와 함께 있는 거였는데도 마치 오래된 관습처럼 여겨졌다.

마침내 우리는 땅바닥에 앉았다. 프란츠는 물속에 침을 뱉었고 마치 어른처럼 보였다. 그는 잇새로 침을 찍 하고 뱉었으며 원하는 곳에 명중시킬 수 있었다. 대화가 시작되었다. 그리고 아이들은 여러 가지, 학생의 영웅적 행위와 나쁜 행실을 자랑하고 위대한 일처럼 뽐내기 시작했다. 나는 잠자코 있었다. 그러나 바로 그 침묵이 눈에 띄어 크로머의 노여움을 살까 봐 나는 두려웠다. 내 두 친구는 처음부터 나에게서 등을 돌리고 그에게 붙어버렸다. 나는 그들 사이에서는 한낱 이방인이었으며, 내 옷차림과 태도가 그들에게 거슬린다는 것을 느낄 수 있었다. 라틴어 학교 학생이며 상류층 자식인 나를 프란츠가 좋아할 리 만무했다. 그리고 다른 두 아이들은 그가 나를 싫어하기가 무섭게 나를 등져버리리라는 것을 나는 잘 알고 있었다.

드디어 온통 불안에 사로잡혀 나도 역시 이야기를 하기 시작했다. 나는 굉장한 도둑질 이야기를 꾸며내고, 그 주인공을 나 자신으로 삼았다. 모퉁이 물방앗간 근처의 어느 과수원에서 어느 날 밤 한 명의 친구와 배낭 하나 가득 사과를 훔친 적이 있는데, 우리가 훔친 것은 흔한 종류의 사과가 아니라 모두 라이네트와 금빛 파르메네 같은 제일 좋은 품종뿐이었다고 이야기했다. 순간적인 위험을 모면하려고 이야기 속에서 도피처를 구한 것이다. 이야기는 술술 풀려 나왔다. 이야기가 이내 끝나버리면 행여나 난처한 입장에 엉켜들지나 않을까 염려가 되어 나는 온갖 기교를 다 발휘했다. 둘 중 하나는 다른 한 명이 나무에 올라가 사과를 던지는 동안 끊임없이 망을 봐야 했고, 또한 배낭이 너무나 무거워서 결국에는 다시 배낭을 열고 절반은 남겨둘 수밖에 없었지만, 그러나 반 시간 후에 다시 와서 그것들마저 모조리 가져갔다고 떠벌렸다.

이야기를 마치고 나는 약간의 박수를 기대했다. 이야기를 꾸며대는 데 도취되어 마지막에는 몸이 화끈 달아오를 지경이었다. 두 아이들은 망설이며 침묵을 지키고 있었다. 그러나 프란츠 크로머는 반쯤 지그시 내리감은 눈으로 나를 뚫어지게 바라봤다. 그러고는 위협적인 목소리로 물었다.

"그거 정말이냐?"

"정말이지."

나는 말했다.

"정말 그랬단 말이지?"

"그래, 정말 그랬단 말야."

마음속에서는 걱정이 되어 숨이 막힐 듯하면서도 나는 완강히 단언했다.

"너 맹세할 수 있겠어?"

나는 몹시 놀랐다. 그렇지만 곧 그렇다고 대답했다.

"그럼 말해. 하느님을 걸고!"

나는 말했다.

"하느님을 걸고!"

그러자 그는 "그럼 됐다"라고 말하고는 고개를 돌렸다.

나는 이것으로 되었구나 하고 생각했다. 그리고 그가 곧 일어나서 집으로 돌아가려 하자 기뻤다. 우리가 다리 위에 왔을 때 나는 주저하면서 이제 집에 가야 한다고 말했다.

"그렇게 서두를 필요 없잖아"라고 말하며 그는 웃었다.

"우린 같은 방향으로 가니까 말이야."

천천히 건들거리면서 그는 걸어갔다. 나는 감히 다른 길을 택할 수가 없었다. 그런데 정말로 그 아이는 우리 집으로 가는 길로 가고 있었다. 우리 집 앞에 다 와서 대문과 묵직한 놋쇠 손잡이, 창에 비쳐드는 햇빛과 어머니 방의 커튼이 보이자, 나는 비로소 후유 하고 한숨을 내쉬었다. 오, 마침내 집에 돌아왔구나! 오, 좋아라, 축복받은 집과 밝은 것, 평화로의 복귀!

내가 재빨리 문을 열고 안으로 들어가 문을 닫으려 하자 프란츠 크로머가 밀고 들어왔다. 마당 쪽에서만 빛이 들어오는, 차갑고 컴컴한 포석 깔린 복도에서 그는 내 곁에 서서 내 팔을 잡고 나지막이 말했다.

"야, 그렇게 서두를 거 없어!"

질겁을 하고 나는 그를 쳐다봤다. 그의 손은 무쇠와 같이 야무지게 내 팔을 잡고 있었다. 나는 그가 무엇을 생각하고 있는지, 그리고 혹시나 나를 괴롭히려는 것은 아닌지 곰곰이 생각해봤다. 지금 소리를 친다면, 큰 소리로 요란스럽게 떠들어댄다면, 나를 구원해주기 위해 위에서 틀림없이 누군가 급히 달려올지 아닐지 생각해봤다. 그러나 나는 이내 포기하고 말았다.

"왜 그래? 어쩌자는 거야?"

내가 물었다.

"별거 아냐, 그저 몇 마디만 더 물어보고 싶어서. 남들이 듣는 데서 할 필요는 없으니까 말이야."

"그래? 좋아, 그런데 내게 뭘 더 묻는다는 거지? 난 들어가야 하는데."

"넌 물론 알고 있겠지. 모퉁이 물방앗간 옆 과수원이 누구 건지."

프란츠가 나지막하게 말했다.

"아니, 난 몰라. 방앗간 주인 거겠지."

프란츠가 내 몸에 팔을 감고, 자기에게로 바싹 끌어당겨서 나는 그의 얼굴을 바로 코앞에서 들여다볼 수밖에 없었다. 두 눈은 악의에 차 있었다. 그는 흉악스럽게 미소를 짓고 있었다. 그의 얼굴은 잔인함과 억센 기운으로 충만해 있었다.

"그래, 이봐, 그 과수원이 누구 건지 말해줘야겠구나. 사과를 도둑맞았다는 건 벌써 오래전부터 알고 있었지. 그리고 그 주인이 과일을 훔친 놈이 누군지 알려주는 사람에겐 2마르크를 주겠다고 말한 것도 난 알고 있거든."

"하느님 맙소사!"

나는 소리쳤다.

"그렇지만 넌 아무 말도 안 할 거지?"

그의 양심에 호소한들 아무 소용이 없음을 나는 느꼈다. 그는 다른 세계에서 왔으며, 그에게 배반은 하등의 죄악이 아니었다. 나는 그것을 똑똑히 느꼈다. 이런 일에서 '다른' 세계에서 온 사람들은 우리와 같지 않은 법이다.

"아무 말도 않는다고?"

크로머는 깔깔대고 웃었다.

"이봐, 도대체 내가 화폐 위조범처럼 2마르크 은화를 만들어낼 수라도 있다는 말이냐? 난 가난뱅이란 말야. 너처럼 돈 많은 아버지도 없고. 그러니 2마르크를 벌 수만 있다면, 벌어야 한단 말야. 모르긴 몰라도 그 사람은 더 많이 줄걸."

그러고는 갑자기 나를 놓아주었다. 우리 집 현관은 이미 평화와 안전의 냄새를 풍기지 않았다. 세상은 내 주위에서 산산이 깨어졌다. 그는 나를 고발할 것이다. 나는 범죄자니까. 아버지에게도 말할 것이다. 아마 경찰까지 올지도 모른다. 온갖 혼돈의 공포감이 나를 위협하고, 온갖 흉칙스럽고 위험한 일들이 나에게 몰아닥쳤다. 내가 훔치지 않았다는 것은 이제 아무런 문제가 아니었다. 거기에다 나는 맹세까지 하지 않았던가? 세상에, 맙소사!

눈물이 핑 돌았다. 나는 대가를 치르고서라도 자유를 되찾아야겠다고 생각했다. 그래서 절망적으로 온 주머니를 뒤져봤다. 사과도, 주머니칼도, 전혀 아무것도 없었다. 순간 시계가 떠올랐다. 그것은 낡은 은시계였다. 가지는 않았지만 나는 '그저' 그것을 가지고 다녔다. 할머니가 물려주신 시계였다. 나는 재빨리 그것을 꺼냈다.

"크로머."

나는 말했다.

"들어봐. 밀고하진 말아줘. 그건 좋은 일이 못 될 거야. 네게 시계를 줄게. 자, 여기 있어. 미안하지만 이거밖엔 아무것도 없어. 이걸 가져. 은으로 된 고급 시계야. 한 가지 조그만 흠이 있기는 하지만 그건 수선하면 될 거야."

그는 미소를 짓더니 시계를 큼직한 손에 받아 들었다. 나는 그 손을 봤다. 그리고 그 손이 얼마나 포악한지, 또 얼마나 깊은 적개심을 내게 품고 있는지, 얼마나 내 생활과 평화를 휘어잡으려 하는지를 느꼈다.

"은으로 된 거야……."

나는 수줍은 듯이 말했다.

"흥, 이 따위 낡아빠진 은시계."

그는 깊은 멸시를 보이면서 말했다.

"너나 수선해서 쓰시지."

"하지만 프란츠."

나는 그가 달아나버리지나 않을까 불안에 떨면서 이렇게 외쳤다.

"잠깐 기다려줘! 제발 이 시계를 가져달라니까! 진짜 은으로 된 거야. 정말 진짜야. 이거밖엔 정말 아무것도 없는걸."

그는 멸시하듯이 쌀쌀맞은 눈빛으로 나를 쳐다봤다.

"그럼 내가 누구한테 가려는지 너도 아나보지. 그렇지 않으면 경찰에게 말할 수도 있어. 경찰을 난 잘 알고 있으니까."

그는 돌아서서 가려고 했다. 나는 그의 옷소매를 잡고 늘어졌다.

그렇게 되면 안 된다. 그가 이대로 가버린다면 장차 닥칠지 모를 온갖 일을 참느니보다는 차라리 죽어버리는 것이 훨씬 좋을 것만 같았다.

"프란츠."

흥분한 나머지 목이 쉰 소리로 나는 애원했다.

"어리석은 짓은 제발 말아줘! 그건 그저 농담이지, 그렇지?"

"아무렴, 농담이지. 근데 너한텐 비싼 대가를 치러야 될지도 모르는 일이지."

"프란츠, 어떻게 하면 좋을지 제발 말 좀 해줘! 정말 무슨 짓이라도 할게!"

그는 눈을 가느다랗게 뜨고 나를 물끄러미 쳐다보고는 다시 깔깔거리고 웃어댔다.

"어리석은 소리 작작 하란 말야!"

그는 너그러운 척하며 이렇게 말했다.

"너도 물론 나와 마찬가지로 잘 알고 있을 테지만, 나는 2마르크를 벌 수 있단 말야. 그것을 내버릴 수 있을 만큼 부자가 못 되거든. 그건 너도 알지? 하지만 넌 부자란 말야. 시계까지 갖고 있으니 말야. 넌 단돈 2마르크만 내게 주면 돼. 그럼 만사가 잘될 텐데."

나는 그 논리를 이해했다. 하지만 그놈의 2마르크를 어디서 구한단 말인가! 내게는 10마르크나 100마르크처럼 많은 금액이며, 도저히 구할 수 없었다. 나는 한 푼도 없었으니 말이다. 어머니 방에 저금통이 하나 있긴 했다. 그 속에는 아저씨가 방문하셨을 때나 또는 그와 비슷한 기회에 모은 10페니히와 5페니히짜리 동전들이 몇 개 들어 있었다. 그 밖에 나는 아무것도 없었다. 그때 나이로는 아직 용돈을 한 푼도 받을 수 없었다.

"한 푼도 없는걸."

나는 서글프게 말했다.

"하지만 다른 거라면 다 너한테 줄게. 난 아메리카 인디언의 책과 병정들, 컴퍼스가 하나 있어. 그걸 줄게."

크로머는 그저 뻰뻰스럽고 고약해 보이는 입을 삐죽거리고는 땅바닥에 침을 뱉었다.

"헛소리하지 마!"

놈은 명령조로 말했다.

"네 고물 찌꺼기는 너나 가지란 말야. 흥, 컴퍼스라! 이제 더는 약 올리지 마, 알겠니? 자, 돈을 내놓으란 말야!"

"하지만 한 푼도 없는 데다가 돈을 구할 수도 없으니, 정말 어떻게 할 도리가 없어!"

"내일까지 2마르크를 내게 가져와. 방과 후에 아래 시장에서 기다리고 있을 테니까. 그럼 끝나는 거야. 하지만 돈을 안 가져오면 톡톡히 맛을 보여줄 테다!"

"그래, 하지만 도대체 어디서 가져와야 한단 말야? 아무리 해도 돈을 구하지 못하면……."

"너희 집에는 돈이 많잖아. 그건 네 문제지. 그럼 내일 방과 후다.

다시 말해두지만 만약에 안 가져오면…….”

놈은 무서운 눈초리로 내 눈을 쏘아보고, 다시 한번 침을 뱉고는 그림자처럼 사라져버렸다.

나는 집으로 올라갈 수가 없었다. 내 생활은 산산조각이 났다. 달아나서 다시는 집에 돌아오지 말까, 또는 물에 빠져 죽어버릴까 하고 나는 생각해봤다. 그렇지만 그 생각이 분명한 형체를 가진 것은 아니었다. 나는 어둠 속에서 우리 집 계단의 맨 아래층에 주저앉아 몸을 웅크리고는 불행한 생각에 몸을 맡기고 있었다. 리나가 장작을 가지러 바구니를 들고 내려오다가 내가 그곳에서 울고 있는 것을 발견했다.

나는 그녀에게 아무 말도 말아달라고 당부하고 위층으로 올라갔다. 유리문 가까이에 있는 옷걸이에 아버지의 모자와 어머니의 양산이 걸려 있었다. 우리 집이라는 생각과 정다움이 이 모든 것에서 내게 물밀듯이 밀려들었다. 마치 출가한 자식이 옛날 고향 집 방의 정경과 냄새에 그러하듯 내 마음은 하소연하는 양, 감사하는 양, 그것들에 인사했다. 그러나 이 모든 것은 이제 이미 내 것이 아니었다. 이 모든 것은 아버지와 어머니의 밝은 세계였다. 나는 죄를 가득 짊어진 채로 낯선 물결 속에 깊숙이 잠겨들고, 모험과 죄에 휩쓸리고, 원수에게 위협을 받고 있었다. 위험과 불안과 치욕만이 나를 기다리고 있었다. 모자와 양산, 오래된 사석(砂石)의 고급 마룻바닥, 현관 장롱 위에 있는 커다란 그림, 거실에서 흘러나오는 누나의 목소리, 이 모든 것은 이제까지보다도 한결 사랑스럽고 한결 부드럽고 한결 감미로웠건만 이제는 아무런 위안이 될 수 없었으며, 안전한 내 소유물도 아니었다. 오로지 힐난일 뿐이었다. 이 모든 것은 이제 내 것이 아니었다. 나는 이것들의 쾌활함과 정적에 한몫 낄 수 없었다. 나는 매트에도 닦을 수 없는 오물을 양발에 묻히고, 우리 집의 세계가 전혀 아는 바 없는 그림자를 이끌고 왔다. 내가 이제까지 제아무리 많은 비밀과 근심을 지니고 있었다 해도, 오늘 내가 이곳에 가지고 온 것에 비한다면 모두 장난이며 웃음거리였다. 운명이 나를 추적해오고 나를 향해서 두 손을 뻗치고 있었다. 어머니조차도 그 손에서는 나를 지켜줄 수 없었고, 그것이 무엇인지 알 수조차 없었다. 지금은 내 죄가 도둑질이든, 또는 거짓말이든(하느님을 걸고 거짓 맹세를 하지 않았던가?) 매한가지였다. 내 죄는 이것도 저것도 아닌, 내가 악마에게 손을 내밀었다는 사실에 있었다. 왜 나는 함께 갔을까? 왜 나는 이제까지 아버지에게 그러했던 것보다 크로머에게 더 잘 복종했을까? 왜 나는 그 도둑질한 이야기를 꾸며냈을까? 왜 나는 죄를 영웅적 행위인 양 뽐냈을까? 이제, 악마가 내 손을 잡고, 원수가 내 뒤를 따르게 되었다.

잠시 동안 나는 내일에 대한 두려움이 아니라, 무엇보다도 내 길이 이제는 점점 더 내리막길로 내려가고 마침내는 어둠 속에 이끌리게 될 거라는 몸서리쳐지는 확신을 느꼈다. 나의 죄과에 새로운 죄과가 따르게 될 것이 틀림없고, 누이들 곁에 머무는 내 존재나 부모님께 하는 내 인사와 입맞춤도 거짓이며, 그들에게 숨겨야 할 운명과 비밀을 지니게 되었다는 것을 나는 역력히 느꼈다.

아버지의 모자를 봤을 때 순간적으로나마 마음속에 신뢰와 희망이 번쩍 비쳐들었다. 아버지에게 모든 것을 이야기하고 내 죄에 대한 판결과 벌을 달게 받으리라. 그리고 아버지를 내 죄의 증인이며 구원자로 삼으리라. 그것은 내가 때로 고백했던 것과 마찬가지의 참회에 불과하리라. 침울하고 쓰라린 시간, 용서를 비는 괴롭고 후회막급한 탄원에 불과하리라.

이런 생각이 얼마나 감미롭게 울려왔던가! 얼마나 아름답게 마음을 끌어주었던가! 그러나 아무 소용이 없었다. 내가 그렇게 하지 않으리라는 것을 나는 잘 알고 있었다. 지금 나는 비밀을 지니고 있으며, 나 혼자서 그리고 나 스스로 씹어 삼키지 않으면 안 되는 죄를 가지고 있음을 알고 있기 때문이었다. 아마도 지금 나는 기로에서 있는 것이리라. 이 시간부터 영원토록, 아, 영원토록 악의 세계에 속하고 악인들과 비밀을 나누며 그들에게 복종하고 그들과 똑같이 되지 않으면 안 되리라. 나는 어른이나 영웅인 체했다. 이제 나는 거기서 빚어진 결과를 견뎌야만 했다.

내가 방에 들어갔을 때, 아버지께서 내 구두가 젖어 있는 것에 대해서만 꾸중을 하신 것은 나에게는 다행이었다. 이것이 아버지의 주의를 돌렸기 때문에 나쁜 일을 눈치채지 못하셨다. 나는 남몰래 다른 일에 그 일을 결부시켜 아버지의 핀잔을 감수할 수가 있었다. 그때 이상스럽게도 새로운 감정이 내 마음에 퍼뜩 떠올랐다. 그것은 반항 의식에 가득 찬 고약스럽고도 예리한 감정이었다. 내가 아버지보다 우월하다고 느꼈던 것이다! 잠시 동안 나는 아버지가 아무것도 눈치채지 못한 데 일종의 멸시감을 느꼈다. 젖은 구두에 대한 잔소리는 하찮은 일이라고 생각했다.

'아버지가 아신다면!'

이렇게 생각하니, 나 자신이 마치 살인을 고백해야 될 판에 한 조각의 빵을 훔친 것만 심문받는 범인 같았다. 그 감정은 추악하고 적대적이었다. 그렇지만 또 강력했고 깊은 매력이 있었으며, 온갖 다른 생각보다도 훨씬 더 강하게 나를 나의 비밀과 죄에 결박시켜 주었다. 아마도 지금쯤은 크로머가 벌써 경찰에게 가서 나를 밀고 했는지도 모른다. 그리고 다들 나를 조그마한 아이로 보고 있지만 그동안 폭풍우는 내 머리 위로 몰려오고 있는지도 모른다고 생각했다.

지금까지 이야기한 나의 모든 체험 가운데 이 순간이 가장 중요하고 길이 남을 순간이었다. 이것은 아버지의 신성성에 대한 최초의 균열이었다. 그리고 이것은 내 유년 시절을 받치고 있는, 누구나 자기 자신이 되기 위해서는 넘어뜨려버리지 않을 수 없는 기둥에 새겨진 최초의 칼자국이었다. 아무도 보지 못하는 이 체험에서 우리 운명의 내면적이고 본질적인 선(線)이 이루어진다. 그러한 칼자국과 균열은 다시 아문다. 다시 붙고 잊혀지지만 아무도 모르는 마음속의 밀실에 살면서 여전히 피를 흘린다.

나는 이 새로운 감정에 곧 몸서리를 쳤다. 당장에라도 사죄하기 위해 아버지의 발에 입을 맞추고 싶었다. 그러나 본질적인 것은 사과해서 되는 것이 아니다. 그것은 아이들도 모든 현사와 마찬가지로 충분히 그리고 깊이 느끼고 또 알고 있는 법이다.

나는 내 문제를 돌이켜보고 내일을 위한 방책을 고려할 필요를 느꼈다. 그러나 그럴 수가 없었다. 나는 저녁 내내 우리 집 거실의 변화된 공기에 익숙해지려 노력하지 않으면 안 되었기 때문이다. 벽시계와 탁자, 성서와 거울, 책꽂이대와 벽에 걸린 그림, 이런 것들이 마치 나에게 이별이라도 고하는 것 같았다. 나는 심장이 얼어붙는 듯한 마음으로 나의 세계가, 나의 선량하고 행복한 인생이 과거지사가 되고 나에게서 떨어져가는 것을 방관하고 있을 수밖에 없었다. 그리고 흡인력이 강한 새로운 뿌리로 어둡고 낯선 외계에 내가 닻을 내리고 고착되어 있다고 느낄 수밖에 없었다.

처음으로 나는 죽음을 맛봤다. 죽음은 너무나도 쓰디썼다. 왜냐하면 그것은 탄생이며 무서운 변혁에 대한 불안이며 공포이기 때문이었다.

마침내 잠자리에 들게 되자 나는 기뻤다! 그보다 앞서 행한 저녁기도가 죄 사함의 불길처럼 내 위를 지나갔다. 거기에다 내가 가장 좋아하는 찬송가를 우리는 불렀다. 아! 그렇지만 나는 함께 부르지 않았다. 음조 하나하나가 나에게는 담즙이며 독액이었다. 아버지가 축복을 말씀하실 때에도 나는 함께 기도를 올리지 않았다. 그리고 "우리 모두와 함께 계시옵소서" 하고 끝을 맺으셨을 때는 경련이 나를 이 가족적인 단란함에서 갈라놓았다. 신의 자비는 가족들 모두와는 더불어 있었으나, 이미 나와는 더불어 있지 않았다. 피곤에 지쳐 떨며 나는 그 자리를 떴다.

잠자리에 드러누워 있는 동안에도, 온기와 안도감이 나를 다정하게 감싸주고 있는 동안에도 내 마음은 다시 한번 불안 속으로 되돌아가서 서성거리고, 지나가버린 사건의 주위에서 두려워 떨며 파닥거렸다. 어머니께서는 여느 때나 다름없이 "잘 자거라" 하고 말씀하셨다. 어머니의 발자국 소리가 방 안에 아직도 여운으로 남아 있고, 어머니가 드신 촛불의 빛은 아직도 문틈으로 비쳐 들어오고 있었다. 이제, 하고 나는 생각했다. 이제 어머니가 다시 한번 되돌아오시리라고. 어머니는 그것을 느끼셨을 것이다. 그리하여 나에게 입을 맞추어주시고 다정하게 희망을 불어넣어주시는 말투로 물으시리라. 그러면 나는 울 수 있을 것이고 마침내 목구멍에 걸려 있던 돌덩어리가 녹아 없어질 것이고, 그러고 나서는 어머니에게 매달려 그 이야기를 하리라. 그러고 나면 모든 것은 다 해결이 되고 구원이 오리라! 문틈이 어느새 깜깜해진 다음에도 나는 잠시 동안 더 귀를 기울이고, 그렇게 되어야 한다, 그렇게 되어야 한다고 생각하고 있었다.

그러고 나서 나는 다시 그 일로 되돌아와서, 원수의 눈을 들여다봤다. 놈이 똑똑히 보였다. 한쪽 눈을 가느다랗게 뜨고 입은 야비하게 웃고 있었다. 내가 그를 쳐다보며 피할 길 없는 일을 마음속에 되새기고 있는 동안에 그는 더욱더 커지고 흉측해졌다. 그리고 그의 악의에 잔 눈은 악마처럼 번득였다. 내가 잠들 때까지도 그는 아주 내 가까이에 있었으나, 그와 그날의 일이 꿈에 나타나지는 않았다. 부모님과 누이들과 내가 보트를 타는 꿈을 꾸었다. 휴일의 평화와 밝은 햇살만이 우리를 에워싸고 있었다. 한밤중에 나는 잠에서 깨었다. 나는 아직도 행복의 뒷맛을 느끼며 햇빛 속에서 빛나는 누이들의 뽀얀 여름옷을 봤다. 그러나 잠시 후 낙원에서 지나간 현실로 일시에 되돌아와 사악한 눈을 가진 원수를 다시금 마주 보고 서게 되었다.

아침에 어머니가 급히 오셔서 벌써 시간이 늦었는데 왜 아직도 자리에 누워 있느냐고 소리쳤을 때, 나의 안색은 나빴다. 그리고 어머니가 어디가 아프냐고 물으시자 나는 그만 토하고 말았다.

그러고 나니 좀 나아지는 것 같았다. 가볍게 병을 앓을 때면 아침에 오랫동안 캐머마일차를 마시면서 누워 있을 수 있었다. 옆방에서 어머니가 방을 치우시는 소리와, 또 리나가 바깥 현관에서 고기 장사를 상대하는 소리를 듣고 있는 것을 나는 무척 좋아했다. 학교에 가지 않는 오전은 어쩐지 매혹적이고 동화의 세계에 들어온 것 같았다. 그때의 햇살은 희롱하듯 방 안에 비쳐드는데, 학교에서 녹색 차양을 내려뜨려 막곤 하는 그 햇살이 아니었다. 그러나 오늘은 그조차도 특별한 맛이 느껴지지 않았고 거짓된 음향을 지니고 있었다.

그래, 내가 죽어버린다면! 그렇지만 나는 이제까지 그랬듯이 조금밖에 아프지 않았으므로 이걸로는 아무 일도 되지 않았다. 학교에 가는 것에서는 나를 보호해주었지만 11시에 시장에서 나를 기다리고 있을 크로머에게서는 보호해줄 수 없었다. 그리고 어머니의 친절도 이번에는 위안이 되지 않았으며 귀찮고 고통스러웠다. 나는 곧 잠자는 척하고 곰곰이 생각해봤다. 이 모든 것은 아무 소용이 없고 나는 11시에 시장에 가지 않으면 안 되었다. 그래서 나는 10시에 슬그머니 일어나서 다시 나아졌다고 말했다. 그런 경우, 언제나 다시 자리에 눕든지 그렇지 않으면 오후에 학교에 가든지 하라는 지시를 받는다. 나는 학교에 가고 싶다고 말했다. 한 가지 계획을 세웠던 것이다.

돈 없이 크로머한테 갈 수는 없었다. 나는 내 조그마한 저금통을 가져가야만 했다. 물론 그 속에 돈이 충분할 만큼 들어 있지 않다는 걸 잘 알고 있었지만 그래도 얼마 정도는 될 것이었다. 한 푼도 없는 것보다는 다소나마 나을 것이며, 크로머를 최소한도로 달래놓지 않으면 안 되리라는 것을 육감이 나에게 말해주었다.

양말 바람으로 살금살금 어머니 방에 몰래 들어가 어머니의 책상에서 내 저금통을 끄집어내왔을 때 나는 불쾌했다. 그러나 어제 일만큼 그렇게 불쾌하지는 않았다. 가슴이 뛰어 숨이 막힐 지경이었다. 그리고 아래층에 내려와서 저금통이 잠겨 있음을 알았을 때도 마찬가지였다.

저금통을 부수어 열기는 아주 쉬웠다. 얇은 양철을 찢어버리는 것만으로 충분했다. 그러나 찢는다는 것이 마음 아팠다. 이제 나는 처음으로 도둑질을 하는 것이기 때문이다. 그때까지는 설탕 조각이나 과일을 몰래 꺼내 먹은 일밖에 없었다. 그런데 설사 내 돈이라고 할망정 나는 지금 도둑질을 했다. 나는 또다시 한 걸음 크로머와 그의 세계에 더 가까이 다가섰고 자꾸만 멋지게 타락의 길을 내려가고 있음을 느꼈다. 저항도 해봤지만 악마가 나를 잡아간다 하더라도 이제는 되돌아갈 길이라곤 없었다. 나는 불안에 떨면서 그 돈을 헤아려봤다. 통은 제법 가득 들어 있는 것처럼 쩔렁거렸으나 막상 꺼내 보니 형편없는 액수였다. 65페니히가 있었다. 나는 그 통을 아래층 복도에 감추고 돈을 손에 움켜쥐고는 집 밖으로 나왔다. 이제까지 이 문을 통과해서 나왔을 때와는 다르게 말이다. 위층에서 누가 나를 부르고 있는 것 같았다. 나는 재빨리 도망쳐 나왔다.

아직도 시간 여유가 많이 있었다. 나는 달라진 도시의 골목을 통과해서 한 번도 본 적이 없는 구름 아래를, 나를 바라보는 집들 곁을 지나 나에게 혐의를 두고 있는 듯한 사람들 옆을 빙빙 돌아서 빠져나갔다. 언젠가 학교 친구가 가축 시장에서 1탈러*를 주웠다는 이야기가 도중에 떠올랐다. 신이 기적을 내리시어 나 또한 그러한 발견을 할 수 있게 해달라고 빌고 싶었다. 그러나 이미 나에게는 기도드릴 권리조차도 없었다. 그렇다고 해서 그 저금통이 다시 온전하게 될 리가 없었으니까.

프란츠 크로머는 멀리에서 나를 봤다. 그러나 아주 천천히 나에게로 걸어와서 나를 안중에 두고 있는 것처럼 보이지는 않았다. 나에게 가까이 오자 그는 명령하듯 따라오라는 눈짓을 하고는 단 한 번도 돌아다보지 않고, 슈트로 골목으로 천천히 걸어내려가서 조그마한 다리를 건너갔다. 그러고는 주택가 끝에 서 있는 신축 중인 건물 앞에 멈춰 섰다. 일하는 사람은 없었다. 벽은 문이나 창도 없이 몸뚱어리를 드러내 보이고 있었다. 크로머가 사방을 둘러보고 문으로 들어가자 나는 뒤를 따랐다. 그는 벽 뒤로 돌아가서 내게 오라고 신호하고는 손을 내밀었다.

"갖고 왔지?"

냉담하게 그는 말했다.

나는 움켜쥐고 있던 손을 주머니에서 꺼내어, 그 돈을 그의 납작하게 펼친 손바닥 위에 떨어뜨렸다. 그는 마지막 5페니히가 땡그랑

---

* 약 3마르크에 해당하는 은화다.

하고 떨어지는 소리가 미처 사라지기도 전에 벌써 그것을 다 헤아렸다.

"65페니히로구나."

이렇게 말하고 그는 나를 쳐다봤다.

"그래."

나는 부끄러운 듯이 말했다.

"이게 내가 가지고 있는 전부야. 너무 적다는 건 나도 알아. 하지만 이게 다야. 난 이제 한 푼도 없어."

"네가 좀 더 약은 놈이라고 생각했는데."

그는 거의 온화한 힐책의 말투로 나를 꾸짖었다.

"신사들 사이에는 질서가 있어야 되는 법이야. 네게서 정당치 않은 건 조금도 받고 싶지 않아. 그건 너도 알겠지. 자, 이런 니켈 돈 따위는 집어넣으란 말야! 그 사람은, 누군지 너도 알겠지만, 돈을 깎으려고는 않을 거야. 돈은 그 사람이 치러줄 테니까."

"하지만 난 더는, 더는 갖고 있지 않은걸! 이건 내가 저금했던 돈이야."

"내가 알게 뭐야. 그렇지만 너를 불행하게 하고 싶지는 않다. 넌 아직도 내게 1마르크 35페니히의 빚이 있어. 내가 언제 그걸 받을 수 있지?"

"오, 크로머, 틀림없이 받도록 해줄게! 지금은 모르겠지만 아마 내일이든지 모레든지 간에, 곧 더 구할 수 있을 거야. 아버지한테는 말할 수 없다는 것쯤은 너도 물론 이해해주겠지?"

"그건 나하고는 상관이 없는 일이야. 너를 해치려는 건 아니야.

다만 그 돈을 오전 중에 받을 수 있었으면 하는 거야. 나는 가난하단 말이야. 넌 좋은 옷을 입고, 그리고 점심에는 나보다 훨씬 맛있는 것을 먹을 거야. 하지만 아무 말도 않겠어. 좀 더 기다려주지. 모레 오후 너에게 휘파람을 불겠어. 그땐 확실히 가져와. 내 휘파람 소리 알지?"

그는 휘파람을 불어 보였다. 나도 종종 들은 적이 있었다.

"그래. 알고 있어."

나는 말했다.

그는 나와 아무 상관이 없다는 듯이 가버렸다. 우리 사이에는 흥정이 있었고, 그 이상의 아무것도 없었다.

지금이라도 크로머의 휘파람 소리를 갑자기 다시 듣는다면 나는 깜짝 놀랄 것이다. 그때부터 나는 자주 그 소리를 듣게 되었다. 그 소리가 나에게는 언제나 쉴 새 없이 들려오는 것 같았다. 장소의 구분 없이 놀고 있을 때나 공부할 때나 사색할 때나 간에, 나를 예속시키고 이제는 나의 운명이 되어버린 그놈의 휘파람이 쫓아오지 않는 경우라곤 없었다. 때로 나는 단풍이 온화하게 물든 가을의 오후 같은 때, 내가 몹시 사랑하던 조그만 우리 집 화원에 나와 있곤 했다. 그럴 때면 야릇한 충동이 일어 지난 시절의 어린이 놀이를 다시 하고 싶다는 생각이 들었다. 말하자면 나보다 어리고, 더 선량하고 자유로우며, 허물없고 의젓한 아이의 놀이를 한 것이다. 그러나 그러는 동안에도, 언제나 예상하고 있긴 했지만, 어디선가 크로머의 휘파람 소리가 울려와서는 무섭게 내 마음을 쥐어 흔들고 깜짝 놀라게 하였으며, 생각의 실마리를 산산이 끊어버리고 공상을 방해했다. 그럴 때면 나는 그 소리를 따라가지 않으면 안 되어 마침내 고약스럽고 끔찍한 곳으로 고문자를 따라가서는, 그에게 변명을 늘어놓고 또 돈에 대한 독촉을 받아야 했다. 이런 일이 몇 주간은 계속되었으리라. 그러나 내게는 수년, 아니 영겁인 양 생각이 들었다. 이따금 나는 5페니히나 1그로센짜리를 가져갔다. 리나가 시장 바구니를 조리대에 두었을 때 그곳에서 훔쳐내온 돈이었다. 그럴 때마다 매번 크로머한테 욕을 먹었으며 멸시에 찬 비난을 받았다. 그를 속이고 그의 정당한 권리를 침해하려고 하는 것은 나였으며, 그에게서 뭔가를 훔친 것도 나였고, 그를 불행하게 한 것도 나라는 것이었다! 내 평생에 그렇듯 가슴을 짓누르는 고난을 당해본 적은 드물었다. 그 이상으로 더 큰 절망과 더 큰 굴종을 느껴본 적은 정말이지 전혀 없었다.

저금통에는 장난감 돈을 채워서 다시 제자리에 갖다놓았다. 아무도 거기에 대해서 묻는 사람은 없었지만, 언제 어느 날 그 일이 내게 임습해올지 모르는 일이었다. 어머니께서 가만가만 내려오실 때면 크로머의 거친 휘파람보다 때로는 어머니가 더 두려워 떨었다.

빈번히 내가 돈 없이 나의 악마한테 나타나자 놈은 다른 방식으로 나를 괴롭히고 이용하기 시작했다. 나는 놈을 위해서 일해야만 했다. 그는 자기 아버지 심부름을 해야 했는데, 내가 그 일을 대신해야 했다. 혹은 어떠한 어려운 일, 이를테면 10분 동안 한쪽 다리로 토끼뜀을 뛰게 한다든가, 또는 길 가는 사람의 윗도리에 종이쪽지를 붙이는 따위의 일을 시켰다. 여러 날 밤 나는 꿈속에서도 이 괴로움을 계속 맛봤으며, 악몽에 시달리며 식은땀을 흘렸다. 얼마 동안을 나는 앓았다. 자주 구토를 하고 가벼운 오한을 느꼈다. 그리고 밤이면 식은땀을 흘리고 열에 들떠 누워 있었다. 어머니는 아무래도 무슨 일이 있다고 느끼시고, 나를 걱정해주셨다. 그러나 어머니의 마음에 신뢰로 보답할 수가 없어서 괴로웠다.

어느 땐가 저녁에 내가 일찍 자리에 누워 있는데, 어머니가 초콜릿 한 개를 갖다주셨다. 그것은 내가 아주 어렸을 때의 습관이었다. 내가 밤에 얌전하게 있으면 어머니는 내가 편히 잠들도록 가끔 이러한 위안거리를 주셨다. 그때와 마찬가지로 지금도 어머니는 거기 서서, 내게 초콜릿 하나를 내밀었다. 나는 너무나 슬퍼서 그저 머리를 절레절레 저을 따름이었다. 어머니는 어디가 아프냐고 물으시며 내 머리카락을 쓰다듬어주셨다. 나는 다만 이렇게 소리칠 수밖에 없었다.

"싫어, 싫어! 아무것도 먹기 싫어!"

그러자 어머니는 초콜릿을 침대 옆 탁자 위에 놓고 나가셨다. 나중에 어머니께서 그 일을 캐보려고 하셨지만, 나는 아무것도 모르는 척했다. 어느 날 어머니께서는 의사를 데려오셨다. 그는 나를 진찰하고 아침에 냉수욕을 하도록 권했다.

그 시절의 내 상태는 정신 착란의 일종이었을 것이다. 우리 집의 정돈된 평화의 한복판에서 나는 두려워 떨고 가책을 받으면서 유령처럼 살아왔다. 다른 사람들의 생활에 한몫 끼지도 못했으며, 한 시간도 자신을 잊고 지내지도 못했다. 때로 성을 내시며 나에게 캐물으시는 아버지에게도 나는 마음을 닫아버리고 냉담했다.

카인

고민에서 나를 깨워준 구원은 전혀 예기치 않은 쪽에서 왔다. 동시에 지금까지도 나에게 영향을 미치고 있는 새로운 무엇인가가 내 인생에 들어왔다.

우리 라틴어 학교에 그 무렵 전학생이 한 명 들어왔다.

그는 우리 도시에 이사 온 어느 부유한 미망인의 아들이었는데 옷소매에 상장을 두르고 있었다. 그는 나보다 한 해 윗반에 다녔고 나이도 몇 살 더 많았다. 그러나 모든 사람과 마찬가지로 머지않아 나 또한 그를 주목하게 되었다. 이 묘한 학생은 외양보다 훨씬 더 나이가 들어 보였으며 누구에게도 소년의 인상을 주지 않았다. 우리 어린 소년들 사이에서 그는 어른처럼 혹은 신사처럼 색다르고 능숙하게 행동했는데, 호감을 사지는 못했다. 그는 놀이에 끼지도 않았고, 더욱이 싸움에는 일체 가담하지 않았다. 다만 선생님에게

맞서는 그의 늠름하고 단호한 음성만은 다른 아이들의 마음을 끌었다. 그의 이름은 막스 데미안이었다.

우리 학교에서는 때때로 있는 일로, 어느 날 우연히 무슨 이유인지는 모르나 매우 큼직한 우리 교실에 한 학급이 더 들어오게 되었다. 그것은 데미안의 반이었다. 우리 하급생은 성서 이야기를 들었고 상급생들은 작문을 지어야 했다. 우리가 카인과 아벨의 이야기를 주입받고 있는 동안 나는 자주 데미안을 넘겨다봤다. 그의 얼굴은 특이하게 나를 매혹시켰으며, 나는 이 영리하고 밝고 비범하게 긴장된 얼굴이 주의 깊게 그리고 총명스럽게 자기의 공부에 몰두하고 있는 것을 봤다. 그는 과제를 하는 학생 같지 않고 독자적인 문제를 추구하는 연구자처럼 보였다. 엄밀히 말해서 그는 내게 호감을 주지는 못했다. 오히려 나는 그에게 어떤 반항심과도 같은 것을 느꼈다. 그는 나에 비해 너무나도 초연했고 침착했다. 그의 태도는 지나치게 도전적일 정도로 자신만만했고, 그의 두 눈은 어른의 표정(아이들은 결코 그런 것을 좋아하지 않는다)을 지니고 있었으며 다소 슬픈 듯하면서도 냉소의 빛을 그 안에 지니고 있었다. 그럼에도 나는 끊임없이 그를 쳐다보지 않을 수가 없었다. 그에게 호감을 느낀 것 같기도 하고 아닌 것 같기도 했다. 그러나 그가 한 번 나를 힐끔 쳐다보기가 무섭게 나는 깜짝 놀라 시선을 돌려버리곤 했다.

그가 그 당시 학생으로서 어떻게 보였는지 지금에 와서 곰곰이 생각해보면 나는 다음과 같이 말할 수 있다. 그는 모든 점에서 다른 아이들과 달랐고 확연한 특징과 개성을 지니고 있었기 때문에 이목을 끌었다고. 그러나 동시에 그는 남의 눈에 띄지 않기 위해 나름

대로 애썼다. 마치 농부의 아이들 사이에서 그들과 마찬가지로 보이기 위해 애쓰는 변장한 왕자 같은 옷차림을 하고 또 행동도 그렇게 했다.

학교에서 집으로 돌아오는 길에 그가 내 뒤에서 걸어왔다. 다른 아이들이 흩어져 가버리자 그는 내 곁으로 와서 인사를 했다. 그때 그의 인사는 우리를 흉내 내긴 했으나, 그럼에도 너무나 어른스러웠고 점잖았다.

"함께 가도 되겠니?"

그는 다정스럽게 물었다. 나는 기뻐서 고개를 끄덕였다. 그러고 나서 내가 어디 살고 있는가를 그에게 말해주었다.

"아, 거기?"

그는 미소를 지으면서 말했다.

"그 집이라면 벌써 알고 있지. 현관 위에 달린 독특한 장식물이 흥미롭던데."

그가 무슨 말을 하는지 나는 금방 알아차리지 못했다. 그리고 그가 우리 집을 나보다도 더 잘 알고 있는 것처럼 보여 놀랐다. 틀림없이 대문 아치 위에 있는 종석(宗石)에 새겨진 일종의 문장(紋章)을 말하는 것 같았는데, 그것은 시간이 흐르면서 편편해졌고 이따금 채색을 하곤 했다. 내가 알고 있는 한에서 그 문장은 우리 가족과는 아무 관련도 없었다.

"난, 모르겠는데."

나는 수줍은 듯이 말했다.

"새이거나 뭐 그 비슷한 걸걸. 분명히 아주 오래됐을 거야. 우리 집은 옛날 언젠가 수도원 소유였대."

"그랬을지도 모르지."

그는 머리를 끄덕였다.

"한번 잘 살펴봐! 때로 그런 게 굉장히 흥미롭거든. 아마 매였지 싶은데."

우리는 걸었다. 나는 몹시 당황했다. 갑자기 무슨 재미있는 일이라도 떠오른 것처럼 데미안이 웃었다.

"그래 정말 아까 너희 수업 시간에 나도 있었지."

그는 쾌활하게 말했다.

"이마에 표식을 달고 다니던 카인의 이야기였지, 그렇지? 그 이야기가 마음에 들었니?"

그렇지 않다. 우리가 배워야 되는 모든 것 중에서 그 무엇이든 내 마음에 드는 것은 드물었다. 그러나 감히 그렇다고 말할 수는 없었다. 어른과 함께 이야기하고 있는 것 같았기 때문이다. 그래서 그 이야기가 썩 마음에 들었다고 나는 말했다.

데미안이 내 어깨를 두드렸다.

"나를 속일 필요는 없어, 이 친구야. 하지만 그 이야기는 수업 시간에 논의되는 다른 대부분의 이야기보다 사실 훨씬 주의할 만한 가치가 있다고 나는 믿거든. 선생은 실제 거기에 대해서 많이 말하지는 않았어! 그저 신이나 죄 등에 관한 통속적인 이야기 외에는. 그러나 나는 이렇게 믿고 있는데……."

그는 말을 멈추고 미소를 지으면서 물었다.

"그런데 내 이야기가 재미있니?"

그는 계속했다.

"그래, 나는 이렇게 믿고 있어. 이 카인의 이야기를 아주 딴판으로 해석할 수도 있다고 말이야. 우리가 배우는 대개의 것은 물론 전적으로 진실이고 정당하지만 이 모든 걸 선생이 보는 것과 달리 볼 수도 있단 말야. 대개는 달리 볼 때 보다 나은 의미를 지니게 되는 법이지. 예를 들자면 카인과 그의 이마에 있는 표식에 대해서도 선생이 우리에게 설명하는 것만 가지고는 만족할 수 없거든. 그렇게 생각하지 않니? 어떤 사람이 싸움을 하다가 자기 형제를 때려죽이는 일도 따지고 보면 있을 수 있는 일이지. 또는 그다음부터는 겁을 먹고 양보를 하게 된다는 것도 가능한 일이고. 그러나 그가 비겁함의 대가로서 자기를 안전하게 하고, 다른 모든 사람들에게 두려움을 자아내게 하는 훈장을 특별히 받는다면 이거야말로 정말 묘한 일이지."

"그건 그럴 거야. 하지만 어떻게 우리가 그 이야기를 달리 설명할 수 있을까?"

나는 흥미를 느끼면서 말했다. 그 문제가 나를 매혹하기 시작했다.

그는 내 어깨를 쳤다.

"아주 간단하지! 여기에서 문제가 되고 이야기의 실마리가 되었던 건 그 표식이었거든. 다른 사람에게 두려움을 주는 무언가를 얼굴에 지니고 있는 사람이 있었다고 하자. 누구 하나 감히 그를 건드리려는 사람은 없었고 그는 그의 자식들과 더불어 그들에게 공경의 마음을 일으켰단 말이야. 아마도, 아니 분명히 우표에 찍힌 소인 같은 표식이 정말로 이마에 있었던 것은 아닐 거야. 세상에 그런

심한 일은 거의 없는 법이니까. 지각할 수는 없지만 무서운 무엇인가가 있었고 사람들이 익숙히 봐온 것보다 눈초리에 약간 더 많은 지혜와 대담성이 깃들어 있었겠지. 이 사람은 힘을 가졌고 사람들은 이 사람을 두려워했던 거야. 그것이 그가 '표식'을 가지게 된 내력이야. 사람들은 그것을 제 마음대로 설명할 수가 있었지. 그런데 이 '사람들'이란 것은 언제나 자기들에게 편리하기를 바라고 자기를 정당화하고 싶어 하는 법이거든. 사람들은 카인의 자식들을 두려워한 거야. 그들이 '표식'을 달고 있기 때문이었지. 그리하여 사람들은 이 표식을 사실 그대로, 즉 하나의 특성으로 해석하는 것이 아니라 그와는 반대로 해석했단 말야. 이 표식이 있는 놈은 무섭다고 사람들은 말했고, 또 사실상 그러했거든. 용기와 개성을 지닌 사람은 다른 사람들에겐 언제나 몹시 무서운 법이니까. 두려움을 모르는 자와 무서운 일가족이 방황하고 다닌다는 것은 매우 불편한 일일 거야. 그러므로 이제 사람들은 이 일가족에게 보복을 하고, 참아야 했던 온갖 무서움에 대해서 앙갚음하기 위해 하나의 별명과 전설을 만들어서 붙였던 거야. 알아듣겠니?"

"응! 다시 말하면, 카인이 정말, 그래 하나도 나쁘지 않았단 말이지? 그리고 성서에 나오는 이야기의 전부가 애당초 전혀 사실이 아니란 거지?"

"그렇기도 하고 그렇지 않다고도 할 수 있지. 아주 오랜 옛날 태곳적 이야기일수록 사실이지. 하지만 언제나 사실 그대로 기록되고 정당하게 해석되었다고는 볼 수가 없단 말야. 간단히 말해 나는 카인이 뛰어난 녀석이라고 생각해. 단지 사람들이 그에게 겁을 먹어서 그런 얘기를 지어준 거야. 이런 이야기는 단순한 소문, 사람들이 다니며 지껄여대는 허무맹랑한 말에 불과해. 다만 카인과 그의 자식들이 정말 일종의 '표식'을 달고 다녔고 다른 일반 사람들과는 딴판이었다는 것만은 사실이라고 봐."

나는 매우 놀랐다.

"그럼, 때려죽였다는 얘기도 전혀 사실이 아니라고 믿는 거야?"

나는 감동해서 이렇게 물었다.

"아, 물론 사실이지! 분명히 그건 사실이야. 강자가 약자를 때려죽였던 거지. 정말로 형제를 죽였느냐는 의심할 여지가 있지만. 그건 중요한 일이 아냐. 결국 모든 사람은 형제니까. 따라서 강자가 약자를 때려죽인 것에 불과해. 어쩌면 영웅적인 행동이었을지도 모르고 그렇지 않았을지도 몰라! 그러나 하여간 다른 약자들은 이제 잔뜩 겁을 집어먹은 거지. 그들은 몹시 한탄했지. 그러나 누가 그들에게 '왜 너희도 간단히 놈을 해치워버리지 않는가?'라고 물을 것 같으면, 그들은 '우리가 겁쟁이라서'라고 하지 않고 이렇게 말하지. '할 수 없어. 그놈은 표식을 달고 있어. 신이 놈에게 표식을 달아주셨거든!' 대략 이렇게 해서 그 황당무계한 이야기가 날조되었을 거야. 아, 참 너무 오래 붙들어두었구나, 그럼 안녕!"

그는 나를 혼자 남겨둔 채 알트 골목으로 꺾어져 들어갔다. 나는 이제까지보다 한층 더 어리둥절해졌다. 그가 가버리자마자 그가 말한 모든 것이 전혀 믿기지 않았다. 카인이 고상한 사람이고 아벨이 겁쟁이라니! 카인의 표식이 특성이라니! 그 말은 조리가 맞지 않고 신에게 불경스러우며 방종한 일이다. 그렇다면 사랑하는 신은 어디에 계셨단 말인가? 신께서 아벨의 제물을 받아들이지 않으셨던가? 신은 아벨을 사랑하지 않았단 말인가? 아니다. 어리석은 이야기다! 데미안이 나를 놀리고 함정에 빠뜨리려 한 거라고 나는 추측했다. 정말이지 재치 있는 친구야. 게다가 말하는 솜씨도 대단하고. 그렇지만 그렇게…… 아니다…….

평소에 나는 단 한 번도 성서 이야기나 혹은 그 어떤 다른 이야기를 그렇게 되씹어 생각해본 적이 없었다. 그리고 또 오래전부터 몇 시간 동안, 혹은 저녁 내내 아주 씻은 듯이 프란츠 크로머를 잊어본 적도 아직 한 번도 없었다. 나는 집에서 다시 한번 성서에 적혀 있는 대로 그 이야기를 정독해봤다. 간단명료했다. 그리고 그곳에서 특별히 숨은 해석을 찾아낸다는 것은 미친 일이었다. 그렇다면 모든 살인자는 자기가 신의 총아라고 공언할 수 있어야 했다! 아니다. 그것은 미친 소리다. 마음에 든 것은 오로지 데미안이 만사는 자명하다는 듯이 그렇듯 쉽고 훌륭하게, 더구나 그런 눈초리로 이야기하는 그 방법뿐이었다!

사실 나 자신도 무언가 정돈되어 있지 않은 상태였고, 어떤 면에서는 매우 무질서하기조차 했다. 나는 밝고 청순한 세계에 살고 있었으며 나 자신이 아벨의 일종이기도 했다. 그런데 지금 나는 너무나도 깊숙이 '다른 것' 속에 끼어 있었으며 굴러 떨어져서 헤어나지 못하고 가라앉았다. 그럼에도 분명히 그것은 나 혼자만의 허물은 아니었다! 그럼 어떻게 해서 그렇게 되었단 말인가? 그렇다. 순간 갑자기 나의 내부에서 기억이 하나 비쳐들어, 하마터면 숨이 막힐 뻔했다. 현재의 내 불행이 비롯된 그 불쾌한 밤에, 나는 잠시 동안 아버지와 그의 밝은 세계와 지혜를 단번에 통찰한 양 멸시했다! 그렇다, 그때 나 자신은 카인이었고 또 표식까지도 달고 있었는데, 그 표식은 수치가 아니라 영광이며, 또 나는 악과 불행으로 나의 아버지보다도, 그 어떤 선인이나 경건한 사람들보다도 우월하다고 상상했다.

물론 내가 그 당시 그 일을 체험했을 때에는 이런 생각이 이처럼 명확한 사고의 형태를 갖추고 있지는 않았다. 하지만 이 모든 것이 그 속에 포함되어 있었다. 그것은 나를 슬프게 하면서도 나를 긍지로 충만케 한 감정과 이상스러운 흥분으로 일시에 타오르게 했다. 돌이켜보건대 데미안이 그 얼마나 이상스럽게 대담한 사람과 겁쟁이에 대해서 이야기했던가? 그 얼마나 야릇하게 카인의 이마에 있는 표식을 설명했던가? 그의 눈이, 어른의 눈과 같은 그 이상한 눈이 그때 어떻게 반짝였던가! 그러자 다음과 같은 일이 내 머리를 혼란스럽게 스쳐 지나갔다. 데미안 그야말로 카인 같은 존재가 아닐까? 자신이 카인을 닮았다고 느끼지 않는다면 왜 카인을 옹호한 걸까? 왜 그러한 힘을 눈초리에 지니고 있을까? 본래 경건하고 신의 마음에 드는 '다른 사람들', 즉 그 겁쟁이들에 대해 왜 그렇게 비아냥거리듯 이야기했을까?

나는 이 생각에 결론을 낼 수가 없었다. 돌멩이 하나가 샘에 떨어졌고, 그 샘이야말로 나의 어린 영혼이었다. 한동안, 매우 오랫동안 카인과 살인 그리고 표식에 대한 문제는 인식과 의혹, 비평에 이르는 내 시도의 시작점이었다.

나는 다른 학생들도 역시 데미안에게 퍽이나 관심이 있음을 눈치챘다. 카인의 이야기에 관해 나는 아무에게도 말하지 않았다. 그러나 그는 역시 다른 아이들의 흥미를 끄는 것 같았다. 이 '전학생'에 대해 많은 소문이 퍼져 있었다. 만약에 내가 그 소문들을 전부 알았더라면 그 소문들은 모두 그를 속속들이 밝혀주었을 것이고, 그 소문들 또한 쉽사리 풀 수 있었을 것이다. 그러나 내가 알고 있는 것은 데미안의 어머니가 매우 부유하다는 것과 그의 어머니는 절대로 교회에는 가지 않으며 그 아들도 역시 그러하다는 것뿐이었다. 어떤 이들은 그들이 유대인이라고 주장했다. 또 그들이 비밀을 지키는 회교도라는 설도 있었다. 나아가서는 막스 데미안의 체력에 관해서도 말들이 많았다. 싸움을 걸었다가 그가 거절하자 그를 겁쟁이라고 불렀던 자기 반의 최강자를 무섭게 굴복시켜놓은 것은 확실했다. 그 자리에 있던 학생들이 말하기를 데미안은 단지 한쪽 손만으로 그 소년의 팔목을 잡고 비틀었는데 그 소년은 창백하게 질려서는 슬금슬금 사라져버렸으며, 며칠 동안 팔을 사용하지 못했다고 했다. 비록 하루 저녁 동안이었지만 그가 죽었다는 소문이 나기까지 했다. 이 모든 일이 얼마 동안 주장되고 믿어지곤 했다. 그리고 이 모든 것은 흥분과 경탄을 자아냈다. 얼마 동안 사람들은 그것만으로 충분했다. 그런데 얼마 지나지 않아서 우리 학생들 사이에 새로운 소문이 돌았다. 데미안이 여자애와 사귀고 있으며 '모든 것을 다 알고 있다'는 소문이었다.

그러는 사이에도 나와 프란츠 크로머의 문제는 계속 불가피한 길을 걸어 나가고 있었다. 나는 그에게서 벗어날 수가 없었다. 왜냐하면, 설사 그가 며칠이고 나를 고이 놓아둔다 하더라도 사실상 나는 그에게 결박되어 있었기 때문이다. 그는 내 꿈속에서도 마치 내 그림자처럼 언제나 함께 있었다. 그리고 실제로는 그가 나에게 행하지 않은 일까지도 나의 공상이 꿈속에서 자행하게 만들었다. 꿈속에서 나는 완전히 그의 노예였다. 나는 현실에서보다 꿈속에서 더 많이 살았으며(나는 꿈을 많이 꾸는 편이었다), 이 그림자 때문에 힘과 생기를 잃어버렸다.

특히 나는 종종 크로머가 나를 학대하고, 나에게 침을 뱉고, 내 위에 올라타 무릎으로 짓누르고, 게다가 더 지독스럽게는 나를 무서운 범죄로 유인하는 꿈을 꾸었다. 아니 유인당했다기보다 단순히 그의 강력한 영향력에 강요당한 것이리라. 이 꿈들 가운데서 가장 무서웠던 것은, 내가 반쯤 미쳐 잠을 깨기는 했는데, 아버지를 살해하는 꿈이었다. 크로머가 칼을 갈아 나에게 주었다. 우리는 어느 가로수 길의 나무 뒤에 서서 누군가를 기다리고 있었다. 나는 누구를 기다리는지도 알지 못했다. 그러나 누군가가 그곳으로 오고, 크로머가 내 팔을 꾹 눌러 내가 찔러야 할 사람이 바로 저 사람이라고 가르쳐주었을 때, 그건 바로 나의 아버지였다. 그 대목에서 나는 잠을 깼다.

이 일과 관련해서 나는 다시 한번 곰곰이 카인과 아벨을 생각해봤다. 그러나 데미안에 대해서는 거의 생각하지 않았다. 그가 다시 내게 나타난 것은 이상스럽게도 꿈속에서였다. 나는 다시금 참고 견디지 않으면 안 되는 학대와 폭압의 꿈을 꾸었는데, 내 위에 올라탄 것이 이번엔 크로머가 아니라 데미안이었다. 그런데 그것은 내게 아주 신기하고 깊은 인상을 주었다. 내가 크로머한테 고통과 혐오로 마지못해 당했던 모든 일을 데미안에게서는 기꺼이, 불안과 환희가 뒤섞인 감정으로 받아들였다. 그 꿈을 나는 두 차례 꾸었다. 그러고 나서는 크로머가 다시 제자리를 되찾았다.

이런 꿈속에서 겪은 일과 현실 속에서 겪은 일을 나는 이미 오래전부터 명확히 분리해서 생각할 수 없었다. 하여간 크로머와의 고약스러운 관계는 제 길을 가고 있었다. 내가 마침내는 순전히 좀도둑질로 훔쳐내어 그에게 빚진 돈을 전부 갚아버렸는데도 그 관계는 끝날 것 같지가 않았다. 아니다. 이제 놈은 이 도둑질까지 알았다. 놈은 언제나 그 돈이 어디서 나왔는가를 내게 물었기 때문이었다. 그래서 나는 이제까지보다 훨씬 더 단단히 그의 손아귀에 잡히고 말았다. 번번이 놈은 아버지에게 모든 일을 일러바치겠다고 나를 위협했다. 그때 내가 느낀 두려움은 애당초 나 자신이 그짓을 저지르지 않았더라면 하는 깊은 후회만큼 크지는 않았다. 이렇듯 나는 불행했지만 모든 일을 후회하기만 하지는 않았다. 적어도 언제나 후회하기만 한 것은 아니어서, 때로는 모든 게 당연히 이렇게 되어야 한다고 믿기도 했다. 불길한 운명이 나를 덮친 거니 그것을 타개하고자 하는 것은 속절없는 일이라고 여겼다.

짐작하건대 부모님도 이러한 상황에서 적잖이 고민하신 모양이었다. 낯선 영혼이 나를 덮어씌워 나는 이제는 친밀했던 우리 가족의 단란함과는 어울리지 못했다. 마치 잃어버린 낙원처럼 가족의 단란함은 자주 미칠 듯한 향수로 나를 엄습했다. 특히 어머니는 나를 악당이라기보다는 오히려 아픈 사람처럼 대했다. 그러나 실제

상황이 어떤지는 내 두 누이들의 태도에서 가장 잘 엿볼 수가 있었다. 매우 너그러우면서도 한편으로는 나를 무한히 비참하게 만들던 그들의 태도에서, 나는 나의 상태를 한탄하기보다 동정해야 하며, 그럼에도 나는 마음속에 악이 자리를 잡고 있는 일종의 미치광이라는 사실을 역력히 엿볼 수 있었다. 가족들이 나를 위하여 이제까지와는 다른 기도를 드리고 있음을 나는 느꼈다. 그리고 그 기도가 헛되다는 것 또한 느꼈다. 나는 이 고뇌에서 벗어나고자 하는 간절한 열망과 진정한 참회에 대한 갈망을 때로 격렬히 느꼈다. 그러나 아버지나 어머니에게 모든 일을 솔직히 이야기할 수도 없으며, 도저히 설명할 수 없을 거라고 예감했다. 그것을 친절히 받아들이고, 나에게 매우 따뜻한 위로와 동정을 보내겠지만 그렇더라도 완전한 이해를 바랄 수는 없음을 나는 알고 있었다. 그리고 이 모든 일이 진정 운명인데도 탈선으로 간주하리라는 것 또한 잘 알고 있었다.

대부분의 사람들이 아직 열한 살도 채 안 된 아이가 이렇게 느낄 수 있으리라고는 믿지 않을 것을 나는 알고 있다. 하지만 나는 그들에게 내 처지를 이야기하고 있는 것이 아니다. 나는 인간을 보다 더 잘 알고 있는 사람들에게 이야기하고 있다. 자기 감정의 일부분을 사상으로 변화시킬 줄 아는 어른들은 아이에게 이러한 사상이 있다는 것을 알아차리지 못하고, 심지어는 아이들에게는 경험조차 없다고 여긴다. 그러나 나는 내 평생에 그때처럼 그렇게 심각하게 경험하고, 그때처럼 그렇게 고민한 적이 거의 없다.

어느 비 오는 날, 나의 고문관에게 성(城)의 광장으로 나오라는 명령을 받았다. 그리하여 나는 그곳에 서서 그를 기다리며 물방울이 뚝뚝 떨어지는 검은 나무에서 끊임없이 떨어지는 축축한 밤나무 잎을 발로 휘적거리고 있었다. 돈은 없었다. 그러나 크로머에게 무엇이든 줘야 한다는 생각에 과자 두 조각을 가지고 왔다. 나는 그렇게 어딘가 모퉁이에 서서, 오랫동안 그를 기다리는 데 익숙해져 있었다. 마치 사람들이 도저히 피할 수 없는 일을 감수하듯이 나는 그것을 감수했다.

드디어 크로머가 왔다. 그날은 오래 머물러 있지는 않았다. 그는 내 갈비뼈를 주먹으로 몇 대 치고는 깔깔 웃었다. 그러고는 내게서 과자를 뺏고 축축한 담배를 권하기까지 했다. 그러나 나는 받지 않았다. 그는 평소보다 더 친절했다.

"아, 참."

떠나면서 그가 물었다.

"잊어버리기 전에 말해두지만 다음번엔 네 누이를 데려와야 해. 나이 많은 누나 말야. 이름이 뭐더라?"

나는 전혀 이해할 수가 없었다. 대답도 하지 않고, 놀라서 그저 그를 바라볼 뿐이었다.

"못 알아듣겠어? 네 누이를 데려오라고."

"알겠어, 크로머. 하지만 그건 안 돼, 난 할 수가 없어. 누나가 따라오지 않을 거야."

나는 그것이 단지 책략이고 구실 삼아 하는 말에 불과하리라고 생각했다. 그는 이따금 그런 짓을 잘 했다. 불가능한 일을 요구해서 나를 놀라게 하고 나를 굴복시키고는 그다음에 서서히 거래를 시작했다. 그러면 나는 약간의 돈이나 혹은 다른 선물로 자유를 되찾아야만 했다.

그런데 이번에는 아주 딴판이었다. 내가 거절하는데도 전혀 성을 내지 않았다.

"그래."

그는 건성으로 말했다.

"잘 생각해둬. 네 누이와 사귀고 싶다는 거야. 언젠가 그런 기회가 있겠지. 넌 그저 누이를 산책에 데리고 나오기만 하면 돼. 그러면 내가 거기에 갈 테니까. 내일 너한테 휘파람을 불게. 그때 다시 한번 이 일을 의논하자."

그가 가버리자 갑자기 그의 요구가 뭘 뜻하는지 다소나마 짐작이 갔다. 나는 아직 완전한 어린애였다. 그러나 소년과 소녀가 좀 더 나이를 먹으면, 은밀히 어떤 야비하고도 금지된 수작을 부릴 수 있다는 것을 이미 들어서 알고 있었다. 그제야 갑자기 그것이 얼마나 해괴망칙한 일인가가 아주 뚜렷해졌다! 그따위 짓은 결코 하지 않겠다는 결심이 확고해졌다. 그러나 그다음에 무슨 일이 일어날까, 그리고 크로머가 나에게 어떻게 보복할까를 감히 생각해볼 수도 없었다. 새로운 고문이 시작된 것이다. 아직도 충분치 않은 모양이었다.

암담한 심정으로 나는 주머니에 손을 넣은 채 텅 빈 광장을 건너갔다. 새로운 고민. 아, 새로운 굴종이여!

그때 시원스럽고 낮은 목소리가 나를 불렀다. 나는 깜짝 놀라서 달아나기 시작했다. 누군가 나를 쫓아와서는 한쪽 손으로 뒤에서 나를 살며시 잡았다. 막스 데미안이었다.

나는 붙잡는 대로 내버려두었다.

"난 또 누구라고."

나는 불안하게 말했다.

"깜짝 놀랐잖아!"

그는 나를 쳐다봤다. 이때만큼 그의 눈빛이 어른스럽고, 상대를 압도하며 동시에 꿰뚫어 보는 눈빛이었던 적은 없었다. 오랫동안 우리는 서로 이야기를 나누지 못했다.

"미안하군."

그는 점잖으면서도 매우 분명한 태도로 말했다.

"하지만 들어봐, 그렇게 놀랄 필요는 없을 텐데!"

"그래, 그렇지만 그럴 수도 있지 뭐."

"그렇긴 하지만 생각해봐. 네가 아무 이유 없이 사람 앞에서 그렇게 깜짝깜짝 놀란다면 그 사람은 너를 이상하게 여기고 호기심이 생기겠지. 이상할 정도로 네가 잘 놀란다고 생각할 테고 나아가서는 사람이란 겁에 질렸을 때만 그렇다고 추리하게 될 거야. 겁쟁이는 언제나 두려워하는 법이니까 말이지. 그렇지만 나는 네가 본래 겁쟁이는 아니라고 믿고 있거든. 그렇지 않니? 아, 물론 너는 영웅도 아닐 거야. 네가 겁을 집어먹은 이유가 있단 말이지. 네가 무서워하는 누군가가 있는 게 분명해. 그런데 그런 일은 결코 있어서는 안 돼. 안 되지. 사람 앞에서는 누구도 절대 두려움을 가져서는 안 돼. 내 앞에서야 물론 그럴 리 없겠지? 아니니?"

"아냐, 아냐. 조금도 그렇진 않아."

"그렇겠지. 하지만 네가 두려워하는 사람이 있지?"

"난 모르겠어……. 제발 그만둬, 나한테 뭘 원하는 거야?"

나는 도망칠 생각으로 빨리 걷고 있었는데 그는 나와 보조를 맞췄다. 그리고 나는 곁에서 걷고 있는 그의 시선을 느꼈다.

"가령 말야."

그는 다시 말을 시작했다.

"내가 너에게 호의를 가지고 있다고 생각해봐. 그러니까 너는 내 앞에서 두려워할 필요가 없단 말야. 나는 너에게 한 가지 실험을 해보고 싶어. 아주 재미있고, 너도 뭔가 필요한 걸 배울 수 있는 실험이야. 자, 잘 들어봐! 요컨대 나는 때때로 독심술이라는 술법을 시험해보거든. 거기에 무슨 요술이 있는 건 아냐. 하지만 그게 어떻게 이루어지는지 모르면 아주 신기하게 보이거든. 정말 사람들을 깜짝 놀라게 할 수가 있지. 자, 한번 시험해보자. 내가 너를 좋아하거나 혹은 너에게 흥미를 갖고 있다고 가정하자. 그래서 이제 난 네 마음속이 어떤지 알아내고 싶어. 난 이미 그 첫 발걸음을 내디뎠어. 난 너를 깜짝 놀라게 했지? 너는 잘 놀란단 말야. 그건 네게 두려워하는 물건이나 사람이 있다는 말이거든. 어째서 그렇게 됐을까? 사람은 누구 앞에서든 두려워할 필요가 없어. 그런데 사람이 누군가를 두려워한다면, 그건 자기를 지배하는 힘을 그 누군가에게 맡겨버려서야. 예를 들어 누가 어떤 나쁜 짓을 했다고 치자. 그런데 다른 사람이 그걸 알고 있어. 그러면 그는 너를 지배하는 힘을 갖게 되는 거지. 알아듣겠니? 내 말이 틀렸니, 그래?"

나는 어찌할 바를 몰라 그의 얼굴을 빤히 들여다보고만 있었다.

그의 얼굴은 여느 때처럼 엄숙하고 영리했고, 또한 너그러움에 차 있었다. 그러나 정다움은 하나도 없었으며, 오히려 엄격했다. 정의나 또는 그와 유사한 그 무엇이 그 속에 깃들어 있었다. 나는 무슨 일이 일어났는지도 몰랐다. 그는 마치 마법사처럼 내 앞에 서 있었다.

"알아들었어?"

그는 다시 한번 물었다.

나는 머리를 끄덕였다. 아무 말도 할 수가 없었다.

"물론 내가 독심술이 이상하게 보일 거라고 이야기하긴 했지만 그건 극히 자연스럽게 일어나는 거야. 예를 들어 보면 언젠가 내가 카인과 아벨의 이야기를 했을 때, 네가 나를 어떻게 생각했는지 나는 제법 확실하게 말할 수 있거든. 이 일과는 상관없지만 말이야. 네가 한 번이라도 내 꿈을 꾸었을 법도 하다고 생각해. 하지만 그런 이야긴 그만두자! 너는 영리한 소년이야. 대부분의 아이들은 아주 바보들인데! 나는 때때로 내가 신뢰하는 영리한 소년과 이야기하는 것이 좋아. 너도 물론 괜찮지?"

"응, 그래. 단지 내가 하나도 못 알아들어서……."

"그럼 다시 그 재미있는 실험으로 돌아가볼까! 요컨대 우리는 S 소년이 잘 놀란다는 것, 그는 누군가를 두려워하고 있다는 것, 아마도 그 누군가와 매우 불쾌한 비밀이 있는 모양이라는 걸 발견했어. 대략 들어맞지?"

마치 꿈속에서처럼 나는 그의 음성과 그의 지배력에 압도당했다. 나는 그저 머리를 끄덕일 뿐이었다. 그 음성은 오로지 나 자신에게서만 나올 수 있는 그런 목소리가 아니었던가? 모든 것을 알고 있는 목소리? 나 자신보다도 모든 것을 더 잘, 더 분명하게 알고 있는 목소리?

데미안은 힘차게 내 어깨를 두드렸다.

"그럼 맞았구나. 그럴 거라고 짐작했어. 이제 하나만 더 물어볼게. 조금 전에 간 그놈 이름이 뭔지 알고 있지?"

나는 소스라치게 놀랐다. 침해당한 나의 비밀이 나의 내부에서 고통스럽게 몸을 뒤틀었다. 그 비밀은 밝은 데로 나오기를 원치 않았다.

"어떤 애? 나밖에 없었는데."

그는 웃었다.

"말해봐!"

그는 웃었다.

"그 애 이름이 뭐지!"

나는 소곤댔다.

"프란츠 크로머 말야?"

그러자 그는 만족한 듯 고개를 끄덕였다.

"장하다! 넌 영리한 녀석이야. 우리는 친구가 되겠구나. 이제 조금 더 물어볼게. 그 크로먼가 뭔가 하는 놈은 분명 나쁜 놈일 거야. 놈의 얼굴이 악당이라고 말해주던걸! 넌 어떻게 생각해?"

"응, 그래."

나는 한숨을 쉬었다.

"나쁜 놈이야, 악마 같은 놈이야! 하지만 그놈은 아무것도 알아서는 안 돼! 제발 아무것도 몰라야 돼! 그 애를 알고 있어? 그 애도 너를 알아?"

"가만 있어! 그놈은 가버렸어, 그리고 그놈은 나를 몰라 아직은. 하지만 그놈을 몹시 알고 싶은걸! 초등학교에 다니나?"

"응."

"몇 학년에?"

"5학년에. 하지만 아무 말도 말아줘! 제발 부탁이니, 아무 말도 말아줘!"

"진정해. 너한텐 아무 일 없을 테니까. 그런데 그 크로머란 놈에 대해서 좀 더 이야기해줄 마음은 없니?"

"그럴 수 없어! 안 돼, 날 내버려둬!"

그는 잠시 말이 없었다.

"유감인걸."

그러고 나서 그는 말했다.

"우리는 실험을 좀 더 진행시킬 수 있었을 텐데. 너를 괴롭히고 싶진 않아. 그렇지만 그놈을 두려워하는 것이 옳지 않다는 건 너도 잘 알겠지, 그렇지? 그따위 두려움은 우리를 아주 엉망진창으로 만드는 법이니까, 거기서 벗어나야 돼. 네가 진정한 사내대장부가 되겠다면, 그따위 두려움에서 벗어나야 해. 알겠니?"

"물론 네 말이 맞아……. 하지만 그럴 수 없는걸. 넌 몰라……."

"네 생각보다 내가 더 많이 알고 있는 걸 봤겠지. 그 녀석에게 돈이라도 빚졌니?"

"응. 그것도 그래. 그렇지만 그게 제일 큰 문제는 아냐. 그건 말할 수 없어, 말할 수 없다고!"

"그 녀석에게 빚진 만큼의 돈을 내가 너에게 준대도 소용이 없을까? 얼마든지 줄 수 있어."

"아냐, 아니라니까. 그런 일이 아냐. 부탁이야, 아무에게도 말하지 말아줘! 한 마디도! 내가 불행해질 거야!"

"날 믿어, 싱클레어. 그 비밀을 언젠가는 내게 말하게 될 거야."

"절대로, 절대로!"

나는 황급히 외쳤다.

"좋을 대로 해. 다만 나중에라도 내게 더 자세히 말해줄 날이 있으리라 생각해. 물론 자발적으로! 설마 내가 크로머처럼 그런 짓을 하리라고는 생각하지 않지?"

"물론 그렇지 않아. 하지만 넌 그 일에 대해 아무것도 몰라!"

"물론 그렇지. 그저 그것에 대해서 생각하고 있을 뿐이야. 그리고 나는 결단코 크로머가 한 그런 짓은 하지 않아. 믿어줘. 너는 내게 아무것도 빚진 게 없어."

우리는 한참 동안 말이 없었다. 나는 차츰 진정되었다. 그러나 데미안이 알고 있다는 사실이 나에게는 점점 더 수수께끼 같았다.

"이제 집에 가야겠어"라고 말하고 그는 빗속에서 털외투를 바싹 여미었다.

"기왕에 여기까지 이야기한 김에 한 가지만 더 말하고 싶어. 너는 그 자식한테서 벗어나야만 해! 다른 방법이 없거든 놈을 죽도록 패버려! 네가 그렇게 한다면 나는 기쁠 거야. 또 너를 도울 거고."

나는 새로운 불안에 사로잡혔다. 카인의 이야기가 다시금 불현듯 떠올랐다. 나는 몸서리가 쳐졌다. 그래서 조용히 울기 시작했다. 너무나도 소름 끼치는 일들이 나를 에워싸고 있었기 때문이다.

"그럼 좋아."

막스 데미안이 미소를 지었다.

"집으로 가렴! 우리는 틀림없이 해치우게 될 거야. 때려죽이는 것이 가장 간단한 일이지. 그런 문제는 언제나 가장 간단한 게 최선의 방법이거든. 네가 네 친구 크로머 따위의 손아귀에서 놀아봐야 좋을 게 없어."

나는 집으로 왔다. 마치 1년 동안이나 나가 있었던 것만 같았다. 모든 것이 달라 보였다. 나와 크로머 사이에 미래 같은, 희망 같은, 그 무엇이 들어와 있었다. 나는 이제 혼자가 아니었다! 그리고 이제야 겨우 몇 주간이나 혼자 비밀을 안고 내가 얼마나 몸서리치도록 외롭게 지냈는지 알았다. 그러자 곧 내가 여러 번 곰곰이 생각한 적이 있었던 일이 떠올랐다. 부모님 앞에서 참회를 하면 나의 괴로움이 가벼워질 수는 있어도 나를 완전히 건져주지는 못하리라는 생각이었다. 지금 나는 다른 사람에게, 다른 낯선 사람에게 하마터면 참회를 할 뻔했다. 그러자 곧 구원의 예감이 마치 강렬한 향기처럼 나에게 날아왔다.

나의 불안은 그 후에도 여전히 오랫동안 끝나지 않았다. 나는 적과의 길고 무서운 싸움을 각오하고 있었다. 만사가 그렇듯 평온하며 은밀하고 조용하게 지나가는 것이 더욱더 신기했다.

우리 집 앞에서 들리던 크로머의 휘파람 소리는 하루가 지나고 이틀, 사흘, 1주일이 지나도록 들리지 않았다. 나는 도저히 그 사실을 믿을 수 없었다. 그래서 그가 전혀 예기치 않은 때 돌연히 다시 나타나지나 않을까 내심 긴장하고 있었다. 그러나 그는 나타나지 않았다. 새로운 자유를 나는 여전히 믿을 수가 없었다. 마침내 내가 프란츠 크로머와 맞닥뜨릴 때까지 그랬다. 그는 자일러 골목에서 똑바로 나를 향해 걸어 내려오고 있었다. 그런데 나를 보자 흠칫하고 거칠게 얼굴을 찌푸리고는 나를 피해 그대로 되돌아서버렸다.

내게는 일찍이 본 적이 없는 순간이었다. 원수가 내 앞에서 달아나다니! 마귀가 내 앞에서 겁을 집어먹다니! 기쁨과 놀라움이 내 몸을 뚫고 또 뚫고 지나갔다.

그 무렵의 어느 날 데미안이 다시 나타났다. 학교 앞에서 나를 기다리고 있었다.

"안녕" 하고 나는 말했다.

"밤새 안녕, 싱클레어. 어떻게 지내는지 한 번만 더 듣고 싶었어. 그놈 크로머도 이제 널 안 괴롭히지, 그렇지?"

"네가 그랬어? 도대체 어떻게? 어떻게 한 거야? 난 뭐가 뭔지 모르겠어. 녀석이 전혀 나타나질 않으니."

"잘됐군. 놈이 언제고 다시 오거든, 그러지는 못하겠지만, 워낙 철면피한 자식이니까, 놈에게 그저 데미안을 기억하라고만 말해."

"그게 무슨 뜻이야? 그 애와 싸워서 실컷 때려주기라도 한 거야?"

"아냐. 나는 그런 짓은 좋아하지 않거든. 그저 너하고 이야기하는 것처럼 그 녀석하고 이야기했을 뿐이야. 너를 내버려두는 게 녀석에게도 이익이 될 거라는 점을 분명히 말해주었을 뿐이야."

"그 애에게 설마 돈을 주지는 않았지?"

"아니. 그런 방법은 이미 네가 시험해봤잖아."

더 캐물으려고 했지만 데미안은 가버렸고, 나는 그에 대해 전에 느꼈던 감사와 두려움, 경탄과 불안, 호감과 내적인 반항 등이 기묘하게 뒤섞인 답답한 느낌을 품은 채 남아 있었다.

나는 가까운 시일에 그를 다시 만나야겠다고 마음먹었다. 그때에는 모든 일, 특히 카인의 문제에 대해서 그와 더 많이 이야기해볼 생각이었다.

그러나 그렇게 되지 않았다. 감사란 결코 내가 믿는 미덕이 아니다. 그것을 아이에게 요구하는 것도 잘못 같았다. 그래서 내가 막스 데미안에 대해서 전혀 감사하지 않은 것도 그다지 이상하지 않다. 그가 나를 크로머의 발톱에서 해방시켜주지 않았던들, 나는 평생 병이 들고 타락해버렸으리라고 지금도 확신하고 있다. 그 당시에도 나는 이 해방을 내 소년 시절 최대의 경험이라고 느끼긴 했다. 그러나 해방자 자체는 그가 기적을 완수하기가 무섭게 무시해버렸다.

이미 말했듯이 배은망덕이 나에게 기이한 일은 아니다.

이상스러운 것은 내가 보인 호기심의 결핍뿐이었다. 데미안과 나를 연결시켜준 비밀에 더 접근하지 않은 채 어떻게 단 하루라도 그렇듯 평온하게 살아갈 수 있었을까? 카인에 대해서, 크로머에 대해서, 독심술에 대해서, 더 많이 듣고 싶은 욕망을 어떻게 누를 수 있었을까?

그 일에 대해서는 거의 이해가 가지 않는다. 그렇지만 사실이 그러함을 어쩌랴. 나는 갑자기 악마의 그물에서 해방되었음을 알았고 다시금 세계가 밝고 즐겁게 내 앞에 놓여 있음을 보았다. 더는 불안의 발작이나 숨막힐 듯한 가슴의 고통에 시달리지 않아도 되었다. 질곡은 풀리고, 이제 나는 가책을 받는 죄수가 아니었다. 다시 예전과 마찬가지의 학생이 되었다. 나의 천성은 될 수 있는 대로 빨리 균형과 평온 속으로 되돌아오려고 애썼다. 그리하여 무엇보다도 온갖 진저리나는 일들과 위협적인 일들을 떨쳐버리고 그것들을 잊는 데 전력을 기울였다. 그리하여 나의 죄와 공포의 길고 긴 역사는 눈에 띄는 그 무슨 흔적이나 인상 하나 남김없이 놀랍도록 빨리 내 기억에서 미끄러져 나갔다. 그뿐만 아니라 내가 나의 조력자와 구원자를 똑같이 빨리 잊어버리려고 애썼다는 사실도 지금은 이해할 수가 있다. 내 저주받은 비탄의 계곡에서, 크로머의 몸서리쳐지는 예속에서 나는 상처난 영혼의 모든 충동과 모든 힘을 다해서 일찍이 내가 행복했고 만족스러웠던 그곳으로 도망쳐 나왔다. 다시 열린 잃었던 낙원으로, 아버지와 어머니의 밝은 세계로, 누이들에게로, 청순한 향기와 아벨에 대한 신의 총애에로 나는 다시 도망쳐왔다.

데미안과 짤막한 대화를 주고받은 다음 날, 마침내 내가 자유를 다시 찾았다는 충분한 확신이 들었고 그 자유가 다시 뒷걸음칠 염려가 없게 됐을 때, 나는 그렇듯 자주 열렬히 소원하던 그 일을 했다. 참회를 했다. 나는 어머니에게 가서 열쇠를 부수고 돈 대신에 장난감 지폐로 채운 저금통을 보였다. 그리고 얼마나 오랫동안 나의 잘못으로 못된 가학자에게 얽매어 있었는지 이야기했다. 어머니는 전부 이해하진 못했지만, 그 저금통과 나의 달라진 눈빛을 보고, 달라진 목소리를 듣고 내가 회복되어 다시 당신에게로 돌아왔음을 느끼신 모양이었다.

그래서 나는 한껏 흥분된 감정으로 내 복귀의 축제를 열고 탕아의 귀향식을 행했다. 어머니께서는 나를 아버지한테 데려가셨으며, 이야기가 되풀이되고 질문과 경탄의 소리가 요란스럽더니 아버지와 어머니는 내 머리를 쓰다듬어주셨고 오랫동안의 마음 고생에서 벗어나 비로소 안도의 한숨을 내쉬셨다. 모든 일이 멋있었고, 이야기 같았으며, 기가 막힌 조화 속에 녹아들었다.

나는 이제 진정한 정열을 가지고 이 조화 속으로 도망쳐 들어갔다. 평화와 부모님의 신뢰를 되찾았다는 만족감은 아무리 강조해도 모자랐다. 나는 모범적인 아들이 되었으며, 옛날보다 더 누이들과 잘 놀고, 기도를 드릴 때는 구원을 얻은 자와 회개한 자의 환희에 찬 감정으로, 내가 좋아하는 옛날 노래를 함께 불렀다. 진심에서 우러난 행동이었으며 하등의 거짓도 없었다.

그럼에도 완전히 안정을 찾은 것은 아니었다. 그리고 바로 여기에 내가 데미안을 망각한 진정한 이유를 설명해주는 요점이 있다. 그에게 참회를 했어야 했다! 그 참회는 그럴듯하고 감동적이지는 않았겠지만 더욱 풍성한 결과를 얻었을 것이다. 지금 나는 나의 온 뿌리로 옛날의 낙원과도 같던 그 세계에 달라붙어 있다. 집으로 돌아왔고 자비를 받았다. 그러나 데미안은 결단코 이 세계에 속해 있지 않았고, 이 세계에 어울리지도 않았다. 물론 그는 크로머와는 달랐으나 그래도 그 또한 유혹자이며 나를 두 번째의 나쁜 세계와 인연을 맺도록 했다. 그런데 나는 그것을 이제 영원히 알고 싶지 않았다. 나 자신이 이제 막 아벨이 되었는데 다시 아벨을 버리고 카인을 찬미하는 일을 도와줄 수도 없고, 또 그러고 싶지도 않았다.

이것이 외면적인 사정이었다. 반면 내면적인 사정은 다음과 같았다. 나는 크로머와 악마의 손에서 해방되었다. 그렇지만 그것은 나 자신의 힘과 노력으로 얻은 게 아니었다. 나는 이 세상의 오솔길을 걸어가려고 애썼다. 그런데 그 길이 나에게는 너무도 미끄러웠다. 다정스러운 손이 나를 붙들어 구원해준 지금 나는 이제 한눈 파는 일 없이 어머니의 품 안으로, 경건하고 온화했던 어린 시절의 안전한 울타리 안으로 달려들었다. 나는 실제보다 더 어리고, 더 순종적이고, 더 아이답게 행동했다. 크로머에게 당하던 예속을 새로운 예속으로 바꿔놓아야 했다. 왜냐하면 나는 혼자서는 걸어갈 수 없었기 때문이다. 그래서 맹목적인 마음으로 아버지와 어머니의, 옛적의 사랑스러웠던 '밝은 세계'의 예속을 택했다. 물론 나는 그 세계가 유일한 세계가 아님을 이미 알고 있었다. 이렇게 하지 않았다면 나는 데미안을 의지하고 그에게 나를 맡겨버렸을 것이다. 내가 그렇게 하지 않았다는 사실은 그 당시 내가 그의 이상한 사상을 불신하는 것처럼 보였다. 그러나 사실은 두려움 외에는 아무것도 아니었다. 왜냐하면 데미안은 나에게 부모님이 요구한 것보다 더 많은 것을, 훨씬 더 많은 것을 요구했을 테고, 채찍질과 경고, 조롱과 풍자로 나를 보다 더 자주적이 되도록 만들려고 노력했을 것이다. 아, 오늘에서야 나는 알았다. 이 세상에서 자신에게로 향하는 길을 가는 것보다 인간에게 더 어려운 일은 없다는 것을!

그럼에도 약 반년쯤 뒤에 나는 이 유혹을 뿌리치지 못하고 산책을 하러 나갔을 때, 아버지에게 많은 사람이 아벨보다 카인을 좋은 사람이라고 설명하는 것을 어떻게 생각해야 하는지 물었다.

아버지는 매우 놀라서 나에게 그것은 전혀 새로울 게 없는 견해라고 설명해주셨다. 이미 원시 그리스도교 시대에도 있었고, 여러 종파에서 전도되었는데 그 종파들 가운데 하나를 '카인교파'라고 불렀다고 했다. 그러나 물론 이 미치광이 교의는 우리의 믿음을 파괴하려는 악마의 유혹 외에 아무것도 아니다. 왜냐하면 사람들이 카인의 올바름을 믿고 아벨의 부정을 믿는다면 신이 잘못 생각하신 것이고 따라서 성서의 신은 올바르고 유일한 신이 아니라 그릇된 신이라는 결론이 나오기 때문이다. 실제로 카인교파는 역시 그와 유사한 내용을 가르치고 설교했을 것이다. 그러나 이러한 이단은 먼 옛날에 인간 세계에서 사라져 없어져버렸다. 아버지께서는 나의 학교 친구가 그 이야기를 알고 있다는 사실이 이상스러우며, 그런 생각은 단연코 버려야 한다고 진지하게 경고하셨다.

도둑

내 유년 시절, 아버지와 어머니 밑에서 보낸 안전한 생활, 아이다운 사랑과 온화하고 사랑스러운 밝은 환경 속에서 보낸 만족스럽도록 유희적인 삶에 대해서는 아름답고 보드랍고 사랑스러운 이야기 등을 할 수도 있다. 그러나 그런 이야기는 다른 사람들이 이미 충분히 했다. 나는 나 자신에게 가기 위해 평생 내가 떼었던 발걸음에만 흥미를 느낀다. 나 또한 그 매력을 모르는 바는 아니지만 온갖 아름다운 휴식처와 행복의 섬과 낙원은 아득히 먼 광명 속에 남겨두고 다시는 그곳에 발을 들여놓고 싶지 않다.

그러니 내 얘기가 아직도 소년 시절에 머물러 있는 한 단지 나에게 새롭게 일어난 일, 나를 앞으로 나아가게 한 일, 나를 앗아간 그러한 일만 언급하겠다.

그러한 충격은 언제나 '다른 세계'에서 왔고 늘 불안과 강압과 양심의 가책을 동시에 가져다주었으며, 늘 혁명적이었고 그 속에서 내가 흔쾌히 살고 싶었던 평화를 위태롭게 했다.

허용된 밝은 세계에서는 숨을 구멍을 찾아야 하는 원시적인 충동이 나의 내부에도 서식하고 있다는 사실을 새로이 발견해야 하는 나이가 찾아왔다. 모든 사람과 마찬가지로 서서히 눈을 뜨는 성의 감정이 적이자 파괴자로, 금기이자 유혹과 죄악으로 내게도 덮쳐왔다. 내 호기심이 찾아다닌 것, 꿈과 쾌락과 불안이 내게 마련해준 것, 사춘기의 비밀 같은 것은 어린 시절의 평화와 아늑한 행복에는 전혀 어울리지 않았다. 나는 모든 사람과 마찬가지로 행동할 수밖에 없었다. 나는 이미 아이가 아닌 아이의 이중 생활을 영위했다. 의식은 가정과 허용받은 곳에서 살았고, 희미하게 솟아오르는 새로운 세계를 부정했다. 그러나 동시에 비현실적인 꿈과 본능과 욕망 속에서 살았다. 그 위에 저 의식적인 생활이 만든 다리는 점점 위태로워졌다. 왜냐하면 내 안에 있는 어린이의 세계가 허물어졌기 때문이다. 대부분의 부모가 그렇듯 나의 부모님 또한 감출 수밖에 없는 사춘기의 생명의 충동을 눈감아주셨다. 현실을 거부하고 갈수록 비현실적으로 허위가 되어가는 어린이의 세계에서 계속 깃들어 살려고 하는 나의 속절없는 노력을 그저 끝없는 세밀함으로 도와주실 뿐이었다. 부모가 이 문제에서 얼마나 중대한 역할을 할 수 있는지 나는 알 길이 없다. 그러므로 부모님을 비난할 생각은 없다. 자기의 일을 처리하고 자기의 길을 발견하는 것은 오로지 내 문제였기 때문이다. 그런데 나는 대부분의 좋은 집안의 자제들이 그렇듯 내 문제를 제대로 처리하지 못했다.

사람이라면 누구나 이런 곤란을 속속들이 맛보는 법이다. 평범한 인간에게는 이것이야말로 자기 삶의 요구가 주위 세계와 극심한 싸움에 빠지고 앞으로 나아갈 길을 얻기 위해 혹독한 싸움을 해야만 하는 인생의 중요한 지점이다. 대다수의 사람은 바로 이 지점에서 우리의 숙명인 죽음과 새로운 탄생을 경험한다. 즉 모든 사랑하는 것이 우리를 저버리고 우리가 갑자기 고독과 죽음과도 같은 냉기를 느낄 때, 유년 시절이 삭아가고 차츰 허물어져가는 것을 목도하면서 말이다. 그러나 그것은 평생에 단 한 번밖에 경험할 수 없다. 그리고 매우 많은 사람이 영원히 이 암초에 걸려 돌이킬 수 없는 과거에 집착하고, 꿈 중에서도 가장 나쁘고 가장 살인적인 실락원의 꿈에 한평생 고통스럽게 집착한다.

우리의 이야기로 되돌아가자. 나에게 유년 시절의 종말을 고해준 감정과 환상 들은 이야기할 만큼의 충분한 가치가 없다. 중요한 것은 그 '어두운 세계', 그 '다른 세계'가 다시 나타났다는 데 있다. 한때 프란츠 크로머였던 것이 이제는 내 안에 숨어 있었다. 그리하여 그 '다른 세계'는 외부에서부터 다시 나에 대한 지배력을 되찾았다.

크로머와의 사건 이후 몇 년이 지난 뒤였다. 내 생애의 그 극적이고 죄 많던 시절이 그때에는 아주 아득한 먼 곳에 물러가 있었으며, 짧은 악몽처럼 소멸해버린 것 같던 때였다. 프란츠 크로머는 이미 오래전에 내 생활에서 사라져버려 어쩌다 그를 만나는 경우가 있어도 거의 알아채지 못할 정도였다. 그렇지만 내 비극의 또 한 명의 중요한 인물인 막스 데미안은 내 주위에서 완전히 사라지지 않았다. 그러나 오랫동안 그는 멀리 내 삶의 가장자리에 서 있어서 비록 보이기는 했으나 무슨 영향을 끼치지는 못했다. 그런데 비로소 그가 다시 내게 가까이 다가와 힘과 영향을 미치기 시작했다.

그 시절의 데미안에 관하여 내가 뭘 알고 있었는지 돌이켜보려 한다. 1년 혹은 더 오랫동안 그와 말을 나눈 적이 없었던 것 같다. 나는 그를 피했고 그는 집요하게 달려들지 않았다. 언젠가 우연히 마주쳤을 때 그는 나에게 머리를 끄덕여 인사했다. 그 뒤로는 그의 친절함 속에 냉소와 어슴푸레한 비난의 여운이 섞여 있는 것만 같았다. 그러나 아마도 그것은 공연한 억측에 불과했을지도 모른다. 그와 더불어 경험한 사건들과 그 당시 그가 내게 끼친 기묘한 영향은 우리 둘 모두에게 이미 잊혀진 것 같았다.

나는 그의 모습을 더듬어본다. 그리고 지금 그를 그려보니 그가 정말로 여기에 있고 내가 그를 보고 있는 것만 같다. 나는 그가 학교에 가는 것을, 혼자서 혹은 다른 덩치 큰 학생들 사이에 끼어서 학교에 가는 것을 본다. 그리고 색다른 맵시로 고독하고 조용하게 그들 사이에 끼어, 자기의 독특한 분위기에 에워싸여 독특한 법칙하에 살면서 마치 별과도 같이 그렇게 걸어가는 것을 본다. 아무도 그를 사랑하지 않았고 아무도 그와 친하지 않았다. 그의 어머니만은 예외였지만 그의 어머니도 그를 아이가 아니라 마치 어른처럼 대하는 것 같았다. 선생님들은 될 수 있는 대로 그를 내버려두었다. 그는 좋은 학생이었지만 아무에게도 마음에 들려 애쓰지 않았다. 그리고 우리는 그가 선생님에게 표했다고 하는, 혹독한 도전이나 조소로밖에는 생각되지 않는 이런저런 말이나 비평 혹은 항변에 관한 소문을 종종 들었다.

나는 눈을 감고 생각해본다. 그리고 떠오르는 그의 모습을 본다. 그곳은 어디였을까? 그래, 이제 그곳도 다시 떠오른다. 그곳은 우리 집 앞 골목이었다. 그곳에서 어느 날 나는 그가 손에 노트를 쥐고 서 있는 것을 봤다. 그는 그림을 그리고 있었다. 우리 집 대문 위의, 새가 그려진 낡은 문장(紋章)을 그리고 있었다. 나는 창가의 커튼 뒤에 숨어 그를 내다봤다. 그리고 깊은 경탄을 느끼면서 문장 쪽으로 향한 그의 주도면밀하고 차가우면서도 밝은 얼굴을 봤다. 그것은 어른의 얼굴이었고, 연구자나 예술가의 얼굴이었다. 탁월하고 의지가 충만했으며, 이상하게도 밝고 차갑고 총명한 눈을 가진 얼굴이었다.

그리고 나는 다시 그를 본다. 그보다 조금 후 거리에서의 일이었다. 학교에서 돌아오던 길에 우리 모두는 쓰러진 말 주위에 둘러서 있었다. 말은 아직도 수레채를 달고 농부용 마차 앞에 매인 채 누워 있었는데, 무엇인가 애원하듯 콧구멍을 벌리고 허공을 향해 헐떡거리고 있었으며, 보이지는 않았지만 어딘가 상처가 났는지 피를 흘리고 있었다. 말의 옆구리에서 거리의 뽀얀 먼지가 서서히 섬게 배어들고 있었다. 메스꺼워 고개를 돌리다 나는 데미안의 얼굴을 봤다. 그는 앞으로 밀치고 나오지 않고 언제나 그러하듯 맨 뒤쪽에서 편안하고 제법 맵시 있게 서 있었다. 그의 시선은 말의 머리에 쏠려 있는 것 같았으며, 여전히 깊고 고요하고 거의 열광적이면서도 냉담한 주의력을 잃지 않고 있었다. 나는 오랫동안 그를 쳐다보지 않고는 못 배겼다. 그리고 그때 의식 가운데 떠오른 것은 아니지만 나는 매우 독특한 무엇인가를 느꼈다.

나는 데미안의 얼굴을 보고 있었다. 단지 그가 소년의 얼굴이 아니라 어른의 얼굴을 가지고 있다는 것만을 본 게 아니었다. 나는 더 많은 것을 보았다. 그의 얼굴이 어른의 얼굴이라는 것 말고도 다른 어떤 것을 보거나 느꼈다고 확신했다. 마치 여자의 얼굴과도 같은 무엇인가가 그 안에 깃들어 있는 것 같았다. 그리고 특히 그 얼굴은 잠시 나에게는 어른 같거나 혹은 아이 같거나 늙었거나 젊었거나가 아니라, 어쩌면 천 년이나 나이를 먹은 것도 같고 어쩌면 시간을 초월한 것도 같은, 우리가 살고 있는 것과는 다른 시간의 낙인이 찍혀 있는 것 같은 생각이 들기도 했다. 짐승들이나 나무들 혹은 별들이 그렇게 보일는지 모른다. 지금 내가 어른이 되어 말하는 것을 그때에는 알지도 못했고, 또 정확히 느끼지도 못했지만, 뭔가 그와 비슷한 것을 느낄 수는 있었다. 아마도 그는 아름다웠을 것이다. 아마도 그는 내 마음에 들었을 것이다. 그리고 한편으로는 그를 싫어했을지도 모른다. 그것조차도 확실하지 않다. 나는 그저 그가 우리와는 다르고, 마치 짐승이나 유령 아니면 어떤 환영과도 같았다고 느낄 뿐이다. 그가 어땠는지는 모르겠지만 아무튼 우리 모두와는 상상할 수 없을 만큼 딴판이었다. 그 이상은 기억나지 않는다. 그리고 아마 이것조차도 일부는 나중에 받은 인상에서 만들어진 건지도 모르겠다.

내가 몇 살 더 나이를 먹은 후에야 비로소 다시 그와 가까운 관계가 되었다. 데미안은 관례대로면 그의 동급생과 함께 교회에서 견진성사를 이미 받았어야 하지만 그러지 않았다. 그리하여 이에 대한 소문이 곧 돌았다. 학교에서는 다시금 그가 본래 유대인이라거나 혹은 이교도라는 말이 나왔고, 또 다른 아이들은 그가 그의 어머니와 함께 아무 종교도 없거나 혹은 터무니없는 사교(私教)에 빠져 있다고 수군댔다. 이와 관련해서 나는 또한 그가 자기 어머니와 마치 연인처럼 살고 있다는 이야기도 들었던 것 같다. 아마도 그는 이제까지 신앙 없이 자랐으나 그게 그의 장래에 다소의 불이익을 초래할지도 모른다는 두려움이 든 모양이었다. 하여간 그의 어머니는 또래보다 2년이나 늦어서 그가 견진성사를 받을 수 있도록 결정했다. 그래서 몇 달 동안 그는 견진성사 수업 시간에 나의 동급생이 되었다.

한동안 나는 그와 완전히 거리를 두었다. 나는 그와 엮이고 싶지 않았다. 그는 지나치게 소문과 비밀에 둘러싸여 있었다. 무엇보다도 크로머 사건 이래 나의 마음속에 남아 있던 채무감이 나를 방해했다. 그리고 그 당시에는 나도 나만의 비밀로 여념이 없었다. 견진성사 수업은 내가 성적인 문제에 눈을 뜬 시기와 일치했다. 그리하여 나의 선량한 의지에도 경건한 교의에 대한 나의 관심은 몹시 침해를 받았다. 신부님의 말씀은 내게서 멀리 떨어진 고요하고 성스러운 비현실성 속에 있었다. 아름답고 가치가 있을지는 몰라도, 아무튼 현실적이고 자극적인 것은 아니었다. 하지만 성과 관련된 일은 눈앞의 현실이었고 지극히 자극적이었다.

이러한 상태로 내가 수업에 무관심하면 할수록 나의 관심은 다시금 막스 데미안에게 접근해갔다. 어떤 끈이 우리를 묶어주고 있는 것 같았다. 나는 그 끈을 될 수 있는 대로 정확히 뒤밟아가지 않으면 안 되었다. 내가 생각하는 한에서 그것은 아직도 교실에 불이

켜져 있던 이른 아침에 시작되었다. 목회 선생님이 카인과 아벨의 이야기를 했다. 나는 거의 그 이야기에 주의를 기울이지 않고 있었다. 졸려서 듣고 있지도 않았다. 그때 신부님은 음성을 높이면서 열심히 카인의 표식에 관하여 강연하기 시작했다. 바로 그 순간에 나는 일종의 영감이나 경고 같은 것을 느꼈다. 그리고 내가 시선을 들자 앞줄 의자에 앉아 있는 데미안이 얼굴을 돌려 나를 보고 있었다. 그의 눈은 뭐라고 말을 하는 듯도 했으며, 진지하면서도 밝고 또 냉소하는 것도 같았다. 그는 단지 잠시 동안 나를 쳐다봤을 뿐이었다. 나는 갑자기 긴장되어 신부님의 말에 귀를 기울였고 카인과 그 표식에 관하여 이야기하는 것을 들었다. 마음 깊이에서 신부님이 가르치고 있는 것은 사실과 다르며, 얼마든지 달리 볼 수 있을 뿐 아니라 비판도 할 수 있다고 느꼈다!

그 순간 나와 데미안은 다시 연결되었다. 그런데 이상한 일은 영혼에 어떤 일정한 연결을 느끼기가 무섭게 나는 그것이 마치 마술처럼 공간으로 전파되어가는 것을 봤다. 그가 자신의 힘으로 그렇게 했는지 혹은 순전한 우연이었는지는 알 길이 없었다. 물론 당시에는 우연이라고 굳게 믿었다. 며칠 후 데미안은 종교 시간에 갑자기 자기 자리를 바꾸고 내 바로 앞에 와 앉았다(꽉 찬 교실이 뿜어내는 비참한 빈민 병원과 같은 공기 가운데서, 아침마다 그의 목에서 풍겨나오는 부드럽고도 신선한 비누 냄새를 얼마나 기꺼이 들이마셨는지 지금도 기억하고 있다). 그리고 또 며칠이 지난 다음 그는 다시 자리를 옮겨 이제는 내 옆에 와 앉았다. 그는 겨울과 봄 내내 줄곧 거기에 앉아 있었다.

아침 시간은 딴판이 되어버렸다. 그 시간은 이미 졸리지도 권태롭지도 않았다. 나는 그 시간을 고대했다. 우리 둘은 무섭게 집중하여 신부님의 말에 골똘히 귀를 기울였다. 내 옆에 앉은 그의 눈짓 하나만으로도 주의해야 할 이야기나 이상한 말에 내 마음을 쏠리게 할 수 있었다. 그리고 그와는 전혀 다르게 뚫어지도록 쳐다보는 눈초리는 나에게 경고를 불러일으키고 내 마음속에 비평과 의혹을 자아내는 데 충분했다.

그러나 우리는 때때로, 충실치 못한 학생으로서 수업에는 전혀 귀를 기울이지 않았다. 데미안은 언제나 선생과 학급 친구들에게 공손했다. 나는 한 번도 그가 다른 아이들이 잘 저지르는 어리석은 짓을 하는 것을 본 적이 없었다. 크게 웃거나 혹은 큰 소리로 떠드는 것은 물론 선생님의 질책을 받는 것도 본 적이 없었다. 그러나 아주 나직이, 속삭이는 말이라기보다는 오히려 손짓이나 눈빛으로 나를 자신의 일에 가담시키는 방법을 그는 알고 있었다. 그 일은 때로는 기묘한 종류의 일이었다.

예를 들자면, 그는 학생들 가운데 누구에게 흥미를 느끼는지, 자기가 어떤 방법으로 그들을 연구하는지를 말해주었다. 그는 많은 학생을 매우 정확히 알고 있었다. 그는 수업 전에 내게 말했다.

"내가 엄지손가락으로 손짓을 하면, 누구누구가 우리를 돌아다보거나 아니면 목덜미를 긁을 거야."

그러고는 수업 중에 내가 그 일을 거의 잊어버리고 있을 즈음 데미안이 갑자기 눈에 띄는 몸짓으로 엄지손가락을 내게 돌렸다. 내가 급히 지적받은 학생을 쳐다보면, 그 친구는 으레 마치 철사줄에 끌리기라도 하듯 요구받은 몸짓을 했다. 나는 선생에게도 해보라고 졸랐지만 그는 하려 하지 않았다. 그러나 언젠가 내가 수업에 들어가서 오늘은 예습을 해오지 않았으니 신부님이 내게는 아무것도 묻지 않았으면 좋겠다고 말했더니 그는 기꺼이 나를 도와주었다. 신부님이 교리문답의 한 구절을 암송시킬 학생을 찾고 있었고, 그의 헤매는 눈이 나의 죄진 듯한 얼굴 위에 멈추었다. 천천히 내 옆으로 다가와 선 신부님이 나에게 손가락을 내뻗고 내 이름을 입 밖에 내려는 순간, 갑자기 마음이 산란해졌는지 불안해졌는지 몰라도 신부님은 옷깃을 만지작거리더니 자기의 얼굴을 쳐다보고 있는 데미안에게로 발걸음을 옮겼다. 그러고는 데미안에게 뭔가를 물을 듯한 기색이었으나 다시 갑자기 몸을 돌리고 잠시 기침을 하고는 다른 학생을 시켰다.

이런 장난이 나를 무척 재미있게 해주었지만 한편 나는 비로소 그가 내게도 번번이 똑같은 장난을 치고 있다는 사실을 눈치챘다. 학교 가는 길에 갑자기 데미안이 얼마간의 거리를 두고 내 뒤에 오고 있는 듯한 느낌이 들어서 돌아다보면 정말로 데미안이 거기 있곤 했다.

“정말 다른 사람의 생각을 네가 원하는 대로 조종할 수 있어?”

내가 그에게 물었다. 그는 흔쾌히 침착하고 요령 있게 어른과 같은 태도로 설명을 해주었다.

“아냐.”

그는 말했다.

“그건 불가능해. 신부님은 그렇다고 하지만 사람에게 자유 의지

같은 건 없어. 누군가가 나에게 그가 원하는 바를 생각케 할 수도 없고 나도 내가 원하는 바를 남에게 생각케 할 수도 없어. 그러나 확실히 사람은 누군가를 잘 관찰할 수는 있지. 그러면 때때로 그 사람이 무엇을 생각하는지, 무엇을 느끼고 있는지 제법 정확하게 알 수 있지. 그렇게 되면 대개는 그 사람이 다음 순간에 무엇을 할지도 예측할 수가 있거든. 아주 간단해. 단지 사람들이 그걸 모를 뿐이지. 물론 연습은 필요해. 예를 들면 나비 중에 수놈보다 암놈이 훨씬 수가 적은 어떤 종류의 부나비가 있단 말야. 이 부나비도 모든 짐승이 그러하듯이 똑같은 방법으로 번식을 하거든. 수놈이 암놈을 수정시키고 그러면 암놈이 알을 낳는 거지. 내가 지금 이 부나비 중에서 암놈을 한 마리 가지고 있다면, 그러니까 자연과학자들이 종종 그렇게 실험하듯이 말이야, 밤에 이 암놈에게도 수놈 부나비들이 날아온단 말야. 정말이지 몇 시간이나 걸리는 먼 곳에서 말야! 몇 시간이나 걸리는 먼 곳을 생각해봐! 수킬로미터 떨어진 곳에서 이 모든 수놈은 그 지대에 있는 유일한 암놈을 감지하는 거야! 그것을 해명하려고 사람들은 노력하지만 어려운 문제야. 일종의 후각이나 혹은 그 비슷한 뭔가가 있는 게 틀림없거든. 좋은 사냥개가 눈에 보이지 않는 자취를 찾아 뒤따라가는 것처럼 말야, 알아듣겠어? 자연계에는 그런 일이 얼마든지 있어. 하지만 아무도 그것을 설명할 수는 없지. 그러나 나는 지금 이렇게 말하고 싶어. 이 나비의 세계에 암놈이 수놈만큼 그렇게 많이 있다면 수놈들은 결코 그렇게 예민한 코를 가지고 있진 않을 거라고! 단지 그 일에 훈련이 되어서 그런 코를 가지고 있을 뿐이지. 짐승이나 인간이 자기의 모든 주의력과 의지를 어느 일정한 것에 집중하면, 그들도 또한 그것에 도달할 수가 있어. 그게 전부야. 네가 생각하고 있는 것도 바로 그래. 어떤 사람을 아주 정확하게 관찰해봐. 그럼 그 사람 자신보다도 그에 대해 더 많이 알게 될 테니까."

'독심술'이란 말을 하마터면 입 밖에 내어 오랫동안 간직해두었던 크로머와 있었던 장면을 상기시켜줄까도 생각했다. 그러나 그 일은 이제 우리 두 사람 사이에서 미묘한 문제였다. 수년 전 언젠가 그가 진지하게 내 생활에 개입한 일에 대해서는 그나 나나 결코 슬며시라도 말을 비친 적이 없었다. 마치 이전에 우리 사이에 아무 일도 없었던 것처럼, 마치 서로 상대편이 그 일을 잊어버렸다고 굳게 믿는 것처럼 말이다. 한두 번 우리가 함께 거리를 걸어가다가 프란츠 크로머를 만난 일도 있었지만 우리는 시선을 교환하지도 않았으며, 한 마디도 그에 관해서 이야기하지 않았다.

"하지만 그럼 의지는 어떻게 되는 거지?"

나는 물었다.

"넌 사람은 자유 의지를 갖고 있지 않다고 말했어. 그러고 나서 다시 사람이 자신의 의지를 어떤 일에 집중시키기만 한다면 자기 목적에 도달할 수 있다고 말했어. 그건 분명히 서로 일치되지 않는 걸! 내가 내 의지를 지배할 수 없다면, 나는 의지를 이곳저곳에 임의로 집중시킬 수도 없잖아."

그는 나의 어깨를 쳤다. 내가 그를 즐겁게 해줄 때면 으레 그렇게 했다.

"좋아, 그걸 물어봐줘서!"

그는 웃으면서 말했다.

"사람은 언제나 묻고 의심해야 해. 문제는 극히 단순해. 예를 들어 그러한 부나비가 자기의 의지를 별이나 또는 그 밖에 어디에든지 집중시키려 해도 되지 않거든. 부나비들은 애당초 그런 노력 따윈 하지 않는단 말야. 단지 자기에게 의의와 가치가 있는 것, 필요한 것, 절대로 가져야 하는 것만을 찾기 때문이지. 그리고 바로 그런 때 도저히 믿을 수 없는 일도 이루어지는 거야. 부나비들은 자기들 말고는 다른 어떤 짐승도 갖고 있지 않은 불가사의한 육감을 발전시키는 거지! 우리 같은 사람은 분명히 짐승보다 더 많은 활동의 여지와 더 많은 호기심을 갖고 있지. 그렇지만 우리도 역시 비교적 협소한 범위 속에서 제약을 받고 있어서 그 이상으로 나가지 못해. 나는 틀림없이 이것저것을 상상할 수도 있고 무조건 북극에 가고 싶다든가 하는 따위의 일을 공상해볼 수도 있지. 하지만 그 소원이 나 자신의 내부에 깃들고 정말로 나의 존재가 완전히 그걸로 충만해 있을 때에만 그것을 실행할 수가 있고, 충분하고 강력하게 의욕할 수도 있는 거야. 그러한 경우에 네 내부에서 명령한 바를 시험해보기 무섭게 잘될 것이고, 네 의지를 좋은 말을 다루듯 구사할 수 있게 되는 거지. 가령 내가 지금 우리 신부님이 장차 안경을 쓰지 않도록 계획해도 그건 안 될 일이야. 단순한 장난에 불과하지. 그때 가을에 말이지, 내가 앞쪽에 있던 내 자리를 옮겼으면 하는 확고한 의지를 갖자, 그건 아주 잘되었거든. 그때 알파벳 순으로 따져서 내 앞에 앉아야 했는데 이제까지 앓느라 학교에 나오지 못하고 있던 아이가 갑자기 나타난 거야. 그래서 누군가가 그 아이에게 자리를 마련해줘야 했는데 물론 내가 했지. 내 의지가 기회를 잡을 만반의 준비를 갖추고 있었기 때문이야."

"그래."

나는 말했다.

"나는 그때 아주 이상하다고 느꼈어. 우리가 서로에게 흥미를 느낀 순간부터 넌 내게 점점 가까이 왔거든. 그런데 그건 어떻게 된 거야? 처음엔 바로 내 곁에 앉지 않고, 몇 번인가 내 앞자리에 앉았었지. 그렇지 않아? 그건 어떻게 된 거야?"

"그건 처음 자리를 옮겼으면 했을 때, 어디로 가고 싶은지 나도 확실히 알지 못했기 때문이지. 난 그저 훨씬 뒤쪽에 앉고 싶다는 생각만 하고 있었을 뿐이야. 너에게 가는 것이 내 의지였지만, 아직 그것이 제대로 의식되지 않았거든. 동시에 네 자신의 의지도 나를 도와 함께 끌어주었던 거야. 그러다가 내가 네 앞에 앉게 되자, 내 소원이 이제야 반쯤 충족되었다는 걸 느꼈지. 내가 네 곁에 앉는 것 이외에는 원래 아무것도 바라지 않았다는 걸 깨달은 거야."

"하지만 그땐 새로 들어온 학생이라곤 없었는걸."

"그랬어. 그렇지만 말야, 그때 나는 단순히 내가 원하는 바를 행했을 뿐이고 그저 네 곁에 앉았던 거지. 나와 자리를 바꿨던 그 아이는 그저 이상히 여겼을 뿐 내가 하는 대로 내버려두었거든. 그리고 신부님은 분명 한 번쯤은, 자리에 무슨 변화가 있는 걸 알아차렸을 거야. 요컨대 나와 관련이 있을 때마다 신부님은 뭔가를 은연중에 마음에 걸려했거든. 즉 내 이름이 데미안이고, 이름에 D자가 있는 내가 아주 뒤 S자 사이에 앉아 있는 것이 맞지 않다는 것을 알고 있었단 말야. 하지만 내 의지가 그걸 거역하고 자꾸만 방해하는 바람에 그 일이 신부님의 의식 속에까지 배어들지는 않았지. 신부님은 언제나 되풀이하여 뭔가가 맞지 않음을 눈치채고 나를 연구하기 시작했거든. 그러나 그런 경우 나에겐 아주 간단한 해결 방법이 있지. 상대의 눈을 아주 뚫어지게 들여다보는 거야. 거의 모든 사람은 그걸 견디지 못하거든. 모두 불안해하지. 네가 누군가에게 뭔가를 얻고자 할 때 무조건 아주 지그시 그의 눈을 들여다보고, 그가 하나도 불안해하지 않거든 바로 단념해버려! 그런 사람에게서 넌 결코 아무것도 성취할 수 없을 테니까! 그러나 그런 일은 매우 드물지. 이 수법이 아무 소용이 없는 사람은 내가 알고 있는 사람 중에 단 한 사람밖에 없어."

"그게 누군데?"

나는 다급히 물었다.

그는 눈을 약간 가늘게 뜨고 나를 바라봤다. 생각에 잠길 때면 그는 그런 눈을 하곤 했다. 그러고는 눈길을 돌리고 대답을 하지 않았다. 나는 몹시 궁금했지만 다시 물을 수는 없었다.

그러나 나는 그때 그가 자기 어머니를 생각했다고 믿는다. 그의 어머니와 그는 매우 친밀한 것 같았으나 내게 어머니 이야기는 한 번도 한 적이 없었으며, 나를 집에 데려간 적도 없었다. 나는 그의 어머니가 어떻게 생겼는지도 알지 못했다.

그 당시에 나는 여러 번 어떤 일을 성취하기 위해 그와 똑같이 나의 의지를 그 일에 집중해보려고 노력해봤다. 무척 절실한 소원이 하나 있었다. 그러나 그 방법은 아무 소용이 없었다. 그 일에 대해서는 데미안에게 감히 말할 수가 없었다. 내가 소망한 바를 그에게 고백할 수가 없었다. 그리고 그 역시 묻지 않았다.

그러는 사이에 나의 신앙심에는 많은 균열이 생겼다. 그렇지만 전적으로 데미안에게 영향을 받은 나의 생각은 믿음이 전혀 없는 동급생들과는 달랐다. 믿음이 없는 친구들이 더러 있었는데 그들은 하나의 신을 믿는다는 것은 가소롭고 인간답지 않으며, 삼위일체와 예수의 동정녀 탄생 따위의 이야기는 순전히 웃음거리일 뿐이고, 사람들이 오늘날에도 여전히 이러한 고물단지를 가지고 팔러 돌아다니는 것은 수치스러운 일이라는 등의 이야기를 때때로 들려주었다. 나는 결코 그렇게는 생각하지 않았다. 때로 의혹을 품기도 했지만, 내 유년 시절의 체험을 통해서 부모님이 살아오신 것과 같은 경건한 삶이 실재하고 또한 그것이 무가치한 일도 아니고 위선을 부리는 일도 아님을 충분히 알고 있었다. 오히려 나는 종교적인 것에 경외감을 갖고 있었다. 단지 데미안만이 내가 이야기와 교의를 보다 더 자유롭고, 보다 더 개인적이며, 보다 더 유희적이고, 보다 더 공상적으로 보고 해석하는 데 길들게 해주었다. 적어도 그가 나에게 암시한 해석에 언제나 나는 흔쾌히 그리고 즐거이 따랐다. 확실히 많은 것이 내게는 지나치게 조야한 것 같았는데, 카인에 대한 문제도 역시 그러했다.

그리고 한 번은 견진성사 수업 중에 그 이상 더 대담할 수 없는 견해로 그는 나를 깜짝 놀라게 했다. 선생님이 골고다 언덕에 관해 이야기를 하고 있었다. 구세주의 고난과 죽음에 관한 성서의 이야기는 훨씬 옛날부터 내게 깊은 인상을 주었다. 내가 조그마한 아이였을 때, 예수 수난일 같은 때를 맞아 아버지께서 수난에 대한 이야기를 읽어주시면 그 고난에 찬 아름답고 창백하고 징그럽고 그럼에도 무섭게 발랄한 세계에서, 즉 겟세마네와 골고다에서 열렬하게 감동한 채 살았다. 그리고 바흐의 〈마태 수난곡〉을 들었을 때는 그 신비에 가득 찬 세계의 어둡고 힘찬 고난의 광채가 온갖 신비로운 전율로 내 마음을 넘쳐흐르게 해주었다. 나는 지금도 여전히 이 음악 속에서 그리고 '비장한 행위' 속에서 모든 시와 모든 예술적인 표현의 본질을 본다.

그 수업이 끝날 무렵 데미안이 생각에 잠긴 채 내게 말했다.

"싱클레어! 내 마음에 들지 않는 일이 좀 있어. 그 이야기를 다시 읽어봐. 그리고 혀로 음미해봐. 뭔가 껄끄러운 맛이 나. 다시 말하면 두 명의 도둑 이야기 말야! 언덕 위에 세 개의 십자가가 위풍당당히 서 있는 것은 굉장해! 하지만 우직스러운 도둑에 관한 감상적인 종교 이야기일 뿐이야! 처음에 그는 범죄자이고 누구나 아는 바와 같이 수치스러운 행위를 했는데, 이제 꺼져들기라도 할 듯이 개전(改悛)과 후회의 눈물 어린 축제를 올리고 있으니 말야! 무덤에서 두 발자국 떨어진 곳에서 그따위 후회가 도대체 무슨 의미가 있겠어? 그것은 유치한 감상과 고도의 교화적 배경을 가진, 달콤하고도 속임수에 제격인 예수쟁이의 이야기일 뿐 아무것도 아니거든. 오늘 내가 그 두 도둑 가운데 하나를 친구로 골라야 한다거나 혹은 둘 중의 누구에게 더 신뢰를 보낼 수 있을까를 생각해야 한다면, 물론 이 눈물을 찔끔거리는 개종자는 확실히 아니야. 단연코 다른 쪽의 도둑을 고를 게 분명해. 그는 사내대장부이며 개성 있는 녀석이니까. 그는 자기의 처지에서 단지 또 하나의 사탕발림에 불과한 개종 같은 건 거들떠보지도 않은 거야. 마지막까지 자기의 길을 갔고, 최후의 순간에 그때까지 그를 도와주었던 악마에게서 비겁하게 손을 빼지 않았거든. 그는 개성 있는 인물이란 말야. 개성이 있는 사람들은 성서의 이야기에서는 흔히 손해를 보는 법이거든. 아마 그 역시 카인의 후예일 거야, 그렇게 생각하지 않니?"

나는 몹시 당황했다. 십자가에 못 박히는 그 이야기에는 아주 정통해 있는 줄로 알았는데 이제야 비로소 나는 내가 얼마나 개성 없이, 얼마나 상상력과 환상 없이 그 이야기를 듣고 읽었는지 알아차렸다. 데미안의 이 새로운 생각은 나에게는 숙명적으로 들렸고, 계속 지키지 않으면 안 된다고 믿었던 내부의 관념을 뒤집어엎으려고 위협했다. 안 된다. 그렇게 온갖 것을, 가장 신성한 것까지도 농락해서는 결코 안 된다.

그는 언제나처럼 미처 내가 말도 하기 전에 이미 나의 반대를 눈치챘다.

"벌써 알고 있어."

그는 단념하듯 말했다.

"그건 옛날 이야기야. 너무 진지하게 받아들일 필요는 없어! 하지만 너한테 몇 마디만 할게. 여기에 이 종교의 결함이 아주 뚜렷하게 있단 말야. 구약이나 신약에 나오는 완전한 신은 실로 훌륭한 모습을 하고 있지만, 그게 본래 나타내야 할 모습이 아니라는 게 문제거든. 신이란 어진 것, 고귀한 것, 아버지와 같은 것, 아름다운 것,

또한 높은 것, 다감한 것, 아주 맞아! 그러나 세상은 또한 다른 것으로도 이루어져 있거든. 그런데 현재 이 모든 것은 전반적으로 악마의 것이 되었고, 세상의 이러한 부분의 전부, 즉 세상의 절반이 은폐당하고 묵살되고 있어. 하느님을 모든 생명의 아버지라고 찬양하지만, 분명 생명의 근원인 모든 성적 생활은 단적으로 묵살하고 걸핏하면 악마의 짓으로, 죄 많은 것으로 설명하는 건 어찌 된 영문이냔 말야! 사람들이 이 여호와 하느님을 숭배하는 것에 나는 반대할 이유가 전혀 없어. 그러나 우리는 전부를 존중하고 신성시해야 한다고 생각해. 인위적으로 분리한 공식적인 절반만이 아니라 모든 세계를 말야! 따라서 우리가 신께 예배 드리는 거야말로 정당하다고 생각해. 그러나 동시에 자기의 내부에 악마조차도 포함하고 있고 자연스럽기 짝이 없는 세상일들이 일어날 때 그 앞에서 눈을 감지 않아도 되는 그러한 신을 창조해야 한다고 생각해."

그는 평소와 달리 무척 흥분했으나, 곧 다시금 미소를 짓고 그 이상 내게 따져들지는 않았다.

그 말은 내가 마음속에 늘 간직하고 있었고 결코 누구에게도 한마디도 말한 적이 없는 내 소년 시절의 수수께끼에 들어맞았다. 데미안이 그때 신과 악마에 관하여, 신적인 세계와 공적인 세계, 묵살당하는 악마의 세계에 관하여 이야기한 것은 바로 나 자신의 생각이었고, 나 자신의 신화였고, 두 개의 세계 또는 세계의 두 절반에 관한, 즉 절반의 빛과 절반의 어둠에 관한 나 자신의 생각이었다. 나의 문제가 모든 인간의 문제이며, 모든 생명과 사색의 문제라는 인식이 마치 성스러운 그림자처럼 홀연히 나를 스쳐갔다. 그리고 나의 개인적인 생활과 생각이 위대한 이념의 영원한 강에 깊이 관여하고 있음을 보고 또 느끼게 되자, 불안과 경건한 마음이 나를 엄습했다. 그러나 그 깨달음이 어쩐지 무엇인가를 실증해주고 또 행복하게 해주긴 하였으나 기껍지는 않았다. 그것은 가혹하고 떫은 맛이 났다. 왜냐하면 그 속에는 책임의 의미가, 이미 어린애일 수 없다는 사실과 혼자서 살아나가야 한다는 의미가 들어 있었기 때문이다.

나는 난생처음으로, 이렇듯 심각한 비밀을 폭로하면서 내 친구에게 옛날 유년 시절부터 품고 있던 '두 개의 세계'에 대한 생각을 이야기했다. 그리고 그는 곧 나의 가장 깊은 곳에 자리잡고 있는 감정이 자신의 생각에 공명하고 또 정당성을 부여한다는 사실을 알아차렸다. 그러나 이러한 것을 이용하려 하는 것은 그의 방식이 아니었다. 그는 과거에 내게 기울였던 것보다 더 깊은 관심을 가지고 귀를 기울이고 있었다. 그리고 그가 내 눈을 들여다봐서 나는 눈을 피할 수밖에 없었다. 그의 눈빛에서 다시금 그의 묘하고 짐승 같은 초시간적인 것, 그 상상할 수조차 없는 나이를 봤기 때문이다.

"그 문제는 다음에 더 이야기해보자."

그는 달래면서 말했다.

"네가 누군가에게 말할 수 있는 이상의 것을 생각하고 있다는 걸 난 알아. 그런데 그게 사실이라면, 너 또한 한 번도 네가 생각한 바를 전부 겪어보지 못했다는 것도 알겠지. 그것은 좋지 않은 일이야. 우리가 살고 있다는 생각만이 가치가 있는 거야. 넌 너의 '허용된 세계'가 단지 세계의 절반에 불과하다는 걸 의식했으면서도 마치 신부님과 선생 들이 그렇듯이 그 두 번째의 절반을 은폐하려고 애쓴 거야. 그건 성공할 수 없을걸! 한 번 생각을 시작한 사람은 아무도 성공할 수 없어."

그의 이야기는 깊이 가슴을 쳤다.

"하지만."

나는 외치다시피 말했다.

"사실상 금지된 추악한 것들도 현실에는 존재하잖아. 너도 그걸 부정할 수는 없을걸! 그것들은 일단 금지되어 있고, 그러니 우리는 단념할 수밖에 없어. 살인과 온갖 가능한 악덕이 존재하고 있다는 걸 알아. 하지만 단순히 그런 것이 존재한다는 이유만으로 자진해서 범죄자가 되어야 한단 말이야?"

"우리가 오늘 그 문제의 결론을 내릴 순 없겠다."

막스가 달랬다.

"틀림없이 살인을 하거나 소녀를 능욕해서는 안 되지. 그건 안 되는 일이야. 그러나 너는 아직도 '허용된 것'과 '금지된 것'이라고 불리는 것을 깨달을 수 있는 데까진 가지 못했어. 넌 겨우 진리의 한 조각을 감지했을 뿐이야. 다른 조각들이 또 올 거고, 그 사실을 잊지 말아야 할 거야! 넌 지금, 그러니까 1년쯤 전부터 네 안에 어떤 충동을 지니고 있었던 거야. 그건 다른 모든 충동보다 더 강하거든. 그래서 '금지된 것'으로 간주하는 거야. 그와는 반대로 그리스 사람이나 다른 많은 민족은 이 충동을 일종의 신성으로 삼고, 굉장한 축제를 올리면서 그것을 신봉했지. '금지된 것'은 그러므로 영원한 것은 아니며 변경될 수도 있단 말야. 오늘 당장에라도 여자와 함께 신부님한테 가서 결혼을 하면 누구나 여자와 잘 수 있지. 하지만 그렇지 않은 민족도 있어. 오늘날에도 역시 다르단 말야. 그러므로 우리 각자는 허용된 것과 금지된 것을, 자기에게 금지된 것을 제 자신의 힘으로 찾아내야 하는 거야. 한 번도 금지된 일을 해보지 않고서도 대악당이 될 수가 있거든. 마찬가지로 반대의 경우도 있지. 단지 편의상의 문제일 따름이야! 너무나도 안일해서 스스로 생각하고 스스로 자기의 판단자가 되지 못하는 사람은 결국 있는 그대로의 금령에 당장 복종하는 법이지. 그게 쉽거든. 다른 사람들은 자기의 내부에서 법령을 스스로 느낀단 말야. 모든 신사 나리들이 매일같이 하는 일이 그들에게는 금지되어 있고, 그리고 다른 경우에는 엄금되어 있는 일이 이들에겐 허용되어 있거든. 사람은 각자 독자적이 되어야 하는 법이야."

그는 갑자기 너무 많이 이야기한 것을 후회하는 듯이 보였다. 그리하여 말을 중단했다. 이미 그 당시에 나는 그가 그때 무엇을 느끼고 있는지 어느 정도는 감정적으로 이해할 수 있었다. 다시 말하면 그는 매우 유쾌하고 겉으로 보기에는 자기의 생각을 닥치는 대로 표명하는 것이 예사였지만, '그저 지껄이기 위해서' 이야기하는 것은 죽어도 참을 수 없어했다. 그런데 그는 내가 진정으로 흥미를 가지고 있는 것과는 별개로 과도한 유희와 재치 있는 농담을 즐기는 마음, 간단히 말해서 완전한 진지성이 결여되어 있는 것을 내게서 느꼈던 것이다.

내가 쓴 '완전한 진지성의 결여'라는 마지막 어구를 다시 읽어보니, 내가 막스 데미안과 더불어 사춘기에 경험한 가장 감동적인 또 하나의 장면이 갑자기 내 마음에 다시 떠오른다.

우리의 견진성사가 다가오고 있었다. 종교 수업의 마지막 몇 시간 동안 최후의 만찬에 대해 배웠다. 그것은 신부님에게는 중대한 일이었다. 그래서 그는 애를 썼다. 신성한 느낌과 기분이 이 시간 동안에 잘 느껴졌다. 그러나 마지막 두서너 시간밖에는 남지 않은 교리문답 수업 시간에 내 생각은 다른 데 팔려 있었다. 내 친구에게 팔려 있었다. 교회 사회로 들어가는 엄숙한 입회라고 설명하는 견진성사를 위해서 받은 약 반년간의 종교 수업의 가치는 내가 수업에서 배운 것에 들어 있지 않고 데미안 가까이에서 그리고 그의 영향 속에서 지내는 가운데 있다는 생각이 어쩔 수 없이 나를 엄습해 왔다. 이제 나는 교회가 아니라 아주 다른 것에, 즉 사상과 개성의 교단에 입회할 준비가 되어 있었다. 그 교단은 어쨌든 이 지상에 존재하는 게 분명했고, 그 대표자나 사도는 바로 내 친구라고 느꼈다.

나는 이 생각을 떨쳐버리려고 애썼다. 온갖 다른 일에도, 견진성사 의식만은 상당한 품위를 가지고 경험하고 싶은 것이 나의 진심이었다. 그런데 견진성사는 나의 새로운 생각과는 거의 양립할 수 없는 것 같았다. 그렇지만 나는 원하는 바를 하고 싶었다. 그 생각은 분명했고 다가오는 교회의 의식에 대한 생각과 합쳐졌다. 나는 다른 사람들과는 다른 의식을 치르려고 마음먹었다. 나에게는 데미안을 통해 알게 된 사색의 세계로의 입회를 의미해야 했기 때문이다.

내가 다시 한번 그와 더불어 열심히 토론을 한 것도 그 무렵이었다. 바로 문답 수업 직전이었다.

내 친구는 아무 말도 없었는데, 제법 조숙하고 멋을 부리려고 드는 것처럼 들리는 내 이야기에 별반 기뻐하지 않았다.

"우리는 너무 많이 얘기한단 말야."

그는 유난히 정색하고 말했다.

"약삭빠른 이야기는 아무 가치가 없어. 아무 가치가 없어. 자기 자신에게서 떨어져나갈 뿐이지. 자기 자신에게서 떨어져나가는 것은 죄악이야. 마치 거북이처럼 자기 안으로 완전히 기어들어가야 해."

그러고 나서 곧 우리는 교실에 들어갔다. 수업이 시작되었다. 나는 주의를 집중하려고 애썼다. 데미안도 나를 방해하지 않았다. 잠시 후 그가 앉아 있는 내 옆자리에서 나는 무언가 독특한 것, 공허감이나 냉정함, 혹은 마치 그 자리가 뜻밖에도 텅 빈 것 같은 그러한 기분을 느꼈다. 그 느낌이 가슴을 압박하기 시작하자 나는 그쪽을 돌아봤다.

거기에는 내 친구가 평소와 마찬가지로 똑바르고 얌전한 자세로 앉아 있었다. 그렇지만 이제까지와는 아주 딴판으로 보였다. 내가 알지 못하는 뭔가가 그에게서 나와서 그를 감싸고 있었다. 나는 그가 눈을 감았다고 생각했다. 그러나 그는 눈을 뜨고 있었다. 그렇지만 그 눈은 무언가를 쳐다보고 있지는 않았다. 보고 있는 것이 아니었다. 두 눈은 물끄러미 떠 있어서 내부의 세계, 혹은 아득한 먼 세계를 향해 있었다. 완전한 정지 상태로 까딱도 않고 그는 거기 앉아 있었고, 숨조차 쉬지 않는 것 같았다. 그의 입은 마치 나무나 돌에 새겨진 것 같았다. 얼굴은 창백했다. 돌처럼 한결같이 창백했다. 그리고 갈색 머리칼은 그에게서 가장 생기를 띠고 있는 부분이었다.

그의 두 손은 자기 앞의 의자 위에 놓여 있었다. 마치 돌이나 과일 같은 물건처럼 생기가 없고 고요하며 창백하고 움직임도 없이, 그러나 축 늘어져 있는 것이 아니라 숨어 있는 강력한 생명을 감싸고 있는 야무지고 질이 좋은 깍지와도 같았다.

그 광경에 나는 떨렸다. 그가 죽었구나! 하고 생각했고, 하마터면 큰 소리로 그렇게 말할 뻔했다. 그러나 나는 그가 죽지 않았음을 알았다. 나는 매혹된 눈빛으로 그의 얼굴, 그 창백하고 굳어버린 가면을 응시했다. 그리고 그게 바로 데미안이라고 느꼈다. 나와 함께 걷고 이야기하던 이제까지의 모습은 단지 데미안의 절반, 즉 때때로 배역을 연기하고 적응하고 호의로 협조해주던 데미안의 절반에 불과했다. 진짜 데미안은 이렇게 굳어 있고, 고색창연하고, 짐승과 같고, 아름답고, 차갑고, 죽어 있으면서도 그 이면에는 전대미문의 생명이 넘치는 모습이었다. 그리고 그의 주위를 에워싸고 있는 고요한 이 공허, 이 정기와 별밭, 고독한 이 죽음! 지금 그는 완전히 자기 자신 속으로 잠겨들었다고 나는 전율하면서 느꼈다. 이렇듯 고독했던 적이 없었다. 나는 그와 관계가 없었고, 그는 내 손이 닿지 않는 곳에 있는 존재였으며, 세계에서 가장 먼 섬에 있는 것보다 더 먼 곳에 있었다.

나를 제외하고는 아무도 깨닫지 못하고 있다는 생각을 할 수가 없었다! 모두가 바라보고 분명히 모두가 오싹해져 몸서리를 칠 것이다. 그런데 그를 주의해서 보는 사람은 아무도 없었다. 그는 석상처럼, 내가 보기에는 우상처럼 꼿꼿하게 앉아 있었다. 파리 한 마리가 그의 이마 위에 앉았다가 천천히 코와 입술 위로 내려왔다. 그는 주름살 하나 움찔하지 않았다.

어디에, 그는 지금 도대체 어디에 있는 걸까? 무엇을 생각하고, 무엇을 느끼고 있을까? 그는 하늘에 있는 걸까? 지옥에 있는 걸까?

그에게 그 일을 물어본다는 것은 불가능했다. 수업이 끝나자 다시 되살아나서 그가 숨을 쉬고 있는 것을 봤을 때, 그의 시선과 내 시선이 마주쳤을 때, 그는 이전과 같았다. 그는 어디에서 왔을까? 어디에 갔다 온 걸까? 그는 피곤해 보였다. 얼굴은 다시 빛을 띠고 손은 다시금 움직였지만 그의 갈색 머리칼은 이제 윤기를 잃고 지친 것 같았다.

그 후 며칠 동안 나는 침실에서 한 가지 새로운 연습을 하는 데 몰두했다. 나는 꼿꼿하게 의자 위에 앉아 눈을 고정시키고 완전히 부동자세를 한 채 얼마나 오랫동안 견딜 수 있는지, 그때 무엇이 느껴지는지 기다렸다. 하지만 나는 그저 피곤해지기만 했고 눈꺼풀에 심한 가려움만 느꼈을 뿐이었다.

그 후 얼마 지나지 않아 견진성사 날이 되었다. 그러나 견진성사에 대한 중요한 기억이라곤 하나도 남아 있지 않다.

이제 모든 것이 달라졌다. 유년 시절이 산산이 부서져 내 주위에 떨어졌다. 부모님은 일종의 낭패감을 가지고 나를 바라보셨다. 누이들은 나에게 아주 낯선 사람이 되었다. 냉담함이 익숙했던 나의 감정과 기쁨을 왜곡하고 퇴색시켰다. 정원은 향기를 잃었고 숲은 마음을 끌지 못했으며 세계는 마치 고물의 재고를 정리하듯 무미하고 매력 없이 나를 둘러싸고 있었다. 책은 종잇조각이고 음악은 소음이었다. 그래서 가을 나무의 주위에 잎이 떨어지더라도 나무는 그것을 느끼지 못한다. 비가 나무에서 흘러내리고, 혹은 태양이, 혹은 서리가 내린다. 그리고 나무의 내부에서는 생명이 서서히 위축되고 깊숙이 움츠려들어간다. 그러나 나무는 죽는 것이 아니다. 기다리는 것이다.

나는 방학이 끝나면 다른 학교에 가기 위해 난생처음으로 집을 떠나야 했다. 때때로 어머니께서 유난히 다정하게 내게로 다가와서 미리 이별을 고하시면서 내 가슴속에 사랑과 그리움과 잊을 수 없는 추억을 불어넣으려고 애쓰셨다. 데미안은 여행을 떠나버렸다. 나는 고독했다.

베아트리체

친구를 다시 만나지도 못하고 방학이 끝날 무렵, 성(聖)○○시로 출발했다. 부모님 두 분이 함께 오셔서 극진히 온갖 염려를 다해주시면서, 김나지움 선생님이 있는 소년 기숙사에 나를 맡기셨다. 그때 부모님이 어떤 것들 사이에 나를 몰아넣었는지 알았더라면 놀라 자빠졌을 것이다.

문제는 시간이 지나면서 내가 착한 아들이 되고 유용한 시민이 될 수 있을지, 아니면 나의 본성이 나를 다른 길로 밀어붙일지였다. 아버지의 집과 정신의 그늘 속에서 행복해지고자 하는 나의 마지막 노력은 오랫동안 계속되었고, 때로는 거의 성공한 것 같았지만 결국은 완전히 수포로 돌아갔다.

견진성사를 치른 다음에 보낸 방학 동안 처음으로 느낀 이상한 공허감과 고독감은 좀체로 빨리 사라지질 않았다. 나는 이 공허감과 이 희박한 공기를 후일에도 얼마나 많이 맛보았던가! 고향과 한 작별 인사는 이상스러울 만큼 쉽게 이루어졌다. 슬프지 않았다는 사실이 오히려 부끄러웠다. 누이들은 끝없이 울어댔다. 나는 울 수가 없었다.

나는 나 자신에 놀랐다. 언제나 나는 감정이 풍부한 아이였고, 바탕은 제법 선량한 아이였다. 그러나 지금은 아주 달라졌다. 외부 세계에 매우 냉담한 태도를 취했으며, 온종일 나의 내부에만 귀를 기울이고 내부의 밑바닥에서 졸졸거리고 있는 금지된 어두운 냇물 소리를 듣는 데 골몰했다. 지난 반년 동안 나는 비로소 매우 빠르게 성장했다. 그렇게 후리후리하고 야위고 불안전한 채로 나는 세상을 바라보고 있었다. 소년다운 귀염성은 전부 사라져버렸다. 나 스스로도 이래서는 남에게 사랑받을 수 없다는 것을 느꼈다. 그리고 나 자신조차 나를 조금도 사랑하지 않았다. 나는 종종 막스 데미안에게 커다란 그리움을 품곤 했다. 그러나 그를 미워한 적도 그리 드물지는 않았고, 마치 몹쓸 병처럼 짊어진 내 삶의 빈곤에 대해 그에게 책임을 전가했다.

학생 기숙사에서 나는 처음에 귀여움도 존중도 받지 못했다. 처음엔 놀림을 받고 그러고 나서 따돌림을 당했으며 음산한 놈, 불쾌한 변태자로 여겨졌다. 나는 그 역할이 마음에 들었으므로 한층 더 과장해 보여주었다. 그리고 언제나 외견상으로는 가장 남자답게 세상을 멸시하고 있는 것처럼 보이는 고독 속에 파묻혔다. 하지만 그 반면에 때로는 비애와 절망으로 살을 에는 듯한 발작에 남몰래 압도당하기도 했다. 학교에서는 집에서 쌓아두었던 지식을 파먹고 있으면 되었다. 지금 학급은 이전 학급보다 다소 뒤떨어져 있었다. 그리고 나는 같은 또래들을 어린애라고 다소 얕보는 습관이 생겼다.

1년여의 시간이 그렇게 지나갔다. 방학이 되어 처음으로 집에 돌아갔을 때도 새로운 느낌이라곤 아무것도 없었다. 나는 기꺼이 다시 떠나왔다.

11월 초순의 일이었다. 나는 어떤 날씨에도 산책하며 생각에 잠기는 습관이 생겼다. 산책을 하면서 자주 일종의 즐거움을, 우울과 염세와 자기 멸시에 가득 찬 기쁨을 맛보곤 했다. 그리하여 어느 날 저녁 안개가 축축히 내린 교외의 황혼 속을 나는 어슬렁거리고 있었다. 공원의 널따란 가로수 길은 텅 빈 채로 나를 맞아들였다. 길은 떨어진 나뭇잎으로 온통 덮여 있었고, 나는 어두운 쾌감을 느끼면서 발로 그 낙엽을 헤적거렸다. 축축하고 매캐한 냄새가 났다. 멀리 있는 나무들은 안개 속에서 유령처럼 크고 희미하게 나타났다.

가로수 길 끝에서 나는 망설이며 멈춰 서서, 검은 나뭇잎을 응시하며 풍화와 사멸의 축축한 향기를 탐욕적으로 들이마셨다. 나의 내부에서 뭔가가 그 향기에 응답하고 인사를 했다. 아, 인생의 무미건조함이여!

옆길에서 바람에 나부끼는 높은 깃을 단 외투를 걸친 사람 하나가 내게로 다가왔다. 나는 계속 걸어가려고 했다. 그때 그가 나를 불렀다.

"이봐, 싱클레어!"

그는 다가왔다. 우리 기숙사에서 제일 나이가 많은 알폰스 베크였다. 나는 그를 만나는 것이 싫지 않았으며, 나나 그 외 나이 어린 애들에게 언제나 비꼬기를 좋아하고 아저씨 티를 내는 것을 제외하고는 그에게 조금도 반감이 없었다. 그는 곰처럼 힘이 세며 사감 선생님을 꼼짝 못하게 한다는 둥 학생들 사이에 떠도는 갖가지 소문의 주인공이었다.

"대체 여기서 뭘 하는 거야?"

그는 어른들이 때로 우리 또래에게 대등한 입장을 취할 때 내는 그런 음성으로 상냥하게 물었다.

"어디, 내기를 해도 좋아, 너 시를 짓고 있지?"

"말도 안 되는 소리."

나는 무뚝뚝하게 딱 잡아뗐다.

그는 깔깔대고 웃으며 내 곁으로 와서 내게는 전혀 익숙하지 않은 태도로 지껄여댔다.

"염려할 것 없어. 싱클레어, 내가 모를 줄 알고? 이렇게 저녁 안개 속을 가을의 사색에 잠겨서 거닐 때는 반드시 사연이 있는 법이거든. 그럴 때는 흔히 시를 쓰지. 그쯤은 나도 벌써 알고 있다고. 물론 죽어가는 자연이나 그런 자연과 닮은 잃어버린 청춘에 대해. 하인리히 하이네를 봐."

"나는 그렇게 감상적이지 않아."

나는 항변했다.

"그럼, 좋도록 해! 하지만 이런 날씨에는, 포도주나 뭐 그 비슷한 걸 파는 조용한 곳을 찾아가는 게 낫다고 생각하는데. 같이 안 갈래? 나도 마침 달랑 혼자야. 싫으니? 모범생처럼 굴겠다면, 나도 굳이 끌고 가고 싶지는 않아."

그러고 나서 우리는 곧 어느 조그만 교외의 술집에 앉아서 품질이 의심스러운 포도주를 마시며 두꺼운 유리잔을 마주쳤다. 처음에는 통 마음에 들지 않았으나 하여간 무엇인지 새로운 맛이 났다. 그러나 나는 술에 익숙하지 않아서 곧 몹시 지껄여대기 시작했다. 내 안의 창문이 활짝 열린 것 같았다. 세계가 그 속에 비쳐들었다. 오랫동안, 무섭게도 오랫동안 나는 진심에서 우러나오는 말을 한마디도 하지 못하고 있었다. 나는 정신없이 지껄여댔고 그 와중에 카인과 아벨의 이야기를 가장 멋지게 했다!

베크는 즐거이 내 말에 귀를 기울이고 있었다. 마침내 이야기를 들어줄 수 있는 사람을 얻었다! 그는 내 어깨를 쳤다. 그는 나를 근사한 놈, 재주꾼이라고 불렀다. 억눌렸던 말과 소통의 욕구가 용솟음쳐 흐르고 그것을 인정받고, 나이 먹은 사람에게서 제법이라는 평가를 받은 데 대한 기쁨으로 내 가슴은 한없이 부풀어 올랐다. 그가 나를 재주꾼이라고 부르자, 그 말은 내 마음속에 감미롭고 독한 포도주처럼 스며들었다. 세계는 새로운 빛으로 타올랐고 사상은 수백의 세찬 샘에서 흘러나왔으며, 정신과 불이 나의 내부에서 훨훨 타올랐다.

우리는 선생과 친구들에 관해서 이야기했다. 나는 우리가 서로 멋지게 의기투합하고 있는 것 같은 생각이 들었다. 우리는 그리스 사람과 이교에 대해서도 이야기했다. 그리고 베크는 어떻게 해서든지 내가 사랑의 유희에 대해서 털어놓게 하려고 애썼다. 그러자 나는 더는 이야기를 할 수 없었다. 이야기할 만한 경험을 한 적이

한 번도 없었기 때문이다. 마음속에서 느끼고 구성하고 공상해봤던 것은 나의 내부에서 분명히 불타고 있었다. 그러나 그건 술로도 풀리지 않았고 이야기될 수도 없었다.

여자애들에 관해서는 베크가 훨씬 더 많이 알고 있었다. 나는 이 여자애들에 대한 이야기에 열심히 귀를 기울였다. 그때 나는 도저히 믿어지지 않는 이야기를 들었다. 절대 불가능하다고 생각되는 일이 평범한 사실이 되고 자명하게 보였다. 알폰스 베크는 아마도 열여덟 살쯤일 텐데 벌써 경험이 많았다. 여자란 아름다운 것이나 은근한 것 이외에는 아무것도 원하지 않는 존재란 걸 그는 벌써 경험으로 알고 있었다. 그것들도 물론 좋긴 하지만 그것이 진실은 아니라고 했다. 그러므로 부인네들에게서 더 많은 성과를 바랄 수가 있는데, 부인네들은 훨씬 말귀를 잘 알아듣는다는 것이었다. 가령 문구점 주인 야크겔트 부인을 예로 들자면, 그런 여자와는 이야기가 통하고 그 여자의 가게 카운터 뒤에서 이제까지 일어난 온갖 일은 어떤 책에서도 볼 수 없다고 했다.

나는 완전히 매혹당해 몽롱한 상태로 앉아 있었다. 물론 내가 야크겔트 부인을 설마 사랑할 수야 없었을 것이다. 그러나 이제까지 그런 얘기는 들어본 적이 없었다. 적어도 나이 먹은 사람들에게는 내가 한 번도 꿈꾸어본 일조차 없는 샘이 흐르고 있는 모양이었다. 물론 거기에는 어쩐지 거짓말 같은 구석도 있기는 했다. 그리고 모든 것은 내가 생각했던 사랑의 맛보다는 한층 더 보잘것없고 평범한 맛이 났다. 그러나 그렇다고 해도 그것은 진실이었고, 생활이며 모험이었다. 내 곁에는 지금 그것을 경험하고 자명한 사실로 여기는 사람이 하나 앉아 있었다.

우리의 대화는 다소 수준이 떨어지고 무엇인가를 잃어버린 것이었다. 나도 이미 천재적인 조그마한 녀석이 아니었다. 이제는 단지 어른에게 귀를 기울이고 있는 한 명의 소년에 불과했다. 그러나 몇 개월 동안 겪은 내 생활에 비한다면 감미롭고 천국 같았다. 더욱이 술집에 앉아 있는 것에서부터 우리가 나누는 이야기까지 모두 엄격히 금지되어 있는 일이었다. 그 사실을 비로소 나는 차츰 느끼기 시작했다. 하여간 나는 그 속에서 정신을 맛봤고 혁명을 맛봤다.

나는 그 밤을 아주 뚜렷이 기억한다. 우리 두 사람이 희미하게 타고 있는 가스등 옆을 지나, 차갑고 축축한 밤공기 속에서 집으로 돌아가는 길에 나는 난생처음으로 취해 있었다. 썩 좋은 기분은 아니었다. 몹시 괴로웠다. 그럼에도 무엇인가 매력적이고 감미로운 것이 있었는데 그것은 반란과 방탕이었고 생명이자 정신이었다. 베크는 나에게 새파란 풋내기라고 혹독하게 욕을 하긴 했지만 나를 과감하게 돌봐주었다. 그는 반쯤 떠메다시피하여 나를 기숙사로 부축해 데리고 가서는 열려 있는 창문으로 살그머니 함께 숨어들어가는 데 성공했다.

그러나 아주 짧게 죽은 듯이 자고 난 다음 괴로운 마음으로 잠을 깼을 때 참을 수 없는 고통이 나를 엄습해왔다. 나는 자리에서 일어나 앉아 있었다. 아직도 낮에 입었던 셔츠를 입은 채였다. 옷과 구두는 바닥에 흩어져 있었고, 담배와 토사물 냄새가 났으며, 두통과 구토증과 미칠 듯한 갈증이 오가는 동안에 내 마음의 거울 앞에는 내가 오랫동안 보지 못했던 영상이 비쳤다.

나는 고향과 부모님의 집을, 아버지와 어머니를, 누이들과 정원을 봤고, 나의 조용한 고향 집 침실을 봤으며, 학교와 시장을 봤고, 데미안과 견진성사를 봤다. 그런데 이 모든 것은 밝은 광채에 싸여 있었으며 근사하고 신성하고 청순했다. 그리고 이제야 비로소 알게 되었지만 이 모든 것은 어제까지도, 아니 몇 시간 전까지도 나의 것이었고 나를 기다리고 있었는데, 지금은, 지금 이 시간에는 가라앉아버리고 저주를 받고 이미 내게 속해 있지 않으며, 나를 내쫓고 증오에 찬 눈으로 나를 노려보고 있었다! 황금 시절이었던 멀고 먼 어린 시절의 정원으로 되돌아가 부모님에게 받았던 온갖 사랑과 친밀감, 어머니의 입맞춤과 매년 맞이한 성탄절, 그리고 우리 집의 경건하고 명랑한 일요일 아침과 정원에 피어 있는 온갖 꽃, 이 모든 것이 황폐해지고 말았다. 이 모든 것을 내가 발로 짓밟아버렸다! 지금 당장 경찰이 와서 나를 묶고 쓸모없는 인간이며 신전 모독자라며 교수대로 끌고 간다고 하더라도 나는 동의하고 기꺼이 따라가며 정당하고 또 당연한 일이라고 생각했을 것이다.

나의 내면은 이런 상태였다! 사방을 헤매 다니고 이 세상을 얕잡아본 나여! 정신이 자만으로 가득 차 데미안의 생각에 공명하던 나여! 쓸모없는 인간이며 추잡한 놈이고 술에 취해 더럽혀지고 구역질이 나고 저열하며 거친 짐승 같은 놈이며, 추악한 충동의 노예가 된 내가 이렇게 보일 수밖에 더 있으랴! 온갖 청순함과 광명과 사랑스러운 마음씨의 정원에서 온 나, 바흐의 음악과 아름다운 시를 사랑했던 나, 아, 내가 그렇게 보일 줄이야! 나 자신의 웃음을, 술에 취해 자제할 수 없으며 충동적이고 바보처럼 터져 나오는 웃음을, 구역질과 분노를 느끼면서 나는 아직도 듣고 있는 것 같았다. 그게 바로 나였다!

그러나 이 모든 것에도, 이 고통을 견디는 것은 거의 향락에 가까웠다. 너무나 오랫동안 맹목적이며 미련스럽게 기어 다니고, 너무나 오랫동안 내 마음은 소리를 죽인 채 몰락하여 구석에 웅크리고 앉아 있었으므로, 이 자기 가책과 전율과 영혼의 모든 추악한 감정도 환영받을 수가 있었다. 거기에도 분명히 감정이 있었고 분명히 불꽃이 타오르고 있었으며, 그 속에서도 심장은 분명히 고동치지 않았던가! 비참함의 도가니 속에서 그래도 나는 어수선하게나마 해방이나 봄과 같은 그 무엇을 느꼈다.

그러는 동안에, 나는 외부에서 보기에 몹시 타락해갔다. 최초의 주정은 머지않아서 최초의 주정만으로 그치지 않았다.

우리 학교에서는 폭주가 성행했고 난행이 속출했다. 나는 그들 사이에서 최연소자 중 하나였다. 그러나 곧 나는 겨우 한몫 끼는 축이나 애송이가 아니라 대장이며 샛별이었고, 유명하고도 거침없는 술집 단골손님이 되었다. 나는 다시 한번 완전히 어두운 세계, 악마에 속해 있었다. 그리고 나는 그 세계에서 근사한 녀석이라고 인정받았다.

그와 동시에 내 마음은 비참하기 그지없었다. 나는 자신을 파멸시키는 미치광이 소동 속에서 살고 있었다. 친구들에게 대장이다, 근사한 놈이다, 비상하고 날카롭고 재치 있는 녀석이다라고 일컬어지는 반면에 내 마음 깊숙한 곳에서는 불안에 가득 찬 영혼이 두려워 떨고 있었다. 언젠가 내가 일요일 오전에 술집에서 나왔을 때,

거리에서 아이들이 단정하게 빗은 머리에 말쑥한 나들이 옷을 차려입고 명랑하고 즐겁게 노는 모습을 보고는 눈물을 흘린 일을 아직도 기억하고 있다. 그리고 보잘것없는 술집의 더러운 탁자에 앉아 터무니없는 방탕한 풍자로, 맥주를 마셔 얼큰한 웃음이 터져 나오는 나의 친구들을 즐겁게 해주고, 때로는 깜짝 놀라게 해주었지만, 나는 남몰래 내가 조롱하는 모든 것에 공경심을 품고 있었으며, 마음속으로는 나의 영혼 앞에, 과거 앞에, 어머니 앞에 그리고 신 앞에 울면서 무릎을 꿇고 있었다.

내가 한 번도 나의 추종자들과 하나가 될 수 없었다는 사실과 내가 그들 사이에서 고독했고, 그래서 그렇듯 괴로워했다는 사실에는 그럴듯한 근거가 있었다. 나는 가장 난폭한 자들의 마음에 드는 술집의 호걸이며 독설가였다. 나는 선생, 학교, 부모, 교회에 관한 생각이나 이야기에서 재치와 용기를 떨쳤다. 음란한 이야기에서도 남에게 뒤떨어지지 않으려 애썼으며 그런 이야기 하나쯤은 나도 해낼 수 있었다. 그러나 술친구들이 여자에게 갈 때는 한 번도 거기에 끼지 않았다. 내 이야기대로라면 나는 철면피한 탕아가 틀림없어야 했건만 사실인즉 외로웠고 사랑에 대한 이글이글 타는 동경과 가망 없는 그리움에 북받쳐 있었다. 그 누구도 나만큼이나 상처를 잘 받고 부끄러움을 많이 타는 사람은 없었다. 때때로 젊은 소녀들이 아름답고 말쑥하게, 명랑하고 우아하게 내 앞을 걸어가는 것을 볼 때면, 그들은 근사하고 깨끗한 꿈이었고 나보다는 천배나 선량하고 청순해 보였다. 얼마 동안 나는 야크겔트 부인의 문구점에는 가지도 못했다. 그 여자를 쳐다보면 알폰스 베크가 그 여자에 관해서 한 이야기가 생각나 얼굴이 화끈거렸기 때문이었다.

이제 나의 새로운 친구들 사이에서 끊임없이 고독하고 색다르게 스스로를 생각하면 생각할수록 더욱더 그들에게서 떨어질 수가 없었다. 사실상 폭음과 호언이 정말로 나에게 단 한 번이라도 즐거움을 주었는지조차도 이젠 알 수가 없다. 또한 나는 한 번도 음주에 익숙해지지 못해서 번번이 괴로운 결과를 맛봤다. 만사가 다 강제 같았다. 그것 말고는 어떤 일을 해야 좋을지 도통 알지 못했으므로 나는 그저 내가 해야 할 바를 했을 뿐이었다. 나는 오랫동안 혼자 있는 것을 무서워했고, 늘상 마음이 기울어지는 온화하고 수줍은 내적인 발작이 두려웠으며, 빈번히 엄습하는 따뜻한 사랑에 대한 상념이 두려웠다.

나에게 가장 결핍되어 있던 한 가지는 바로 친구였다. 즐겨 만나던 동급생이 두세 명 있었으나 그들은 착실한 축에 속했다. 나의 악행은 이미 오래전부터 누구에게도 비밀이 아니었다. 그들은 나를 피해 다녔다. 다들 나를 발밑에 지반이 흔들리고 있는 희망 없는 악동이라고 여기고 있었다. 선생들도 나에 관해 많은 사실을 알고 있었다. 나는 여러 차례 혹독하게 처벌을 받았으며, 마침내는 학교에서 퇴학 처분을 받으리라고 다들 예상하고 있었다. 나 자신도 잘 알고 있었다. 나는 벌써 오래전부터 착한 학생은 아니었고, 더는 오래 지탱할 수 없으리라는 느낌을 가지고 있으면서도 애써 그 생활을 지탱하면서 자신을 속이고 있었다.

신이 우리를 고독하게 하여 우리 자신에게로 이끄는 길은 많고도 많다. 이러한 길을 신은 그때 나와 함께 갔던 것이다. 마치 악몽

과도 같았다. 더러운 것, 찐득거리는 것, 깨진 맥주잔과 되지도 않는 잡담을 지껄여댄 밤 너머로 몽유병자처럼 끊임없이 괴로워하면서 구역질이 나고 더럽기 그지없는 길을 기어 다니고 있는 나를 본다. 공주에게로 가는 도중에 악취와 오물로 가득 찬 뒷골목 속에 잠겨버리는 꿈이 있다. 나는 그런 지경이었다. 이처럼 형편없는 짓으로 나는 고독해지도록 태어났고, 나와 유년 시절 사이에 냉혹한 눈빛을 번득이는 문지기들이 망을 보고 있는 닫혀진 낙원의 문을 두고 막아서도록 하는 운명이었다. 이것이야말로 나 자신에 대한 향수의 시작이었고 각성이었다.

사감 선생의 경고 편지를 받고, 아버지께서 성 ○○시에 처음으로 오셔서 뜻하지 않게 내 앞에 나타나셨을 때 나는 깜짝 놀라 몸에 경련이 일어났다. 그 겨울의 마지막 무렵 두 번째로 오셨을 때는 이미 나는 냉담하고 무관심했다. 꾸중을 하셔도, 당부를 하셔도, 어머니를 생각나게 하셔도 나는 태평했다. 마지막에는 아버지께서 노여움이 폭발하셔서, 내가 달라지지 않는다면 불명예스럽고 모욕적인 퇴학을 시켜서 감화원에 집어넣겠다고 말씀하셨다. 하실 테면 하시라지! 그때 아버지께서 떠나신 다음, 나는 미안한 마음이 들었다. 그렇지만 아버지는 아무 성과도 얻지 못했으며, 나에게로 통하는 그 어떤 길도 발견하지 못했다. 그리고 잠시 동안이나마, 나는 그것을 당연하게 느꼈다.

내가 무엇이 되든 아무래도 좋았다. 술집에 앉아서 흥얼대는 따위의 기묘하고 그다지 아름답지 못한 방식으로 나는 세상과 싸우고 있었다. 이것이 내 반항의 형식이었다. 그러면서 나는 나 자신을 엉망으로 만들었다. 때때로 나에게는 상황이 대략 다음과 같이 보였다. 세상이 나와 같은 사람들을 써먹을 수 없고, 그들을 위하여 보다 더 나은 자리, 더 높은 과업을 부과해주지 않는다면 나 같은 사람들은 분명 파멸할 거고, 그 손해는 이 세상이 져야 할 거라고.

그 해의 성탄절 방학은 정말 불쾌했다. 나를 보신 어머니는 깜짝 놀라셨다. 나는 한결 더 자라 있었다. 그리고 야윈 얼굴은 축 늘어진 표정에다가 눈 언저리에는 염증이 생겨 잿빛을 띠고 처량해 보였다. 코밑 수염이 엉성하게 나기 시작한 데다가 최근에 쓰기 시작한 안경이 어머니에게 나를 더 생소해 보이게 만들었다. 누이들은 뒤로 피해서 킥킥거리며 웃고 있었다. 모든 일이 불쾌했다. 서재에서 아버지와 나눈 대화도 불쾌하고 씁쓸했으며, 두서너 명의 친척들의 인사도 불쾌했고, 무엇보다도 성탄절 전날 밤이 불쾌했다.

내가 태어난 이래 성탄절은 우리 집에서는 중요한 날이었고, 축제와 사랑과 감사의 저녁, 부모님과 나의 유대를 새롭게 해주는 저녁이었다. 그러나 이번에는 모든 게 답답하고 낭패스러울 뿐이었다. 예전과 마찬가지로 아버지께서는 "그들은 그곳에서 양 떼를 지키고 있었노라" 하고 들판의 목동에 관한 복음서를 읽으셨고, 누이들은 기쁨에 넘쳐 선물이 놓인 탁자 앞에 서 있었다. 그러나 아버지의 음성은 즐겁게 울리지 않았으며, 얼굴은 늙어 보였고, 조그맣게 오그라든 것처럼 보였다. 어머니는 슬픈 표정이었다. 그리고 나에게는 모든 것이 한결같이 괴롭고 거북살스러웠다. 선물과 축복, 복음서와 불이 켜진 나무가 모두 그러했다. 꿀과자는 달콤한 냄새를 풍기고 향긋한 추억의 뭉게구름을 피워 올렸다. 참나무는 향기를 풍기며 감미로운 추억의 연기를 발산하고 있었다. 나는 이 밤과 축제일이 어서 끝나기만을 바랐다.

온 겨울이 그 모양으로 지나갔다. 그보다 얼마 전에 나는 교사회로부터 심각한 경고를 받았다. 퇴학 당할 날이 머지않았다. 더는 오래 끌지 못할 것이다. 에라, 될 대로 되라.

데미안에게는 특별한 원망을 품고 있었다. 그동안 나는 그를 한 번도 만나지 못했다. 성 ○○시에서 학창 시절 초기에 두 차례나 그에게 편지를 썼다. 그러나 아무런 답장도 받지 못했다. 그래서 방학 동안에도 그를 찾아가지 않았다.

지난가을에 알폰스 베크와 만났던 바로 그 공원에서, 봄이 시작될 무렵 가시 울타리가 푸릇푸릇해지기 시작할 때 우연히 한 소녀가 내 주의를 끌었다. 나는 불쾌한 사색과 근심에 차서 홀로 산책을 하는 중이었다. 건강이 나빠진 데다가 끊임없이 돈에 쪼들리고 있었다. 친구들에게 돈을 빚지고 있었으므로 집에서 돈을 받아내려면 부득이한 지출 명목을 생각해내야 했고, 여러 가게에서 담배 따위를 사느라 외상값이 불어나고 있었다. 이 근심이 아주 심각한 지경에 이른 것은 아니었다. 머지않아 언젠가 내가 이곳 생활을 접고 물속에 뛰어들거나 혹은 감화원에 끌려가게 된다면, 이러한 몇몇 사소한 일쯤이야 결코 문제되지 않을 테니 말이다. 그러나 나는 그런 아름답지 못한 일들과 항상 눈을 맞대고 살며 그것들에 억눌려 지내고 있었다.

그 봄날에 공원에서 내 마음을 몹시 끄는 젊은 여성을 만났다. 키가 크고 날씬하며 우아한 옷차림에 영리한 소년 같은 얼굴을 한 여자였다. 그 여자는 대번에 내 마음에 들었다. 내가 좋아하는 타입이었다. 그 여자는 내 공상을 자극하기 시작했다. 틀림없이 나보다 나이를 그리 많이 먹지는 않았을 것이다. 그러나 훨씬 성숙하고 우아하고 윤곽이 잘 잡혔으며, 벌써 완전한 숙녀나 마찬가지였다. 그러면서도 내가 무엇보다도 좋아하는 교만과 소년스러움이 얼굴에 깃들어 있었다.

나는 이제까지 한 번도 내가 반한 여자에게 접근하는 데 성공한 적이 없었다. 그리고 그 여자의 경우에도 성공하지 못했다. 그러나 그 인상은 과거의 어떤 소녀보다 더 깊었다. 그리하여 내 생활에 끼친 이 짝사랑의 영향은 대단했다.

불현듯 다시금 내 앞에 고귀하고 숭고한 영상이 나타났다. 아, 어떠한 갈망이나 충동도 나의 내부에 있는 경건과 숭배에 대한 소원만큼 그렇듯 깊고, 그렇듯 열렬한 것은 없었다! 나는 그 여자에게 베아트리체라는 이름을 붙였다. 단테는 읽지 않았지만 영국판 그림을 보고 그 여자에 관해서 알고 있었다. 그 그림의 복제품을 나는 간직하고 있었다. 거기에는 영국의 라파엘 전파(前派)의 소녀상이 그려져 있었다. 그 소녀는 작고 긴 얼굴에다가 영혼이 서린 듯한 손과 표정을 지니고, 팔다리가 길고 날씬한 체구를 하고 있었다. 겉모습은 내가 사랑하는 이러한 날씬함과 소년다운 점을 보여주고, 얼굴에도 영혼이 서린 듯한 기운이 엿보이기는 했으나 그 여자는 그림의 소녀와 전적으로 똑같지는 않았다.

나는 베아트리체와 단 한 마디의 말도 나눈 적이 없었다. 그럼에도 그 여자는 그 당시 나에게 대단히 깊은 영향을 끼쳤다. 내 앞에 자기의 영상을 세워놓고 나에게 성스러운 전당을 열어주었으며, 나를 사원의 기도자로 만들었다. 날이 갈수록 나는 술집 순례와 밤의 싸움 행각에서 멀어져갔다. 다시 홀로 있을 수 있었으며, 다시 독서를 즐기고, 산책을 즐겼다.

이 돌발적인 전향으로 나는 한껏 조소를 받았다. 그러나 이제 나는 사랑할 대상과 사모할 대상을 갖게 되었다. 나는 다시 이상을 가졌으며 생활은 다시 예감과 신비스러운 어스름에 가득 차 있었다. 그것이 나를 주위의 조소에 무신경하게 해주었다. 나는 다시금 나 자신 속에 깃들었다. 비록 숭배하는 영상의 노예이며 하인일 뿐일망정.

그 시절을 감동 없이 회상할 수는 없다. 나는 다시 진지하기 그지없는 노력으로 무너져버린 생활의 폐허에서 '밝은 세계'를 건설하려고 노력했으며, 나의 내부에서 어두움과 악을 제거하고 완전히 밝은 것 속에 머물려는 유일한 열망 속에서 신들 앞에 무릎을 꿇고 살았다. 하여간 지금의 이 '밝은 세계'는 어느 정도 나 자신의 창조물이었다. 어머니한테나 책임이 없는 안전한 곳으로 도망치거나 기어 들어가는 것과는 달랐다. 책임감과 자기 절제를 지닌, 순전히 나 자신이 새롭게 발견하고 요구한 봉사였다. 내가 괴로워하고 그 앞에서 언제나 끊임없이 달아나려고 했던 성욕은 이제 이 성스러운 불 속에서 정신과 예배로 정화되지 않을 수 없었다. 더는 음침한 것, 흉칙한 것이 존재해서는 안 되었다. 신음하면서 새운 밤들도, 음란한 환상 앞에서 심장의 고동도, 금지된 문 앞에서 엿듣는 일도,

음탕한 짓도 모두 존재해서는 안 되었다. 이 모든 것 대신에 나는 베아트리체의 초상을 모신 나의 제단을 마련했다. 그리고 그 여자에게 나를 바치는 동시에 정신과 제신에게 나를 바쳤다. 음침한 힘에게서 탈취해온 삶의 몫을 나는 밝은 생에게 제물로 갖다 바쳤다. 나의 목적은 향락이 아니라 청순함이며, 행복이 아니라 아름다움과 정신성이었다.

베아트리체 숭배는 나의 인생을 송두리째 변화시켰다. 어제까지도 조숙한 냉소꾼이던 내가 지금은 성자가 되려는 목적을 품은 사원의 하인이 되었다. 나는 몸에 젖어버린 그놈의 못된 생활을 청산했을 뿐만 아니라 모든 것을 변화시키기 위해 노력했고, 모든 것 속에 청순함과 고귀함과 품위를 깃들게 하려고 노력했으며, 먹을 때나 마실 때나 이야기할 때나 옷을 입을 때에도 이런 점을 생각했다. 나는 아침마다 냉수마찰을 했다. 처음에는 뼈를 깎는 노력을 하지 않으면 안 되었다. 나는 진지하고 품위 있게 행동하고, 몸을 똑바로 세우고 천천히 그리고 위엄 있게 걸었다. 사람들에게는 우스꽝스러워 보였을지도 모른다. 그러나 내 마음은 온통 신에 대한 봉사로 충만해 있었다.

나의 새로운 신념을 표현하고자 시도한 온갖 새로운 연습 중에서 한 가지만이 나에게 중요해졌다. 그림을 그리기 시작한 것이다. 내가 가지고 있는 영국판 베아트리체 그림이 그 소녀와 정확하게 닮지 않은 것이 발단이었다. 나는 그녀를 내 뜻대로 그리고 싶었다. 아주 새로운 기쁨과 희망을 안고 나는 내 방(최근에 나는 독방을 차지했다)에서 깨끗한 종이와 그림물감과 붓을 주워 모으고 팔레트, 유리잔, 도자기 접시, 연필을 준비했다. 내가 산 조그만 튜브에 든 고운 템페라 물감이 나를 매혹했다. 그 속에는 불타는 듯한 크롬 옥시드 그린이 있었다. 그것이 조그맣고 뽀얀 접시 위에서 처음으로 빛나던 순간이 지금도 눈앞에 보이는 것 같다.

나는 조심스럽게 시작했다. 얼굴을 그린다는 것은 어려운 일이었다. 그래서 처음에는 다른 것부터 그려보려고 마음먹었다. 장식무늬, 꽃, 조그만 환상적 풍경화, 예배당 옆에 있는 한 그루 나무, 사이프러스나무들이 서 있는 로마의 다리 따위를 그렸다. 장난삼아 하는 이 일에 나는 완전히 넋을 잃기도 하고 그림물감을 선물받은 아이처럼 행복했다. 그러다 마침내 나는 베아트리체를 그리기 시작했다.

그러나 몇 장을 완전히 실패하고는 그만 내던져버렸다. 때때로 거리에서 만나던 그 소녀의 얼굴을 마음속에 그려보려고 하면 할수록 더 잘되지 않았다. 결국 나는 포기하고 단순히 공상에 따라서 그리고 내가 시작한 부분에서 그림물감이나 붓이 저절로 이끄는 대로 얼굴을 하나 그리기 시작했다. 그렇게 해서 꿈에서 본 바로 그 얼굴이 그려졌고 만족스러웠지만 나는 계속해서 더 그렸다. 한 장 한 장 새로운 종이에 그릴 때마다 그림은 한층 더 뚜렷해졌고, 비록 실제 모습과 똑같지는 않았으나 그 소녀의 모습에 점점 가까워져 갔다.

그렇듯 꿈꾸는 듯한 붓끝으로 줄을 긋고 화면을 채우는 데 나는 점점 익숙해졌다. 그것들은 아무런 모델도 없었으며, 장난 삼아 더듬어보는 사이에, 또는 무의식적으로 우러나왔다. 드디어 어느 날

거의 무심코 이제까지 얼굴보다 한층 더 강력하게 나에게 말을 건네는 하나의 얼굴을 완성했다. 그것은 그 소녀의 얼굴은 아니었다. 처음부터 나는 그 여자를 그린 게 아니었다. 좀 더 다른 무언가, 좀 더 비현실적이지만 그렇다고 해서 가치가 더 적지 않은 무언가였다. 소녀의 얼굴이라기보다는 오히려 소년의 얼굴처럼 보였다. 머리칼도 나의 아름다운 소녀처럼 연한 금빛이 아니라 붉은 기를 띤 갈색이었다. 이마는 뚜렷하고 야무졌다. 입술은 붉게 타고 있었으며, 전체적으로 딱딱하고 가면 같았다. 그렇지만 인상적이고 신비스러운 생명으로 충만해 있었다.

완성된 그림 앞에 앉아 있자니 그것은 나에게 야릇한 인상을 주었다. 신의 초상의 일종이거나 신성한 가면 같아 보였고, 절반은 남성이요 절반은 여성이며, 나이도 없고 꿈을 꾸고 있는 것 같으면서도 강한 의지를 지니고 있었고, 남모르는 생명에 충만해 있으면서도 딱딱하게 굳어 있는 것처럼 보였다. 이 얼굴은 뭔가 내게 할 말이 있는 것 같았고 나에게 속해 있었고 내게 뭔가를 요구하고 있었다. 그리고 누군가와 닮아 있었다. 그러나 누구를 닮았는지는 알 수 없었다.

그 초상은 그때부터 한동안 나의 모든 생각에 붙어 다니고 나와 생활을 같이했다. 나는 그 그림을 서랍 속에 숨겨두었다. 누군가 그림을 보고 나를 조롱해서는 안 되겠기 때문이다. 그러나 나는 혼자 방 안에 있기가 무섭게 그 그림을 끄집어내어 들여다보곤 했다. 저녁에는 침대 위 맞은편 벽지 위에 핀으로 꽂아놓고는 잠들 때까지 쳐다봤다. 아침이 되면 가장 먼저 그림으로 눈길을 던졌다.

바로 그 시절에 나는 어린아이였을 때 언제나 그러했듯이 다시금 많은 꿈을 꾸기 시작했다. 몇 년 동안 한 번도 꿈을 꾼 적이 없었던 것 같았다. 이제야 꿈들이, 아주 새로운 종류의 영상으로 다시 찾아왔다.

그리고 자주 꿈속에서 내가 그린 초상이 생기를 띠고 이야기를 하면서 나에게 친밀감을 드러내고, 혹은 적대적으로 때로는 이맛살을 찌푸리고, 때로는 무한히 아름다우며 조화롭고 고귀하게 나타나곤 했다.

어느 날 아침 역시 그러한 꿈에서 깨어났을 때, 갑자기 나는 그 그림의 정체를 알아차렸다. 그 그림은 도저히 믿을 수 없을 만큼 다정스럽게 나를 바라보고 있었다. 나의 이름이라도 부르는 것 같았다. 어머니만큼이나 나를 잘 알고 있는 것처럼 보였다. 그리고 옛날부터 언제나 나를 바라보고 있었던 것처럼 보였다. 두근거리는 가슴을 안고 나는 그 그림을, 숱 많은 갈색 머리칼과 반은 여성적인 그 입을, 기이한 밝음을 지닌 억센 이마를 바라봤다(그 그림은 저절로 말라 있었다). 그러자 차츰차츰 내 마음속에서 그 모습이 눈에 익고 다시 떠올라와, 누군지 알 것 같았다.

나는 침대에서 벌떡 일어나 그 얼굴 앞에 가 서서 아주 가까이에서 바라봤다. 초록빛이 감돌고 크게 뜬, 내 눈을 물끄러미 바라보고 있는 그 눈을 들여다봤다. 오른쪽 눈이 다른 쪽보다 약간 올라가 있었다. 그러자 갑자기 그 오른쪽 눈이 찡긋하고 움직였다. 가볍게 그러나 분명히 움직였다. 그 움직임으로 나는 그림의 인물을 알아차렸다…….

어찌하여 이처럼 늦게야 알아차렸단 말인가? 그것은 데미안의 얼굴이었다.

후에 나는 그 그림을 종종 내 기억 속에서 찾아낸 데미안의 진짜 표정과 비교해봤다. 비록 닮기는 했지만 똑같지는 않았다. 그러나 데미안은 틀림없었다.

언젠가 어느 초여름 저녁에 서쪽으로 향해 있는 내 방 창문으로 태양이 기울어져 붉게 비쳐들었다. 방 안은 컴컴해졌다. 그때 이 베아트리체의 초상, 혹은 데미안의 초상을 창틀 가운데에 핀으로 고정시키고 석양이 그림을 어떻게 비추는지 보자는 생각이 퍼뜩 머리에 떠올랐다. 얼굴은 윤곽 없이 모호해졌으나 붉으스름한 눈과 밝은 이마와 유난스레 붉은 입은 종이 위에서 깊고 맹렬하게 타올랐다. 햇빛이 벌써 사라져버렸는데도 오랫동안 나는 그 그림과 마주 앉아 있었다. 그러자 점차 그림은 베아트리체나 데미안이 아니라 나 자신이라는 느낌이 들었다. 그 그림은 나와 닮지도 않았고, 또한 그럴 이유도 없다고 느꼈다. 하지만 그 그림은 나의 생명을 이루고 있는 것이었고 나의 내면과 숙명 혹은 나의 악마였다. 내가 언젠가 다시 벗을 구한다면 이러한 모습일 것이다. 내가 언젠가 사랑하는 이를 얻는다면, 이러한 모습일 것이다. 나의 삶과 죽음도 그러할 것이다. 이것이 내 숙명의 울림이고 리듬이었다.

그 무렵에 나는 일찍이 내가 읽었던 어떤 책보다 내게 깊은 인상을 준 책을 읽기 시작했다. 훗날에도 니체를 제외하고는 책에서 그러한 경험을 한 적이 거의 없었다. 그 책은 편지와 잠언이 수록되어 있는 노발리스의 책이었다. 그 대부분을 나는 이해할 수가 없었다.

그러나 하나같이 말할 수 없이 내 마음을 끌어당기고 나를 휘감아 주었다. 잠언 중 하나가 불현듯 떠올라 나는 펜으로 초상화 아래에 이렇게 적었다.

"운명과 심성은 하나의 개념에서 나온 이름이니라."

그 말을 나는 그제야 이해했다.

나는 베아트리체라고 이름 지은 그 소녀와 여전히 자주 만났다. 그때에 이미 나는 아무런 감동도 느끼지 않았으나 언제나 부드러운 화합과 감정적인 예감을 느꼈다. 그대는 나와 더불어 맺어져 있다, 그러나 그대 자체가 아니라 단지 그대의 영상만이 그럴 뿐이다, 그대는 내 운명의 일부분이라고.

막스 데미안에 대한 내 동경심은 또다시 강렬해졌다. 나는 그의 소식을 몇 년 동안 전혀 듣지 못했다. 방학에 그를 단 한 번 만난 적이 있었을 뿐이다. 지금에야 나는 잠시 동안의 그 해후 이야기를 이 기록에서 빠뜨렸다는 것을 깨달았다. 그리고 부끄러움과 허영에서 비롯된 일이라는 것도 안다. 그것을 만회하지 않으면 안 되겠다.

한번은 방학 중에 고달프고 다소 피곤해 보이는 얼굴을 하고, 다시 말해서 술집을 드나들던 그 시절의 행색으로 고향의 읍내를 지팡이를 휘두르면서, 옛날 그대로 멸시하고 싶은 얼굴을 한 시정배들을 구경하면서 선늘거릴 때, 옛 친구가 내게로 걸어오는 것을 발견했다. 그를 보자마자 나는 오싹했다. 그리고 섬광처럼 문득 프란츠 크로머가 떠올랐다. 제발 데미안이 그놈의 이야기를 잊어버렸다면 좋겠는데! 그에게 신세를 지고 있다는 사실이 불쾌했다. 사실, 어리석은 아이들의 이야기에 불과했지만 그래도 빚을 진 것만은 틀림없었다.

그는 내가 인사를 하려고 하는지 어떤지를 기다리고 있는 것 같았다. 내가 될 수 있는 대로 태연하게 인사를 하자, 그는 내게 손을 내밀었다. 다시금 옛날과 똑같은 악수였다. 꽉 움켜잡는, 따뜻하면서도 일견 차갑고 남성적인 악수!

그는 주의 깊게 내 얼굴을 들여다보며 말했다.

"싱클레어, 너 많이 컸구나."

그는 전혀 변하지 않은 것처럼 보였다. 여전히 똑같이 나이 들어 보였고 똑같이 젊어 보였다.

우리는 함께 산책을 하며 순전히 다른 이야기들만 나누었다. 그 당시의 이야기는 일체 꺼내지 않았다. 내가 과거에 몇 번이나 답장도 받지 못한 편지를 써 보냈던 일이 생각났다. 아, 제발 그 일을 잊어주었다면 좋으련만. 그놈의 바보 같은, 바보 같은 편지! 그는 그 일에 대해서도 한 마디도 언급하지 않았다.

그때에는 아직 베아트리체도, 초상도 없었다. 나는 내 황량한 시절의 한복판에 있었다. 교외에서 술집에 들어가자고 내가 청하자 그는 선선히 따라왔다. 나는 멋들어지게 포도주 한 병을 주문하여 술을 따르고 그와 잔을 부딪치고는 학생들의 음주 습관에 익숙하다는 것을 보여주면서 첫 잔을 단숨에 비워버렸다.

"술집에 자주 오는 모양이구나?"

그는 나에게 물었다.

"응, 물론."

나는 덤덤하게 대꾸했다.

"달리 무슨 할 일이 있겠어? 이게 그래도 제일 재미있는 일이 잖아."

"그렇게 생각하니? 아마 그럴지도 모르지. 정말 제법 근사한 점도 있으니 말야. 그 도취경과 바커스적인 게 있으니까. 그러나 술집에 늘상 앉아 있는 대부분의 사람들에게는 그러한 흥을 이제 찾아볼 수 없는 것 같은데. 술집을 찾아다니는 거야말로 이젠 속물들이나 하는 일처럼 여겨지거든. 하루 저녁 내내 훨훨 타는 관솔불 곁에서 진짜 아름다운 도취경과 흥분에 잠기는 것도 물론 좋겠지! 하지만 언제나 그 모양으로 연신 술잔을 꺾어대는 게 과연 잘하는 일일까? 밤마다 단골 술집 술상을 보고 앉아 있는 파우스트를 상상할 수 있겠어?"

나는 술을 마시며 적의에 찬 눈으로 그를 쳐다봤다.

"그래, 누구나 다 파우스트는 아니니까 말이지."

나는 짤막하게 말했다.

그는 다소 놀란 표정으로 나를 쳐다봤다.

그러고 나서 옛날처럼 싱싱하고 우월감에 찬 웃음을 터뜨렸다.

"자, 우리가 무엇 때문에 그따위 것을 가지고 다투어야 돼? 어쨌든 술꾼이나 탕아의 생활이, 탓할 나위 없는 시민의 생활보다 한결 더 생기를 띠고 있는 건 사실일 거야. 그리고, 언젠가 책에서 읽은 적이 있는데 탕아의 생활이 신비주의자가 되기 위해서는 최선의 준비 활동이란 거야. 예언자가 되는 사람은 언제나 성 아우구스티누스 같은 그러한 인물이란 거지. 그도 한때는 향락가에 탕아였거든."

나는 미심쩍어하면서 되도록 그에게서 교훈을 받지 않으려고 노력했다. 그래서 나는 냉담하게 말했다.

"그렇지, 누구나 제멋에 사니까! 툭 까놓고 말해서 나는 예언자나 그 비슷한 것이 되려고 그러는 게 전혀 아니야."

데미안은 눈을 지그시 감았다 뜨고는 알아들었다는 듯이 나를 봤다.

"이봐, 싱클레어."

그는 천천히 말했다.

"너에게 불쾌한 소리를 하려는 의도는 없었어. 그런데 말야, 무슨 목적으로 지금 네가 네 잔을 들이켜고 있는지는 우리 둘 다 모른단 거지. 하지만 네 내부에 있는, 네 생명을 형성하고 있는 것은 이미 그걸 알고 있거든. 우리 내부에 모든 것을 알고, 모든 것을 원하고, 우리 자신보다 모든 것을 더 잘 해내는 누군가가 들어 있다는 사실을 아는 것은 지극히 유익한 일이야. 먼저 실례할게. 집에 가야겠어."

우리는 짤막한 작별을 했다. 나는 몹시 속이 상해서 그대로 앉아 남은 술을 다 마셔버렸다. 일어서서 나오려는데 데미안이 벌써 술값을 치른 것을 알았다. 그게 나의 화를 한층 더 돋구었다.

이 사소한 사건에 지금 내 생각은 다시 매달려 있다. 데미안으로 가득 차 있다. 그리고 그가 그 교외의 술집에서 한 말들이 다시금 야릇할 정도로 생생하게, 하나도 잊히지 않고 내 뇌리에 떠올랐다.

"우리 내부에 모든 것을 아는 누군가가 들어 있다는 사실을 아는 것은 지극히 유익한 일이야."

나는 창에 걸려 있는, 이제는 아주 퇴색한 그림에 시선을 던졌다. 아직도 두 눈만은 불타고 있었다. 데미안의 눈빛이었다. 아니면 나의 내부에 들어 있는 시선이든가. 모든 것을 알고 있는 그 눈빛이었다.

나는 얼마나 데미안을 동경했던가! 나는 그에 관해서 아무것도 알지 못했다. 나에게 그는 도달할 수 없는 존재였다. 나는 그저 그가 어딘가에서 공부하고 있을 거라고, 김나지움을 졸업한 후에는 그의 어머니도 우리 도시를 떠났다는 사실만을 알고 있을 뿐이었다.

나는 막스 데미안에 대한 온갖 기억을 크로머와의 이야기에까지 소급해서 내 마음속에서 들춰냈다. 그가 일찍이 내게 해준 말들이 얼마나 많이 되울려왔던지. 그 모든 것이 지금까지도 의미를 지니고 있었고, 생생하게 나와 관련을 맺고 있었다. 심지어 지난번에 그다지 달갑지 않은 만남에서 한 그의 탕아와 성자 이야기 역시 분명하게 되살아났다. 내게도 그와 똑같은 일이 일어나지 않았던가? 새로운 생에 대한 충동과 더불어 아주 반대되는 것이, 순결에 대한 열망과 성스러움을 향한 동경이 내부에서 싹트기까지 나 역시 술에 취해서, 더러움 속에서, 마비와 방탕 속에서 살지 않았던가?

이렇게 나는 기억을 더듬어나갔다. 벌써 오래전에 밤이 되었고 밖에서는 비가 내리고 있었다. 내 기억 속에서도 비가 오는 소리가 들렸다. 밤나무 아래에서 그가 언젠가 프란츠 크로머에 대해서 캐묻고 나의 최초의 비밀을 알아맞힌 때가 있었다. 학교 가는 길에서 나누던 대화, 견진성사 수업 시간, 이렇게 한 가지가 떠오르면 또 다른 기억이 되살아났다. 그리고 마지막으로는 막스 데미안과 맨 처음 만났던 일이 떠올랐다. 그때 무엇이 문제였던가? 나는 당장에 생각해낼 수가 없었다. 시간을 두고 완벽하게 떠올리기 위해 나는 골몰했다. 그러자 이제 그것도 다시 떠올랐다. 그가 카인에 대한 자기의 의견을 말한 뒤 우리는 우리 집 앞에 서 있었다. 그때 그는 우리 집 현관 위에 있는, 아래에서 위로 갈수록 넓어지는 종석(宗石)에 새겨진 낡고 퇴색한 문장(紋章)에 관해서 이야기했다. 그 문장이 자기의 흥미를 끌며, 누구나 그런 물건에 주의해야 한다고 말했다.

밤에 나는 데미안과 그 문장에 관한 꿈을 꾸었다. 그 문장은 쉴 새 없이 변화했다. 데미안이 그 문장을 손에 쥐고 있었는데, 때로는 조그맣고 잿빛이 되었다가는 때론 굉장히 커져서 여러 가지 색깔을 띠곤 했다. 그런데도 그는 나에게 그게 언제나 똑같은 거라고 설명해주었다. 마지막으로 그는 나에게 그 문장을 먹으라고 강요했다. 내가 그것을 삼키자 문장의 새가 나의 내부에서 살아나서는 내 배를 채우고 나를 쪼아먹기 시작하는 것처럼 느껴져 나는 질겁을 했다. 죽음의 두려움에 사로잡혀 화들짝 놀라 잠에서 깼다.

잠에서 완전히 깼다. 한밤중이었다. 방 안으로 비가 들이치는 소리가 났다. 나는 창문을 닫으려고 일어났다. 그러다 방바닥에 놓여 있는 무엇인가 환한 것을 밟았다. 아침에야 그게 내가 그린 그림이라는 사실을 알았다. 그 그림은 젖은 채로 방바닥에 떨어져 있었고, 볼록하게 부풀어 올라 있었다. 나는 그림을 말리려고 흡수지 사이에 끼워서 두꺼운 책 속에 눌러두었다. 다음 날 다시 보니 말라 있었다. 그러나 그림은 변해 있었다. 붉은 입은 창백해지고 다소 가늘어져 있었다. 이제 정말 데미안의 입 그대로였다.

나는 그 문장의 새를 새로운 종이에 그리기 시작했다. 그 새의 본래 모양을 나는 똑똑히 알지 못했다. 내가 아는 바로, 그 문장은 낡아서 때때로 색칠을 해서 어느 부분은 가까이에서조차 잘 분간할 수가 없었다. 그 새는 서 있거나 무엇인가의 위에 앉아 있었다. 아마도 한 송이 꽃이거나 또는 바구니든가 둥우리든가 아니면 나무꼭대기였을지도 모른다. 아무튼 그건 상관하지 않고 나는 내 마음속에 들어 있는 분명한 영상에서부터 시작했다. 어떤 몽롱한 욕구에서 나는 강한 색채를 사용해서 그림을 시작했다. 내 그림에서 새의 머리는 황금빛이었다. 나는 기분 내키는 대로 그려나가 며칠 만에 완성했다.

마침내 날카롭고 겁 없는 매의 머리를 가진 한 마리의 맹금이 그려졌다. 새의 몸의 절반은 푸른 하늘을 배경으로 어두운 지구에 박혀 있었다. 그리고 어마어마하게 큰 알에서 나오려는 것처럼 그 속에서 나오려고 몸부림치고 있었다. 그 그림을 오래 관찰하고 있으면 있을수록 그 새는 꿈속에 나타난 색색깔의 문장처럼 보였다.

데미안에게 편지를 쓴다는 것은, 설사 내가 부칠 곳을 알았다 하더라도 불가능했을 것이다. 그러나 그 당시 내가 무슨 일을 하든지 그랬듯이 그 꿈과 같은 예감 속에서, 설사 그에게 도달하거나 그렇지 않거나 간에 그 새 그림을 보내기로 결심했다. 나는 그 위에 아무것도, 심지어는 내 이름조차도 적지 않았다. 가장자리를 주의해서 도려내고 커다란 봉투를 사서 내 벗의 옛날 주소를 적었다. 그러고는 그것을 보냈다.

시험이 다가왔다. 나는 평소보다 학교 공부를 더 열심히 해야만 했다. 갑자기 내가 못된 행실을 고친 후로 선생들은 다시 나를 너그럽게 받아주었다. 그때도 역시 나는 선량한 학생이라곤 할 수 없었지만, 어느 누구도 반년 전에 내가 퇴학 처분을 기다리고 있었다는 사실을 기억하고 있지 않았다.

아버지께서도 이제는 비난이나 위협 없이 옛날의 어조로 편지를 주셨다. 그렇지만 나는 아버지에게든 그 누구에게든 어떻게 해서 그런 변화가 일어났는지 설명하고 싶지 않았다. 이 변화가 나의 부모님과 선생들의 소원과 일치한 것은 순전히 우연일 뿐이었다. 이 변화는 나를 다른 사람들에게 찾아가지 않게 만들었고, 누구도 내게 접근하는 걸 허용하지 않았으며, 나를 한층 더 고독하게 만들었을 뿐이다. 그것은 그 어느 곳을, 데미안을, 멀고 먼 운명을 목표로 나를 이끌었다. 사실 나 자신도 알지 못했지만 나는 그 운명의 한복판에 서 있었다. 그것은 베아트리체에게서 비롯되었다. 하지만 얼마 후부터는 그림이 그려진 종이들과 데미안에 대한 생각만으로 그렇듯 비현실적인 세계에서 살았기 때문에 베아트리체조차도 완전히 나의 시야와 생각에서 사라져버렸다. 누구에게도 나는 나의 꿈에 관해서, 나의 기대와 나의 내적인 변화에 관해서 단 한 마디도 할 수 없었다. 설사 말하기를 원했더라도 못 했을 것이다.

어떻게 그것을 원할 수 있었겠는가.

새는 알에서 나오려고 투쟁한다

내가 그린 꿈의 새는 길을 떠나 나의 벗을 찾았다. 매우 신기한 방법으로 나에게 회답이 왔다.

어느 날 휴식 시간이 끝난 다음, 교실의 내 자리에서 종이쪽지 하나가 내 책에 꽂혀 있는 걸 발견했다. 그 쪽지는 때때로 학급 친구들이 수업 중에 몰래 서로 쪽지를 보낼 때처럼 꼭 그렇게 접혀 있었다. 누가 그런 종이쪽지를 내게 보냈을까. 그저 의아할 뿐이었다. 왜냐하면 이제까지 어느 동급생과도 그런 식으로 연락한 적이 없었기 때문이다. 나는 학교에서 흔히 있는 장난이려니 생각했다. 그런 일에는 관여하지 않을 생각이었으므로 나는 그 종이쪽지를 읽지도 않고 책 앞쪽에 꽂아두었다. 그러다 수업 중에 우연히 쪽지를 잡게 되었다.

그 종이쪽지를 만지작거리다가 아무 생각 없이 펼쳐보니 그 속에 몇 개의 문장이 적혀 있었다. 무심히 훑어보다 그중 한 문장에 시선을 빼앗기고 말았다. 나는 깜짝 놀라서 그 문장을 읽었다. 읽는 동안에 내 가슴은 혹독한 추위를 만난 것처럼 운명 앞에서 잔뜩 움츠러들었다.

"새는 알에서 나오려고 투쟁한다. 알은 새의 세계다. 태어나려고 하는 자는 하나의 세계를 깨뜨리지 않으면 안 된다. 새는 신을 향해 날아간다. 그 신의 이름은 아브락사스다."

나는 몇 번이나 그 문장을 읽은 다음 깊은 명상에 잠겼다. 의심의 여지가 없었다. 데미안이 보낸 답이었다. 나와 그 말고는 그 새를 아는 사람이 없었다. 그가 내 그림을 받은 것이다. 그는 곧 이해를 하고 내가 해석하는 것을 도와주고 있었다. 이 모든 일은 어떻게 연결되어 있을까? 그리고 (무엇보다도 이게 나를 괴롭혔는데) 아브락사스의 정체가 무엇일까? 나는 한 번도 그 말을 들은 적도 읽은 적도 없었다.

"그 신의 이름은 아브락사스다!"

수업에는 조금도 귀를 기울이지 않은 채 시간은 지나갔다. 그날 오전의 마지막 수업 시간이 시작되었다. 그 시간은 젊은 보조 교사의 수업이었다. 그는 대학을 갓 나온 사람으로 매우 젊고 학생들에게 권위의식을 드러내지 않아 우리의 호감을 샀다.

우리는 그 폴렌스 선생의 지도하에 헤로도토스를 읽었다. 이 강독은 내가 흥미로워하는 몇 안 되는 과목이었다. 그러나 이번에는 내 마음이 다른 데에 가 있었다. 나는 기계적으로 책을 펼쳤으나 그 해석을 따라가지 않았고, 나만의 생각에 잠겨 있었다. 그런데 나는 데미안이 그 당시 종교 수업 시간에 내게 한 말이 얼마나 옳았는지를 이미 여러 차례 경험했다. 사람이 아주 간절히 원하면 이루어진다는 것이었다. 내가 수업 중에 매우 강렬하게 나 자신의 생각에 몰두하고 있다면 선생이 나를 내버려두리라고 안심할 수가 있었다. 그렇다, 머리가 산란하거나 또는 졸릴 때면 갑자기 선생이 옆에 와서 있곤 했다. 그것은 나도 이미 당해본 일이었다. 그러나 정말로 생각하고, 정말로 몰두하고 있다면 안전했다. 그리고 나는 이미 뚫어질 듯 응시하는 실험도 해봤고 그 역시 믿을 만하다는 것을 이미 확인했다. 데미안과 만나던 시절에는 성공할 수 없었던 일이다. 하지만 지금은 강렬한 시선과 생각으로 매우 많은 일을 이룰 수 있음을 종종 느꼈다.

지금도 역시 나는 그렇게 앉아 헤로도토스와 학교와는 멀리 떨어져 있었다. 그러나 그때 뜻밖에도 선생님의 목소리가 나의 의식을 섬광처럼 내리치는 바람에 질겁을 해서 정신을 차렸다. 나는 선생님의 목소리를 들었다. 그는 바로 내 곁에 바싹 붙어 서 있었다. 나는 선생님이 내 이름을 불렀다고 생각했다. 그러나 그는 나를 쳐다보고 있지도 않았다. 나는 후유 하고 숨을 내쉬었다.

그때 그의 목소리가 다시 들렸다. 큰 소리로 "아브락사스"라고 말했다. 그 첫머리는 듣지 못했으나, 폴렌스 선생은 설명을 계속하고 있었다.

"우리는 고대의 그 교파와 신비적인 단체의 견해를 합리주의적인 관찰의 입장에서 단순히 소박한 것으로 상상해서는 안 됩니다. 우리가 말하는 과학은 고대에 존재하지 않았습니다. 그 대신 매우 높은 수준으로 발전한 철학적이고 신비적 진리 활동이 있었습니다. 거기에서 때로는 사기와 범죄로 이끌어주기까지 했을 마술과 유희가 발생한 겁니다. 그러나 마술이라는 것도 고귀한 연유와 깊은 사상을 지녔습니다. 내가 앞에서 예로 든 아브락사스의 교의도 그러합니다. 이 이름은 그리스의 주문과 관련이 있다고 알려져 있으며, 오늘날에도 여전히 대개는 미개한 민족들이 믿고 있는 어떤 마귀의 이름이라고 생각하고 있습니다. 그러나 아브락사스는 훨씬 더 많은 것을 뜻한다고 생각합니다. 우리는 이 이름을 대략 신적인 것과 악마적인 것을 결합하는 상징적 과업을 지닌 일종의 신으로 생각할 수 있습니다."

몸집이 작은 젊은 학자는 섬세하면서도 열정적으로 말을 계속했다. 크게 주의를 기울이고 있는 사람은 아무도 없었다. 그리고 그 이름이 더는 나오지 않게 되자 나 또한 주의를 돌려 나의 내부로 다시 가라앉아버렸다.

"신적인 것과 악마적인 것을 결합한다."

그 소리의 여운이 아직도 내게서 사라지지 않았다. 나는 그 말을 옛날 일과 결부시킬 수 있었다. 우리 우정의 마지막 시절 데미안과 대화를 나눈 후부터 나에게는 익숙한 내용이었다. 데미안은 그때 이렇게 말했다. 우리는 틀림없이 존경하는 한 사람의 신을 가지고 있다. 그렇지만 그는 단지 임의로 갈라진 세계의 절반만을 대표할 뿐이다(그것이 공적이고 허용된 '밝은' 세계였다). 그러나 사람들은 온 세계를 경배할 수 있어야 한다. 따라서 사람들은 악마까지도 겸한 하나의 신을 갖거나 혹은 신에 예배하는 동시에 또한 악마에게도 예배해야만 한다. 그렇다면 아브락사스가 바로 신인 동시에 악마인 바로 그 신이었다.

얼마 동안 대단한 열성으로 그 자취를 찾아봤으나, 소득이라곤 아무것도 없었다. 나는 아브락사스를 찾으려고 온 도서관을 샅샅이 뒤져봤다. 그러나 손에 잡아보면 돌에 불과한 진리를 발견하는 따위의 직접적이고 의식적인 탐구에는 나의 천성이 한 번도 제대로 열중한 적이 없었다.

한때 그렇듯 철저히 몰두하던 베아트리체의 모습은 이제 점차 가라앉고 있었다. 그 모습이 내게서 서서히 떠나갈수록 더욱 지평선에 가까워지고 그림자처럼 아슬하고 희미해졌다. 더는 나의 영혼을 만족시켜주지 못했다.

이상하게 나 자신의 내부에 틀어박혀서 마치 몽유병자처럼 영위해온 내 생활 속에 새로운 형태가 이제 형성되기 시작했다. 생활에 대한 동경이, 아니 오히려 사랑을 향한 동경과 그리고 잠시 동안 베아트리체에게 예배하는 가운데 녹아들어갈 수 있었던 성적 충동이 다시 나의 내부에서 꽃을 피우고 새로운 영상과 목적을 갈구했다. 여전히 나는 어떤 것에도 충족을 느끼지 못했다. 그리고 동경하는 마음을 속이거나, 내 친구들이 행복을 구하는 그러한 소녀들에게서 뭔가를 기대하는 것은 이제까지보다 한결 더 불가능했다. 나는 다시 격렬하게 꿈을 꾸었다. 더욱이 밤보다는 낮에 더 많이 꾸었다. 표상, 영상 또는 소망이 나의 내부에서 끓어올라 나를 외부 세계와 갈라놓았기 때문에 나는 내 마음속의 이러한 영상들과 더불어, 이러한 꿈들이나 그림자들과 더불어, 오히려 나의 현실적인 주변의 일들에서보다 한층 더 현실적으로 생기 있게 접촉하며 살았다.

어떤 일정한 꿈 혹은 늘상 되풀이되는 어떤 환상의 장난이 내게는 중요한 의미를 띠었다. 내 생활에서 가장 중대하고 가장 영향이 깊었던 그 꿈은 대략 이러했다. 내가 우리 집으로 돌아갔다. 현관문 위에는 푸른 배경을 뒤로 하고 문장의 새가 황금빛으로 찬연히 빛나고 있었다. 어머니가 나를 맞으러 나오셨다. 그러나 내가 막상 집 안에 들어서서 포옹하려고 하자, 어머니가 아니라 이제까지 한 번도 본 적 없는 사람이었다. 그 사람은 키가 훤칠하게 크고 힘이 세었으며, 막스 데미안과 내가 그린 그림을 닮았지만 그와도 달랐으며, 힘차 보이면서도 극히 여성적인 부인이었다. 그 부인이 나를 끌어당겨 깊고 소름 끼치는 사랑의 포옹을 해주었다. 희열과 공포가 뒤섞였다. 왜냐하면 그녀의 포옹은 신에 대한 예배이면서 동시에 죄악이었기 때문이다. 어머니에 대한 너무나 많은 추억과 나의 벗 데미안에 대한 너무나 많은 추억이, 나를 힘껏 안아주고 있는 그녀의 모습 가운데 홀연히 나타났다가는 홀연히 사라지곤 했다. 그녀의 포옹은 온갖 경건함과는 모순되었으나 희열은 틀림없었다. 때로 나는 이 꿈에서 깊은 행복을 느끼며 깨어났고 때로는 무서운 죄를 지었을 때처럼 죽음의 공포와 양심의 가책을 느끼며 깨어나기도 했다.

아주 내적인 이 영상과 외부에서 찾아든, 탐구해야 할 신에 대한 암시 사이에 점차 무의식적인 연관이 이루어졌다. 그러고 나서는 점점 밀접하고 점점 친밀하게 결합되었다. 그리고 내가 바로 이 예감의 꿈속에서 아브락사스를 부르고 있다는 사실을 감지하기 시작했다.

희열과 공포, 남성과 여성의 혼합, 성스러운 것과 몸서리쳐지는 것의 뒤엉킴, 다감한 천진성을 뚫고 경련하며 지나가는 깊은 죄악. 이것이 바로 내가 꾸는 내 사랑의 꿈의 영상이었다. 그리고 아브락사스도 역시 그러했다. 사랑은 이제 내가 처음에 불안스레 느꼈던 것처럼 동물적인 어두운 충동이 아니었다. 또한 내가 베아트리체의 초상에 바쳤던 것처럼 경건하고 정신화된 숭배도 아니었다. 사랑은 그 둘 다였다. 둘 다였을 뿐 아니라 그 이상이었다. 천사의 모습인 동시에 악마였고, 남성과 여성이 하나가 된 것이었으며, 인간과 동물이었고, 최고의 선이자 극단의 악이었다. 나는 이렇게 살아야 할 운명 같았고 이런 운명을 맛보는 것이 나의 숙명 같았다. 나는 그 사랑에 동경을 품고, 두려움을 품고 있었다. 나는 그 사랑을 꿈꾸고 거기에서 도망쳤다. 그러나 사랑은 언제나 나의 머리 위에 항상 실재했다.

다음 해 봄에 나는 김나지움을 졸업하고 대학에 진학할 예정이었다. 하지만 아직도 어디서 무엇을 공부해야 할지 몰랐다. 내 입술 위에는 조그만 코밑수염이 자랐다. 성인이 된 것이다. 그런데도 전혀 어찌해야 할 바를 몰랐으며 아무런 목표도 없었다. 확실한 것은 단지 내 내부의 소리, 즉 꿈의 영상 하나뿐이었다. 나는 그것이 인도하는 대로 맹목적으로 따라가야 할 사명을 느꼈다. 그러나 그것은 나에게 어려운 일이었다. 나는 날마다 반항했다. 내가 미친 게 틀림없다고 생각한 적이 한두 번이 아니었다. 나는 다른 사람들과 다른 걸까? 그러나 다른 학생들이 할 수 있는 일은 나 역시 할 수 있었다. 약간의 공을 들이면 플라톤도 읽을 수 있었고 삼각법 문제도 풀 수 있었으며, 화학적인 분석도 따라갈 수 있었다. 단 한 가지, 다른 사람들이 다 하는 일이지만 나는 할 수 없는 일이 있었다. 나의 내부에 감추어져 있는 목표를 끄집어내어, 내 앞에다 그려내는 일이었다. 다른 사람들은 자기들이 교수나 판사, 의사나 예술가가 될 것이고, 또 그렇게 되려면 어느 정도의 기간이 필요하며 거기에 어떤 이점이 있는지 정확하게 알고 있었다. 하지만 나는 그렇게 할 수가 없었다. 아마 언젠가는 나도 그런 직업을 갖게 되겠지만 도대체 내가 그걸 어떻게 알 수 있단 말인가. 나 역시 몇 년이고 그 길을 찾고 또 찾아야겠지만, 어쩌면 아무것도 되는 일 없이, 어떠한 목표에도 도달하지 못할지도 모른다. 아니, 나 역시 어떠한 목표에 도달하겠지만 아마도 그것은 고약하고 위험스러우며 무서운 목표일 것이다.

정말이지 나는 내 안에서 스스로 솟아 나오려 하는 것, 그것을 살아보려 했다. 왜 그것은 그다지도 어려웠던가?

때로 나는 내 꿈에 나타나는 기운찬 사랑의 자태를 그려보려고 노력했다. 그러나 한 번도 성공한 적은 없었다. 성공했다면, 데미안에게 보냈을 것이다. 그는 어디 있을까? 나는 알지 못했다. 단지 그와 내가 연결되어 있다는 사실만 알 뿐이었다. 언제 그를 다시 만날 수 있을까?

베아트리체 시절의 그 몇 주간, 아니 몇 개월간의 정다운 고즈넉함은 먼 옛날에 지나가버렸다. 그 당시에 나는 마치 하나의 섬에 도착해서 평화를 발견했다고 생각했다. 그러나 그것은 언제나 그 모양 그 꼴이었다. 어떤 상태가 내 마음에 들기가 무섭게, 어떤 꿈이 나를 즐겁게 해주기가 무섭게 벌써 퇴색하고 희미해졌다. 그것을 개탄한들 무슨 소용이 있겠는가. 나는 이제 나를 때로 완전히 야성적이고 미치광이처럼 만들어주는, 채워지지 않는 갈망과 긴장된 기대의 불꽃 속에서 살고 있었다. 꿈속에 보는 애인의 모습을 나는 때로 너무나도 생생하게, 내 손보다도 한결 더 선명하게 내 앞에 보며, 그와 더불어 이야기하고, 그 앞에서 울고, 그를 저주했다. 나는 그것을 어머니라고 부르고, 눈물을 흘리면서 그 앞에 무릎을 꿇었다. 그리고 애인이라고 부르고, 모든 것을 충족시켜주는 성숙한 입맞춤을 어슴푸레 느꼈다. 악마, 창부, 흡혈귀, 살인귀라고도 불렀다. 그것은 나를 다정하기 이를 데 없는 사랑의 꿈으로 유인하고, 철면피한 행위로 유혹했다. 거기에는 지나치게 선량한 것도 귀중한 것도 없었고 지나치게 나쁘고 비천한 것도 없었다.

그해 겨우내 나는 차마 입 밖에 내기 어려운 내적 폭풍우 속에서 지냈다. 고독은 습관이 된 지 이미 오래여서 더는 나를 압박하지 않았다. 나는 데미안과 더불어 살았고 매와 더불어, 나의 숙명인 동시에 나의 애인이었던 커다란 꿈의 영상과 더불어 살았다. 나는 그 속에서 살기에 충분했다. 왜냐하면 모든 것이 위대한 것과 넓은 것을 바라보고, 또 모든 것이 아브락사스를 가리키고 있었기 때문이다. 그러나 그 꿈 중 어느 것도, 내 생각 중 어느 것도 내게 복종하지 않았다. 어느 것도 나는 불러들일 수 없었다. 어느 것도 내 마음에 드는 대로 채색할 수 없었다. 그것들이 와서 나를 사로잡았고, 나를 지배했으며, 나를 살아가게 했다.

분명히 나는 외부에서는 안전했을 것이다. 나는 사람을 두려워하지 않았다. 반 친구들도 알고 있어서 남몰래 나에게 경의를 표해서 때로는 미소를 짓게 만들었다. 내가 원하기만 한다면 그들의 대부분을 아주 잘 통찰해서 때로는 그들을 깜짝 놀라게 할 수도 있었다. 단지 내가 거의 그렇게 하려 하지 않았거나 혹은 전혀 하려고 하지 않았을 뿐이다. 나는 언제나 나의 일에, 언제나 나 자신의 일에 몰두해 있었다. 그리고 이제는 마침내 삶의 단편이나마 살아보고 내게서 무엇인가를 끌어내어 세상에 내놓고, 세상과 관계를 맺고, 투쟁하기를 열렬히 갈망했다. 저녁 거리를 쏘다녀도 진정이 되지 않아서 한밤중까지 집으로 돌아가지 못할 때면, 때때로 나는 이제는 틀림없이 애인을 만나리라, 틀림없이 다음 골목 모퉁이를 그가 지나가리라, 저 다음 창문에서 나를 부르리라 하고 생각했다. 때때로 이 모든 것이 참을 수 없이 고통스러워서 한 번은 스스로 목숨을 끊으려고 결심하기까지 했다.

나는 그 당시에 이른바 '우연'히 독특한 도피처를 발견했다. 그러나 애당초 우연 따위는 존재하지 않는다. 뭔가를 필요로 하는 사람이 자기에게 필요한 뭔가를 발견한다면 우연히 주어진 게 아니라 자기 자신이, 자신의 소망과 필연이 그곳으로 인도한 것이다.

나는 두 번인가 세 번 시내를 걸어 지나면서 교외의 조그마한 교회에서 오르간 연주 소리를 들었으나 그때에는 걸음을 멈추지 않았다. 한 번 더 지나갈 때 그 소리를 다시 들었다. 그리고 바흐의 곡을 연주하고 있다는 것을 깨달았다. 문으로 가봤으나 닫혀 있었다. 그리고 골목에는 거의 사람이라곤 없어서 나는 교회 옆에 있는 방충석(防衝石) 위에 앉아서 외투의 깃을 올리고 귀를 기울였다. 크지는 않지만 좋은 오르간 같았다. 묘하게, 즉 독특하고 고도로 개성적인 의지와 인내의 표현을 나타내면서 훌륭하게, 거의 대가답게 연주했고, 그 표현은 마치 기도처럼 울렸다. 저기에서 연주하고 있는 저 사람은 이 음악 속에 보물이 숨겨져 있는 걸 알고 있고, 그 보물을 얻으려고 흡사 자신의 생명을 얻으려는 것처럼 노력하고 두드리고 애쓰고 있다는 느낌을 받았다. 기교 면에서라면 나는 음악에 대해 그다지 많이 알고 있지는 않았다. 그렇지만 이러한 영혼의 표현은 어렸을 때부터 본능적으로 이해했고, 음악적인 것을 너무도 자명하게 내 마음속에서 느꼈다.

그 음악가는 이어서 현대 음악을 연주했다. 레거의 곡인 듯했다. 교회는 완전히 어두워졌다. 단지 아주 희미한 빛이 이웃 창문에서 흘러 들어올 뿐이었다. 나는 음악이 그칠 때까지 기다렸다. 그리고 오르간 연주자가 밖으로 나오는 것이 보일 때까지 이리저리 왔다 갔다 했다. 젊은 사람이었으나, 나보다는 나이가 들어 보였으며 다부진 체격에 땅딸막한 사람이었다. 그는 힘차고 마치 불쾌한 듯한 발걸음으로 성급히 그곳을 떠났다.

그 후에 때때로 나는 저녁 무렵에 그 교회 앞에 앉아 있거나 이리저리 거닐거나 했다. 어느 때인가는 문이 열려 있는 것을 발견하고, 위층에서 오르간 연주자가 가물거리는 가스등 밑에서 연주하고 있는 동안 추위에 와들와들 떨면서도 행복한 느낌으로 앉아 있었다. 그가 연주하는 음악에서 나는 그 사람 자신뿐만 아니라 모든 것을 들었다. 그가 연주하는 모든 곡은 서로 인연이 있고 남모르는 관계를 맺고 있다는 생각이 들었다. 그가 연주하는 모든 곡은 종교적이고 헌신적이며 경건했다. 그러나 교회에 다니는 신도들이나 목사들처럼 경건한 것이 아니라 중세의 순례자나 걸인들처럼 경건했고, 모든 종파를 넘어서 존재하는 세계 감정에 물불을 헤아리지 않는 헌신으로 경건했다. 바흐 이전의 거장들과 옛 이탈리아 작곡가들의 곡을 부지런히 연주했다. 모든 곡은 같은 말을 했고 연주자가 마음 가운데 지니고 있는 바를 표현해주었다. 동경과 세계의 가장 내적인 파악, 세계로부터의 가장 난폭한 재분리와 자기 자신의 어두운 영혼에 대한 절실한 귀 기울임, 헌신의 도취와 불가사의한 것에 대한 깊은 호기심.

언젠가 그 오르간 연주자가 교회에서 나와 집으로 가는 것을 몰래 따라가본 적이 있었는데, 나는 그가 시내에서 멀리 떨어진 곳에 있는 조그마한 주점에 들어가는 것을 봤다. 나는 스스로를 억제하지 못하고 그를 따라 들어갔다. 그리고 거기에서 비로소 그를 똑똑히 봤다. 그는 검정 펠트 모자를 머리 위에 쓰고 포도주 한 병을 앞에 놓고 술집 구석에 있는 조그마한 테이블에 앉아 있었다. 그의 얼굴은 내가 상상한 그대로였다. 못생겼고 다소 야성적이었으며, 탐구적이고 고집스러워 보였으며, 집요하고 의지에 차 있었다. 그러나 동시에 입 가장자리는 부드러워 마치 어린아이 같았다. 남성적이고 강렬한 것은 모두 눈과 이마에 모여 있었고, 얼굴의 아래쪽은 섬세하고 미숙하고 안정감이 없었으며, 부분적으로 연약했다. 우유부단해 보이는 턱은 이마와 눈초리에 대한 이율배반인 양 소년다웠다. 내 마음에 든 것은 긍지와 적의로 가득 찬 암갈색의 두 눈이었다.

아무 말도 없이 나는 그의 맞은편에 앉았다. 술집 안에는 다른 사람이라곤 없었다. 마치 나를 쫓아버리려는 듯이 그는 나를 쏘아봤다. 그럼에도 나는 버티고 앉아 그가 성이 나서 이렇게 중얼거릴 때까지 뚫어지게 그를 쳐다봤다.

"제기랄, 뭘 그리 기분 나쁘게 뚫어져라 보고 있소? 내게 무슨 용건이라도 있는 거요?"

"아무 용건도 없습니다."

나는 말했다.

"그러나 선생님에 관해서 이미 많은 걸 알고 있지요."

그는 이맛살을 찌푸렸다.

"그럼, 음악광이오? 음악에 미친다는 건 내가 보기엔 구역질 나는 일인데."

나는 까딱도 하지 않았다.

"벌써 여러 차례 교회 밖에서 선생님의 연주에 귀를 기울였지요."

나는 말했다.

"물론 선생님을 귀찮게 하려는 건 아닙니다. 선생님에게서 행여 뭔가를, 뭔가 색다른 걸 발견할 수 있지 않을까 하고 생각했습니다. 그게 정확히 무엇인지는 저도 모릅니다만. 그러니 제가 하는 소릴랑 차라리 귀담아듣지 마십시오. 물론 저는 교회에서 선생님의 연주에 귀를 기울일 테지만요."

"하지만 난 언제나 문을 잠가두는데."

"최근에 잊은 적이 있었지요. 그래서 안으로 들어가 앉을 수 있었습니다. 그렇지 않을 때는 밖에 서 있거나 방충석 위에 걸터앉아 있었습니다."

"그래요? 다음번에는 들어와도 좋소. 훨씬 따뜻하니까. 그저 문만 두드려주시오. 힘차게 말이오. 하지만 내가 연주하고 있지 않을 때 두드려야 하오. 자, 무슨 말을 하려고 했더라? 아주 젊은 분이로군. 아마도 고등학생 아니면 대학생이시겠지, 아니면 음악가이신가?"

"아닙니다. 저는 그저 음악 듣는 걸 좋아할 뿐입니다. 선생님이 연주하는 그런 구속이 없는 음악, 천국과 지옥을 잡아 흔드는 듯한 느낌을 주는 그런 음악 말입니다. 저는 음악을 대단히 좋아합니다. 그건 음악이 도덕적이지 않기 때문이라고 생각합니다. 다른 온갖 것은 다 도덕적입니다. 그런데 저는 그렇지 않은 것을 찾고 있지요. 언제나 도덕적인 것에 억눌려 단지 괴로움밖에 받지 않았지요. 잘 표현할 수가 없습니다만, 신이자 동시에 악마인 하나의 신이 존재해야 하는 걸 선생님은 아시는지요? 그러한 신이 존재했다는데요. 저는 그 이야기를 들었습니다."

그 음악가는 널따란 모자를 조금 젖히고 넓은 이마를 덮고 있던 까만 머리칼을 흔들어 넘겼다. 동시에 그는 나를 뚫어져라 쳐다보고 테이블 너머 내게로 자신의 얼굴을 기울였다.

그러고는 나직하고 긴장된 목소리로 말했다.

"당신이 지금 말하고 있는 그 신의 이름이 대체 뭐요?"

"유감스럽게도 저는 그 신에 대해 거의 아무것도 알지 못합니다. 그저 이름만 알고 있을 뿐이지요. 그 신의 이름은 아브락사스입니다."

그 음악가는 누가 우리를 엿듣기라도 하는 듯이 의심스럽게 사방을 둘러봤다. 그러고 나서 나에게 가깝게 다가앉아서는 속삭이듯 말했다.

"나도 그럴 줄 알았지요. 당신은 누구요?"

"저는 김나지움 학생입니다."

"어디서 아브락사스를 알았소?"

"우연이지요."

그러자 그가 갑자기 테이블을 쳤다. 포도주가 잔에서 넘쳐흘렀다.

"우연이라니! 이 사람아, 쓸데없는 소리 작작해! 아브락사스를 우연히 아는 법은 없어. 명심해. 내가 이야기해줄 테니 말이야. 내가 조금 알고 있거든."

그는 말을 죽이고 다그었던 자신의 의자를 되옮겼다. 내가 기대에 가득 차서 그를 바라보자, 그는 얼굴을 찌푸렸다.

"여기서가 아니고! 다음번에. 자, 이거나 드시오!"

그러면서 그는 자기 외투 주머니에 손을 쑤셔넣고, 군밤 몇 알을 꺼내서는 내게 던져주었다.

나는 아무 말도 않고 그것을 집어서 먹었다. 나는 매우 만족스러웠다.

"그래!"

잠시 후 그는 속삭이듯 말했다.

"어디서 그것에 대해 알게 되었소?"

나는 주저 없이 말했다.

"저는 고독했고, 들떠 있었습니다."

나는 이야기했다.

"그때 제게 옛 시절의 친구가 떠올랐지요. 저는 그가 매우 많은 것을 알고 있다고 생각했습니다. 저는 뭔가를, 아니 지구에서 나오려고 하는 한 마리의 새를 그렸지요. 그 그림을 그에게 보냈습니다. 제법 시간이 지나서 뜻밖에도 한 장의 종이를 답장으로 받았습니다. 그 위에는 이렇게 적혀 있었어요. '새는 알에서 나오려고 투쟁한다. 알은 새의 세계다. 태어나려고 하는 자는 하나의 세계를 깨뜨리지 않으면 안 된다. 새는 신을 향해 날아간다. 그 신의 이름은 아브락사스다.'"

그는 아무 대꾸도 하지 않았다. 우리는 밤을 까서 술안주로 먹었다.

"한 병 더 마실까?"

그가 권했다.

"고맙습니다만 더 못 합니다. 저는 술을 좋아하지 않아요."

그는 다소 실망한 듯 웃었다.

"좋을 대로 하시오! 나는 다르니까. 난 여기 더 있을 테니 이제 그만 가보시오!"

그다음번에 그의 연주를 들은 후 그와 함께 거닐었을 때 그는 어쩐지 말이 없었다. 그는 나를 옛 골목에 있는 낡았지만 거창한 집으로, 크고 다소 음산하며 함부로 버려둔 방으로 안내했다. 그곳에는 피아노를 제외하고 음악 관련은 하나도 없었으며 그 대신 커다란 책장과 책상이 그 방에 무엇인가 학구적인 느낌을 불어넣어주고 있었다.

"참 많은 책을 갖고 계시는군요!"

나는 감탄해서 말했다.

"일부는 아버지의 서재에서 가져온 거요. 나는 아버지 집에 살고 있소. 이봐요, 젊은이. 나는 아버지와 어머니의 집에 살고 있긴 하지만 당신을 부모님에게 소개할 수는 없소. 여기 이 집에서는 내 친구가 그리 존경받지 못하거든. 나는 탈선한 자식이니까. 우리 아버지는 믿을 수 없을 만큼 존경스러운 어른으로서 우리가 사는 이 시의 유명한 목사이자 설교가이시오. 당신이 알아듣기 쉽게 말하자면, 나는 재능 있고 전도 유망한 그의 아들이었고. 그런데 탈선을 하고 얼마간 정신이 돌아버렸단 말이야. 나는 신학생이었는데 국가시험 직전에 이 성실한 신학부를 떠나버렸지. 내 개인적인 공부를 말한다면 사실 여전히 그 분야를 공부하고 있기는 하지만. 사람들이 때로 어떠한 신을 만들어냈는지는 여전히 내게 최고로 중요하고 흥미 있는 일이니까 말이야. 그건 그렇고 나는 지금 음악가인데 머지않아 조그마한 교회의 오르간 연주자 자리를 얻게 될 것 같소. 그러면 다시 교회에서 일하게 되는 거지."

나는 책등을 쭉 훑어봤다. 조그마한 램프의 희미한 불빛이 비추고 있는 곳에서 그리스어, 라틴어, 히브리어 제목들을 봤다. 그러는 동안에 그는 컴컴한 벽 쪽의 방바닥에 엎드려 뭔가를 하고 있었다.

"이리 오시오."

그는 잠시 후 나를 불렀다.

"이제 철학을 조금만 연습합시다. 다시 말하면 입을 다물고 엎드려서 생각해보잔 말이지."

그는 성냥을 켜서 자기 앞에 있는 난로 안의 종이와 나무에 불을 붙였다. 불꽃은 높이 올라왔다. 그는 세심하게 주의하면서 불을 쑤셔 일으키고 장작을 집어넣곤 했다. 나는 그에게로 가서 너덜너덜한 카펫 위에 엎드렸다. 그는 물끄러미 불을 들여다보고 있었다. 나 또한 그 불에 끌렸다. 우리는 거의 한 시간 동안이나 널름거리는 장작불 앞에 아무 말도 없이 엎드려서 그 불이 훨훨 타오르고 바지직거리고 자빠지고 휘어지고 한들한들 꺼지며 경련을 하고, 마침내는 조용하게 사그라져 밑바닥에서 부화하는 것을 바라보고 있었다.

"불 숭배(拜火)는 지금까지 발명된 것 중에서 가장 미련한 발명은 아닌걸."

그가 이렇게 혼자말로 한 차례 중얼거린 것 외에는 우리 중 누구 하나 말 한 마디 하지 않았다. 나는 눈을 크게 뜨고 불을 바라봤고, 꿈과 정적에 잠기고, 연기와 재 속에서 어떤 형상을 봤다. 갑자기 나는 깜짝 놀랐다. 그가 관솔을 불 속에 던지자 조그맣고 가느다란 불꽃이 솟구쳐 올라왔는데, 그 속에서 누런 매의 머리를 가진 새를 봤기 때문이다. 사그라져가는 난로의 불 속에서 황금빛으로 불에 달구어진 실이 그물 모양으로 모이고, 문자와 여러 형상들, 얼굴, 짐승, 식물, 벌레, 뱀 등에 대한 기억이 거기에 나타났다. 정신을 차려 옆에 있는 그를 보니 그는 주먹으로 턱을 괴고 정신없이, 꿈꾸는 듯이 재를 뚫어지게 들여다보고 있었다.

"이제 가야겠어요."

나는 나지막하게 말했다.

"그래, 그럼 가시오. 또 만납시다!"

그는 일어나지 않았다. 램프 불이 꺼져 있어서 나는 컴컴한 방과 복도와 계단을 간신히 통과해서 그놈의 저주받은 집에서 더듬거리며 나와야 했다. 거리에서 나는 멈추어 서서 그 낡은 집을 올려다봤다. 어떤 창에도 불이 켜 있지 않았다. 놋쇠로 된 조그만 문패가 문 앞 가스등 불빛을 받아 번득거리고 있었다.

거기에는 '피스토리우스 주임 목사'라고 씌어 있었다.

겨우 집에 와서 저녁밥을 먹고 혼자서 내 조그만 방에 앉아 있자 비로소 나는 피스토리우스에게 아브락사스는 물론 그 밖의 어떤 일에 대해서도 듣지 못했으며 우리가 겨우 열 마디도 주고받지 않았다는 사실이 불현듯 떠올랐다. 그러나 나는 그의 집을 방문한 일이 지극히 만족스러웠다. 게다가 다음번에는 옛날 오르간 음악 중에서도 가장 뛰어난 곡인 북스테후데의 〈파사칼리아〉를 그가 들려주기로 약속했다.

내가 알지는 못 했으나, 그와 더불어 음산한 은둔자의 방 난로 앞 바닥에 엎드려 있었을 때 이미 그 오르간 연주자 피스토리우스는 내게 최초의 가르침을 주었다. 불을 들여다본 일은 내게 유익했다. 언제나 내가 가지고 있었으나 한 번도 실제로 가꾼 적이 없는 내 내면의 성향을 강화하고 확인해주었다. 부분적으로나마 점차 내면의 성향이 분명해졌다.

조그만 아이였을 때부터 나는 자연의 괴상한 모양을 바라보는 버릇이 있었다. 그 모양을 관찰하는 것이 아니라 그것의 독특한 매력과 난잡한 언어에 몰두했다. 툭 불거져 나온 기다란 나무 뿌리, 암석의 광맥 무늬, 물 위에 뜬 기름의 얼룩, 유리의 균열……. 이와 비슷한 온갖 것이 때때로 내게 커다란 매력을 주었다. 무엇보다도 물과 불, 연기, 구름, 먼지, 눈을 감으면 맴도는 빛깔의 무늬가 특히 그러했다. 피스토리우스를 처음 찾아간 뒤 며칠 동안 이런 일이 내 마음에서 다시 일어났다. 왜냐하면 일정한 흥분과 기쁨, 그리고 그때부터 내가 느낀 감정의 고양이 오랫동안 훨훨 타는 불을 응시한 데서 비롯되었음을 깨달았기 때문이다. 불을 응시하는 것은 이상스러울 정도로 유익하고 풍요로운 느낌을 주는 일이었다.

이 새로운 경험이 그때까지 내가 본래의 인생 목표를 향해 가는 도중에 발견한 사소한 경험들에 덧붙여졌다. 그러한 형상의 관찰, 불합리하고 난잡하고 괴상한 자연 형상에 대한 몰두는 우리 마음속에서 이 형상을 만든 우리의 의지와 조화를 이룬다는 느낌을 일깨워준다. 우리는 곧 그것들이 우리의 기분이며, 우리의 창조물이라고 생각하고 싶은 유혹을 느낀다. 우리는 우리와 자연 사이에 있는 경계가 흔들리고 녹아버리는 모습을 보고, 우리의 망막 위에 비치는 형상이 외부적인 인상에서 연유하는지 혹은 내부적인 것에서 연유하는지 알 수 없게 된다. 우리가 대단한 창조자이며, 우리의 영혼이 얼마나 쉴 새 없이 이 세상의 끊임없는 창조에 관여하고 있는지를 이 연습만큼 그렇듯 단순하고도 쉽게 발견할 수 있는 곳은 아무 데도 없다. 오히려 우리의 내부와 자연의 내부에서 활동하는 신은 똑같은 불가분의 신이다. 따라서 외부의 세계가 무너지더라도 우리 가운데 한 사람은 그것을 재건할 수 있다. 왜냐하면 산과 강,

나무와 잎, 뿌리와 꽃 등 모든 자연의 형성물의 원형은 우리 가운데 있으며, 그 본질은 영원하고 우리가 알지 못하는 영혼에서 유래하기 때문이다. 그러나 대개는 사랑의 힘과 창조력으로 우리에게 느껴지기도 한다.

몇 년이 지난 후에야 겨우 나의 관찰이 어떤 책에 증명되어 있는 것을 발견했다. 다시 말하면 많은 사람이 침을 뱉은 벽을 바라보는 것이 얼마나 많이 그리고 얼마나 깊이 흥미를 끄는 일인지를 일찍이 말한 바 있는 레오나르도 다 빈치의 책에서 발견했다. 축축한 벽의 그 오점 앞에서 그는 피스토리우스와 내가 불을 보고 느낀 것과 똑같은 것을 느꼈다.

다음번에 우리가 다시 만났을 때 그 오르간 연주자가 내게 설명을 해주었다.

"우리는 우리 개인의 한계를 언제나 너무 좁게 그어대고 있어! 우리는 언제나 우리가 개성적이라고 구별하고 다른 것과 다르다고 인정하는 것만을 개인적인 거라고 생각하지. 하지만 우리는 누구나 이 세계의 온갖 재고품으로 구성되어 있어. 우리의 육체가 어류에 이르기까지, 나아가서는 더욱더 멀리에 이르기까지 소급되는 발달의 계보를 지니고 있듯이 우리의 영혼은 그 속에 이제까지 인간의 영혼 속에 살았던 온갖 것을 다 지니고 있다고. 이제까지 있었던 모든 신과 악마는, 그것들이 설사 그리스인 사이에 있었건 중국인 사이에 있었건 혹은 아프리카 줄루족 사이에 있었건 간에 모두 가능성으로서, 소망으로서, 방편으로서 우리 내부에도 존재하고 또 여기저기에 존재하고 있단 말이지. 인류가 교육의 혜택을 전혀 받지 못한 채 오직 한 가지의 평범한 재능을 타고난 아이만을 남기고 멸망해버린다면 이 아이가 사물의 전 과정을 다시 발견할 거야. 여러 신과 악마, 낙원, 계율과 금제(禁制), 구약 및 신약성서 등 이 모든 것을 그 아이가 다시 창조할 수 있을 거라고."

"네, 좋습니다. 그렇지만……."

나는 반박했다.

"그렇다면, 과연 어디에 개인의 가치가 존재하는 거죠? 우리의 내부에 온갖 것이 다 완비되어 있다면 도대체 무슨 이유로 우리는 여전히 노력하고 있는 거죠?"

"가만!"

피스토리우스는 황급히 소리쳤다.

"자네가 내부에 단순히 세계를 지니고 있느냐, 아니면 그것을 의식하고 있느냐는 별개야! 미친 사람이 플라톤을 연상시키는 사상을 창조할 수도 있고, 헤른후트파의 학교에 다니는 경건한 학생일지라도 그노시스파나 혹은 조로아스터교에 나타난 깊은 신화적인 연관을 독창적으로 생각해낼 수도 있지. 그렇지만 그는 그것에 대해 아무것도 의식하지 않는다고! 그가 의식하지 못하는 한에서 그는 한 그루 나무이거나 돌이며, 기껏해야 짐승에 불과하지. 그러나 이 인식의 최초의 불꽃이 번쩍 빛나기만 하면 그는 비로소 인간이 되는 거야. 물론 자네도 저기 거리 위에 내닫고 있는 모든 두 발 달린 족속들을 단지 똑바로 서서 걸어가고 자식을 아홉 달 동안 뱃속에 넣고 다닌다는 이유만으로 인간이라고 생각하지는 않겠지? 그중의 얼마나 많은 부류가 물고기이거나 양이며 벌레이거나 거머리인가, 그리고 얼마나 많은 부류가 개미이거나 벌들인가를 물론 자네도 알겠지! 물론 그들 각자에게는 인간이 될 가능성이 있긴 하지만 그들이 그걸 예감하고 부분적일망정 의식할 수 있을 때 비로소 가능한 거라네."

우리의 대화는 대략 이런 식이었다. 그 대화가 나에게 전혀 새롭거나 아주 놀랄 만한 것을 가져다주는 경우는 드물었다. 그러나 모든 대화는, 심지어 가장 평범한 것까지도 나의 내부의 똑같은 지점을 살며시 그러나 끊임없이 망치로 두드렸다. 그 모든 것은 나의 형성을 도와주고 내가 허물을 벗고 알의 껍데기를 깨뜨리는 것을 도와주었다. 그리고 매번의 대화에서 머리를 조금씩 더 높이, 조금씩 더 자유롭게 쳐들어 마침내 나의 황금빛 새는 그 아름다운 맹금의 머리를 산산이 부숴진 껍데기 밖 세계로 내밀었다.

우리는 종종 서로의 꿈 이야기도 나누었다. 피스토리우스는 꿈을 해석할 줄 알았다. 한 가지 놀라운 예가 지금 막 기억에 떠오른다. 꿈속에서 나는 날 수 있었지만 내가 제어할 수 없는 도약으로 공중에 내동댕이쳐지는 식이었다. 이 비상의 느낌은 정신을 높여주었지만 내 의지와 상관없이 걱정스러울 만큼 높이 솟아오르자 곧 두려워졌다. 그러다가 나는 나의 상승과 낙하를 호흡을 통해서 조절할 수 있음을 발견하고 겨우 안도했다.

그 꿈에 대해 피스토리우스는 이렇게 말했다.

"자네를 날게 한 비약은 누구나 가지고 있는 우리 인간의 특전이지. 그것은 모든 힘의 근원과 연관된 감정인데, 그럴 때에는 누구나 곧 불안해지는 법이라네! 대단히 위험하니까! 그러므로 대개의 사람들은 아주 흔쾌히 날기를 단념하고 법의 규정대로 보도를 걸어가는 편을 택하는 거야. 그렇지만 자네는 그렇지 않아. 자네는 유능한 청년답게 계속 날고 있으니까. 그러니 보게나. 자네는 점차로 스스로 제어하게 되고 자신을 휩쓸어가는 보편적인 위대한 힘에 하나의 섬세하고 가냘픈 자신의 힘이, 즉 하나의 기관이, 하나의 키〔舵〕가 맞서는 신기한 일을 발견하게 된 거야. 기막힌 일 아닌가. 그런 것이 없다면, 미친 사람이 그렇듯이 의지 없이 공중을 나는 것밖에는 안 되지. 그들에게는 보도를 거니는 사람들보다 깊은 예감이 부여되어 있다네. 하지만 이들은 거기에 대한 아무런 열쇠도 방향키도 가지고 있지 않아. 그리하여 바닥도 없는 곳으로 굴러들어가는 거야. 그러나 자네는 말이야, 자네는 할 수 있어! 어째서 아직도 그걸 전혀 모르고 있지? 자네는 하나의 새로운 기관, 곧 호흡 조절기를 가지고 그걸 하고 있는 거야. 이제 자네의 영혼이 저 바닥에서는 얼마나 개인적이지 않은지 알 수 있을 거야. 다시 말하면 자네의 영혼이 이 조절기를 고안해낸 것은 아니란 말일세! 새로운 게 아니야! 빌려온 거고, 수천 년 동안 존재해온 거야. 물고기의 평형 기관, 즉 부레 말이야. 부레가 일종의 폐를 겸하고 상황에 따라서는 실제로 호흡을 도와주는, 이상하고 보수적인 어류가 오늘날에도 실제로 몇 종 존재하고 있거든. 자네가 꿈속에서 날 때 쓴 게 바로 이런 부레와 똑같은 거야!"

그는 내게 동물학 책 한 권을 가져와서는 그 고풍창연한 물고기의 이름과 그림을 보여주었다. 그리고 나는 나의 내부에 진화 초기의 기능이 깃들어 있음을 이상한 전율과 더불어 느꼈다.

야곱의 싸움

내가 그 특이한 음악가 피스토리우스에게서 아브락사스에 관해 들었던 바를 간결하게 되풀이할 수는 없지만, 내가 그에게 배운 가장 중요한 것은 나 자신에게로 가는 길에 한 발자국 더 내디딘 일이었다. 그 당시 나는 열여덟 남짓한 나이로 평범하지 않은 젊은이였으며 오만 가지 일에는 조숙했는데도, 다른 많은 일에서는 아주 뒤떨어져 있었고 의젓하지 못했다. 종종 나를 다른 사람들과 비교해 보고는 때로 건방졌고 내가 잘났다고 생각했지만 그와 마찬가지로 때로는 의기소침해져서는 비굴하게 굴기도 했다. 때때로 나는 스스로를 천재라고 생각했고, 때로는 반미치광이라고도 생각했다. 나는 또래들의 즐거움과 생활을 함께할 수 없었다. 그리하여 때때로 나는 내가 그들과는 절망적으로 격리되어 있고, 내게는 생활이 닫혀져 있는 듯한 가책과 근심에 초췌해지기도 했다.

자기 스스로 성장한 기인인 피스토리우스는 나에게 용기를 잃지 말고 스스로를 존중하라고 일러주었다.

나의 말 속에서, 꿈속에서, 환상과 사상 속에서 그는 늘 가치를 찾아내서는 끊임없이 진지하게 해석해주고 진지하게 논해주면서 내게 모범을 보여주었다.

그가 말했다.

"자네는 나에게 '음악은 도덕적이지 않기 때문에 음악을 좋아한다'고 말한 적이 있었지! 그 말에 이의는 없네. 하지만 자네가 바로 그 도덕가가 되어서는 안 된단 말이야! 자네는 다른 사람과 자기를 비교해서는 안 돼. 가령 자연이 자네를 박쥐로 만들었다면 타조가 되려고 해서는 안 되는 것처럼 말이야. 자네는 종종 스스로를 특이하다고 생각하지. 그리고 보통 사람과는 다른 길을 걷고 있다고 자신을 책망하고. 그걸 잊어야 돼. 불을 들여다보게. 구름을 보라고. 그리하여 예감이 들고 영혼의 목소리가 말을 하기 시작하면 바로 거기에 몸을 맡기는 거야. 그리고 선생님이나 아버지 혹은 그 어떤 흠모하는 신의 뜻에 합치하는지, 그들의 마음에 드는지를 맨 먼저 묻지 말게! 그래서 사람들이 망하는 거야. 그렇게 함으로써 그들은 인도 위만 걸어다니고 나아가서는 화석이 되는 거지. 이봐, 싱클레어. 우리의 신은 아브락사스야. 그런데 그는 신인 동시에 악마이지. 자기의 내부에 밝은 세계와 어두운 세계를 지니고 있어. 아브락사스는 자네의 사상이나 자네의 꿈에는 아무런 이의를 제기하지 않아. 그걸 결코 잊어서는 안 되네. 하지만 자네가 흠잡을 곳 없는 평범한 사람이 되는 날이면, 그는 자네를 버릴 거야. 그러고는 자기의 사상을 담아 요리하기 좋은 새로운 냄비를 찾겠지."

모든 내 꿈 중에서 그 어두운 사랑의 꿈이 가장 충실했다. 빈번하게 나는 그 꿈을 꾸었다. 문장(紋章)에 새겨진 새 밑을 지나 우리의 옛집으로 들어가 어머니를 나에게 끌어당기지만, 나는 어머니 대신 덩치가 크고 반은 남성이며 반은 어머니인 여자를 끌어안았다. 그 여자에게 두려움을 느꼈으나, 그럼에도 나는 타는 듯한 동경으로 그 여자에게 끌렸다. 그런데 이 꿈을 결코 내 친구에게 이야기할 수 없었다. 그 밖의 온갖 다른 이야기는 다 털어놓았지만 그것만은 남겨두었다. 그 꿈은 나의 은신처이자 비밀이며 피난처였다.

우울할 때면, 으레 피스토리우스에게 북스테후데의 〈파사칼리아〉를 연주해달라고 청했다. 그럴 때면 나는 저녁에 어두운 교회 안에서 이 이상스럽고 친밀하며 자신의 내부에 침잠하여 스스로 귀를 기울이는 음악에 넋을 잃고 앉아 있었다. 그 음악은 번번이 나에게 유익했고 영혼의 소리에 정당성을 부여할 준비를 갖추게 해주었다.

오르간이 이미 소리를 죽인 다음에도 때로 우리는 잠시 동안 교회 안에 앉아 희미한 빛이 높다란 고딕식 창문을 통해 비치고 있다가 이윽고 사라져버리는 것을 바라보곤 했다.

피스토리우스가 말했다.

"내가 한때 신학생이었고 하마터면 목사가 될 뻔했다는 사실이 우습게 들리겠지. 하지만 내가 그때에 저지른 일은 단지 형식상의 실수였을 뿐이야. 목사는 나의 천직이고 아직도 내 목표야. 단지 나는 너무 일찍 만족했고 아브락사스를 알기도 전에 여호와에게 몸을 맡겨버린 거지. 아, 모든 종교는 아름답다네. 종교는 영혼이거든. 그리스도교의 만찬을 먹든, 메카에 순례를 가든 다 같은 거야."

"그럼 당신은 정말 목사가 될 수 있었을 텐데요."

내가 말했다.

"아니, 싱클레어, 아니야. 그럼 나는 거짓말을 해야 했을 테니까. 우리의 종교는 마치 종교가 아닌 것처럼 행해지고 있거든. 마치 이성의 활동처럼 행해지고 있어. 필요하다면 아마 가톨릭 신자는 될 수 있겠지만, 나는 신교의 목사는 안 돼. 얼마 안 되는 진짜 신자들, 나는 그런 사람들을 알고 있는데 그들은 흔쾌히 문자 그대로 성경을 믿지. 나는 그들에게 그리스도는 개인이 아니라 신인(神人)이며, 신화이며, 인류가 자기 자신을 영원의 벽에다 그려놓았다고 생각하는 한 장의 굉장한 영상이다라고 말할 수는 없을 거야. 그 밖에 지혜로운 말씀을 듣기 위해, 의무를 다하기 위해, 아무 일도 태만히 하지 않기 위해서 교회에 오는 사람들에게 대체 무엇을 이야기해야 옳을까? 자네는 그들을 개종시키라고 말하겠나? 나는 결코 그런 짓은 하고 싶지 않아. 사제는 개종시키려고는 하지 않으니까. 사제는 단지 신자들 사이에서, 자기와 같은 사람들 사이에서 살려고 하며, 우리가 신으로 받드는 그 감정에 대한 지지자이자 표현이고자 할 따름이지."

그는 잠시 말을 끊었다가 다시 계속했다.

"우리가 지금 아브락사스라는 이름을 붙여준 우리의 새로운 믿음은 아름답네. 싱클레어, 그건 우리가 가지고 있는 것 중 가장 으뜸가는 믿음일세. 하지만 아직은 갓난애지! 아직 날개도 돋지 않왔고. 아, 고독한 종교, 그건 아직 진정한 종교는 아니야. 공동의 것이 되어야 하고 예배와 도취, 축제와 비의(秘義)를 지니고 있어야 하지…….”

그는 명상을 하며 자기의 생각에 골몰했다.

“그 비밀스러운 종교 의식은 혼자서 또는 조그만 단체에서 행할 수 없나요?”

나는 주저하면서 물었다.

“물론 할 수 있지.”

그는 고개를 끄덕였다.

“나는 이미 오랫동안 그렇게 해왔어. 그 일이 사람들에게 알려진다면 수년은 교도소에 처박힐 그런 예배를 말이야. 그러나 나는 내가 하는 그것도 아직은 진짜가 아님을 알고 있어.”

갑자기 그가 내 어깨를 툭 쳐서 나는 몸을 움츠렸다.

“이봐.”

그는 은근한 어투로 말했다.

“자네도 역시 비밀스러운 의식을 갖고 있군. 내게 말하지 않은 꿈이 있는 게 분명해. 굳이 알고 싶지는 않아. 그러나 말해두는데, 그것을, 그 꿈을 실현하게. 그 꿈을 갖고 놀게. 그리고 그 꿈을 위한 제단을 쌓게! 완전하지는 않아도 하나의 방법이네. 우리가, 나와 몇몇 다른 사람들이 언젠가 이 세계를 개선할 수 있을지는 아직 알 수 없어. 하지만 우리 내부에서 매일매일 세계를 새롭게 해야 해. 그렇지 않으면 우리는 아무것도 아니니까 말이야. 생각해보게! 싱클레어, 자네는 열여덟이야. 매춘부 뒤를 따라가지 말고 사랑의 꿈과 소망을 키우게. 아마도 자네는 이런 것에 공포를 느끼고 있겠지. 그러나 두려워 말게! 그게 자네가 가지고 있는 것 중에서 으뜸일 테니까! 나를 믿어도 좋아. 나는 자네 나이에 사랑의 꿈을 억눌러서 많은 걸 잃어버렸지. 그래서는 안 돼. 아브락사스를 아는 사람이라면 더는 그래서 안 되지. 두려워해서는 안 되며, 영혼이 우리의 내부에서 소망하는 거라면 그게 무엇이든 금지되어 있다고 생각해서는 안 돼."

깜짝 놀라서 나는 반박했다.

"하지만 마음에 떠오르는 일이라고 무엇이든지 다 할 수는 없잖아요! 자기 마음에 들지 않는다는 이유로 사람을 죽여서는 분명 안 되니까요."

그는 내게로 가까이 다가왔다.

"형편에 따라서는 그것도 허용되지. 대개는 착각에 불과하지만. 나는 자네의 뇌리에 떠오른 일이라면 무엇이든지 간단히 해치워 버리라고 말하는 게 아니야. 그렇지는 않지. 그러나 그 자체로 좋은 의미를 지니고 마음에 떠오른 일을 몰아내버리거나, 도덕을 들이대서 못 쓰게 만들어서는 안 되는 거라네. 자기나 다른 사람을 십자가에 못 박는 대신 엄숙한 생각으로, 포도주를 마시며 희생의 비의를 생각해볼 수도 있지. 그러한 행위를 하지 않고서도 자기의 충동과 유혹을 존경과 사랑으로 취급할 수도 있어. 그러면 그것들은 자기들의 뜻을 나타내주지. 그것들은 다 뜻을 지니고 있으니까. 혹시 자네에게 미친 생각이나 죄스러운 생각이 떠오른다면, 싱클레어, 혹시 누군가를 죽이고 싶거나 입에 담을 수도 없는 추잡한 짓을 저지르고 싶거든, 잠깐 동안만 아브락사스가 자네의 내부에서 그렇게 공상하고 있다고 생각해보게! 자네가 죽이고 싶어 하는 그 사람은 사실상 결코 아무개라고 정해져 있는 사람이 아니라 단지 가장(假裝)한 사람에 불과할 거야. 우리가 어떤 사람을 미워할 때는 대개 그 사람의 모습 속에서 우리 내부에 있는 어떤 부분을 보고 미워하는 거지. 우리 내부에 없는 것은 우리를 흥분시키지 못하니까."

피스토리우스가 나의 감추어진 속마음을 이렇듯 정확히 짚어내는 말을 한 적은 한 번도 없었다. 나는 대답할 수가 없었다. 나를 가장 강력하게 그리고 가장 기묘하게 감동시킨 것은 이 충고가 여러 해 전부터 내가 마음속에 지니고 다니던 데미안의 말과 똑같은 음향을 풍겨주었다는 사실이다. 두 사람은 서로에 대해 아무것도 모르는데 내게 똑같은 말을 한 것이다.

피스토리우스가 나지막하게 말했다.

"우리가 보는 사물이란, 우리 내부에 들어 있는 것과 똑같은 사물이지. 우리 내부에 보듬고 있는 것 이외의 현실은 존재하지 않아. 그렇기 때문에 대부분의 사람들은 그렇듯 비현실적으로 살고 있는 거지. 외부의 형상을 현실로 생각하고 자기의 내부에 들어 있는 독자적인 세계에 발언의 기회를 주지 않기 때문이야. 그렇게 하면 행복할 수는 있겠지. 그러나 다른 면을 알게 되면 더는 대다수가 가는 길을 택하지 않게 된다네. 싱클레어, 대다수가 가는 길은 편하지만 우리의 길은 힘이 들어. 그 길을 우리 같이 가보세."

며칠 후, 두 차례나 헛되이 그를 기다린 다음에 어느 늦은 저녁 나는 그가 혼자서 차가운 저녁 바람을 맞으며 만취한 채 비틀비틀 거리의 모퉁이를 돌아오는 것을 봤다. 나는 그를 부르고 싶지 않았다. 그는 나를 보지 못하고 내 곁을 지나갔다. 그리고 마치 미지의 존재가 부르는 어두운 소리를 좇고 있는 것처럼 불타는 고독한 두 눈으로 앞쪽을 응시하고 있었다. 나는 한 블록쯤 그를 따라갔다. 그는 유령처럼 광적이지만 풀어진 걸음걸이로, 마치 눈에 보이지 않는 철삿줄에 끌려가기라도 하듯 걸어가고 있었다. 슬픈 마음으로 나는 집으로, 나의 구원을 얻지 못한 꿈의 세계로 돌아왔다.

'지금 그는 저렇게 자기 내부에서 세계를 개선하고 있구나!'

나는 이렇게 생각했다. 그러나 그 순간 다시 이런 생각이 저속하고도 도덕적이라고 느껴졌다. 그의 꿈에 대해서 내가 뭘 알고 있단 말인가? 그는 아마도 불안스레 나의 길을 가는 나보다도 취한 가운데서도 훨씬 확실한 길을 가고 있었을 것이다.

수업이 끝나고 쉬는 시간에 가끔씩 나는 한 번도 주의해본 적 없는 한 동급생이 내게 접근하려고 애쓰고 있음을 눈치챘다. 그는 작달막하고 연약해 보이는 야윈 아이로 붉은 기가 도는 금발을 하고 있었다. 그의 눈빛과 태도에는 독특한 뭔가가 있었다. 어느 날 저녁 내가 집으로 오는데 그가 골목에서 나를 기다리고 있다가 자기 옆을 지나게 내버려두고서는 다시 나를 뒤따라오더니 우리 집 현관 앞에 멈춰 섰다.

"내게 무슨 용건 있어?"

나는 물었다.

"그냥 한번 얘기하고 싶어서. 나랑 조금만 함께 걸어줘."

그는 수줍은 듯이 말했다.

나는 그를 따라갔다. 그리고 그가 몹시 흥분해 있고 기대에 부풀어 있음을 느꼈다. 그는 손을 부들부들 떨고 있었다.

"너 혹시 강신술사(降神術士)니?"

그는 아주 당돌하게 물었다.

"아니, 크나우어."

나는 웃으면서 말했다.

"절대로. 어떻게 그런 엉뚱한 생각을 한 거야?"

"아니면 접신술사(接神術士)니?"

"그것도 아냐."

"제발, 그렇게 말문을 닫아버리지 마! 나는 네가 특별한 뭔가를 지니고 있다는 걸 아주 잘 알아. 네 두 눈에 들어 있어. 난 네가 신령과 접촉한다고 확신해. 호기심에서 묻는 게 아냐, 싱클레어. 그런 게 아냐! 나도 말야, 구도자거든. 그래서 이렇게 외로울 수밖에 없어."

"말해봐!"

나는 그를 격려해주었다.

"나는 정말 신령에 대해서는 아무것도 몰라. 다만 내 꿈속에 살고 있는 것뿐이야. 그걸 네가 느낀 모양이구나. 다른 사람들도 역시 꿈속에 살고 있어. 하지만 자신의 꿈속에 살고 있지는 않지. 그게 차이점이야."

"그래, 아마 그럴 거야."

그는 속삭였다.

"사람들이 살고 있는 꿈이 어떤 종류의 꿈인지가 문제야. 너는 선한 악마를 사용하는 마술에 관해 들은 적이 있니?"

나는 부정해야만 했다.

"그 마술은 자기 자신을 제어하는 법을 배우는 거래. 죽지 않게 될 수도 있고 마술을 부릴 수도 있다는 거야. 너는 한 번도 그런 연습을 해본 적이 없니?"

이 연습에 대한 나의 호기심에 찬 질문에 그는 처음에는 말을 안 할 듯하다가 내가 가려고 돌아서자 그때야 털어놓았다.

"가령, 잠들려고 할 때나 정신을 집중하려고 할 때, 나는 이런 연습을 해. 무엇인가를, 예를 들자면 한 마디 말이나 어떤 사람의 이름이나 기하학 도형을 상상해보는 거야. 그러고 나서 그것을 될 수 있는 대로 골똘히 마음속에 생각하고 마침내는 머릿속에 존재하는 것처럼 느끼게 될 때까지 그것을 머릿속에 그려보려고 노력하지. 다음에는 그것이 목구멍 속에 있다고 생각하고 완전히 내가 그걸로 가득 찼다는 생각이 들 때까지 그렇게 하는 거야. 그러면 나는 아주 확고해지고 이제 아무것도 나를 이 안정 상태에서 끌어낼 수 없게 되지."

그의 말이 무엇을 의미하는지 대충 깨달았다. 그러나 그가 아직도 뭔가 다른 것을 가슴속에 지니고 있음을 느낄 수가 있었다. 그는 이상스럽게 흥분해 있었고 성급했다. 나는 그가 보다 쉽게 질문할 수 있도록 노력했다. 그러자 곧 그는 자기 자신의 관심사를 꺼냈다.

"너도 역시 절제하고 있니?"

그는 불안스레 내게 물었다.

“무슨 뜻이야? 성적인 걸 말하는 건가?”

“그래, 나는 지금 2년째 절제하고 있어. 그 가르침을 알게 된 이후로 말야. 그전에는 너도 이미 알다시피 방탕한 짓을 하고 다녔지. 너는 그럼 한 번도 여자랑 사귀어본 적이 없니?”

“없어. 적당한 여자를 찾지 못했지.”

나는 잘라 말했다.

“그럼 만약에 네가 생각하는 적당한 여자를 발견한다면, 그 여자와 잘 거니?”

“물론이지. 여자 쪽에서 이의가 없다면.”

나는 약간 조롱하는 투로 말했다.

“아, 그럼 너는 잘못된 길을 가는 거야! 내적인 힘은 단지 철저히 금욕적인 상태를 지속할 때에만 형성할 수가 있어. 나는 2년 동안이나 그렇게 했지. 2년 하고 한 달 좀 넘도록. 몹시 어려운 일이야! 번번이 견디기 힘들 정도였지.”

“이봐, 크나우어. 나는 금욕이 그렇게 대단하게 중요하다고 믿지 않아.”

“나도 알아.”

그는 내 말을 가로막았다.

“모두 그렇게 말하지. 하지만 너까지 그렇게 말할 줄은 몰랐어. 보다 더 높은 정신적인 길을 걷고자 하는 사람은 순결을 지켜야 해. 무조건!”

“그래, 그럼 그렇게 해! 하지만 나는 성을 억제하는 사람이 어째서 다른 사람보다 순결한지 이해할 수 없어. 아니면 넌 성적인 것을 모든 생각과 꿈속에서도 제거할 수 있다는 거야?"

그는 절망적으로 나를 쳐다봤다.

"아니, 그럴 순 없어. 아, 그렇지만 그렇게 해야 해. 밤에 나는 나 자신에게조차 이야기할 수 없는 그런 꿈을 꿔! 이봐, 그건 무서운 꿈이야!"

나는 피스토리우스가 내게 한 이야기를 상기했다. 그러나 아무리 그의 말이 타당하다고 느끼더라도 그 이야기를 전할 수는 없었다. 내가 체험해서 얻은 것도 아니고 또 그것을 내가 준수할 만큼 성숙하다고도 할 수 없는데 그런 충고를 할 수는 없었다. 나는 입을 다물었다. 그리고 누군가가 내게 충고를 얻으려고 하는데 충고를 해줄 수 없자 굴욕감이 느껴졌다.

"나는 온갖 실험을 다 해봤어!"

크나우어가 옆에서 한탄했다.

"나는 할 수 있는 일은 무엇이든지 했어. 냉수욕도 하고 눈을 몸에 비벼보기도 하고 체조와 달리기도 했지. 그러나 다 아무 소용이 없었어. 매일 밤 나는 결코 생각조차도 해서는 안 될 그러한 꿈에서 깨. 그런데 무서운 일은 그런 꿈 때문에 내가 정신적으로 배운 모든 것을 차츰 잃어가고 있다는 사실이야. 나는 이제 마음을 집중시키거나 스스로 잠들 수조차 없어서 때로는 하룻밤을 꼬박 눈을 뜬 채 누워 있기도 해. 정말이지 더는 지탱하지 못하겠어. 그러나 결국 이 싸움을 계속해나가지 못하거나 굴복하여 나 자신을 더럽힌다면 그때엔 애당초 한 번도 싸움을 하지 않았던 다른 사람들보다 더 나빠지게 될 거야. 물론 넌 그걸 이해하겠지?"

나는 고개를 끄덕였지만 아무 말도 할 수 없었다. 나는 그의 이야기가 지루해졌다. 그의 명백한 고통과 절망이 내게 아무런 깊은 감동도 주지 않는다는 사실에 스스로 놀랐다. 나는 단지 '너를 도울 수 없다'고 느낄 뿐이었다.

"그럼 너는 내게 해줄 말이 하나도 없단 거야?"

그는 마침내 지치고 슬픈 듯이 말했다.

"전혀 아무것도? 그렇지만 방법이 하나쯤은 있을 텐데! 대체 너는 어떻게 하고 있는데?"

"너에게 아무것도 말해줄 수가 없어, 크나우어. 사람이란 이런 경우엔 서로 도울 수가 없어. 나도 아무의 도움도 받은 적이 없지. 자신에 대해서 곰곰이 생각을 해봐야 해. 그러고 나서 네 본질에서 실제로 우러나오는 바를 행해야 해. 다른 도리라곤 없지. 네가 스스로 자신을 찾을 수 없다면 어떠한 신령도 발견할 수 없으리라고 나는 믿어."

실망하여 갑자기 말이 없어진 조그만 녀석이 나를 빤히 쳐다봤다. 그러고는 갑자기 증오에 불타오르는 눈빛으로 이맛살을 찌푸리더니 난폭하게 소리쳤다.

"체, 근사한 성인이시로군! 너 역시 악덕을 가지고 있다는 걸 나는 알고 있단 말야! 넌 마치 현자인 척하면서 남몰래 나나 다른 사람들과 마찬가지로 똑같은 오물에 매달려 있는 거야! 너도 돼지야. 나와 마찬가지로 돼지란 말야. 우리는 모두 돼지란 말야!"

나는 그를 세워둔 채 그 자리를 떠났다. 그는 두서너 걸음 나를 뒤따라오다가 멈춰 서고는 몸을 돌려 달아났다.

나는 동정과 혐오가 뒤범벅이 되어 구역질이 났다. 그리고 집에 돌아와 내 작은 방 안에서 몇 장의 그림을 내 주위에 세워놓고, 간절한 동경을 품고 나 자신의 꿈에 몸을 맡기기까지 이 같은 심정에서 벗어날 수가 없었다. 그러자 곧 나의 꿈이, 집의 문과 문장, 어머니와 낯선 여인에 관한 꿈이 다시 나타났다. 나는 그 여인의 표정을 너무나도 뚜렷하게 보았고 그날 밤에 그 여자의 그림을 그리기 시작했다.

간헐적으로 꿈을 꾸면서 무의식적으로 시간을 보낸 후 그 그림이 완성되자 나는 내 방의 벽에 붙이고, 탁상용 램프를 그 앞에 옮겨놓고는, 생사가 결판이 나기까지 싸워야 할 유령 앞에라도 선 것처럼 그 그림 앞에 가서 섰다. 그림 속 얼굴은 옛날의 초상과 닮았고, 나의 벗 데미안과 닮았고, 몇 군데 표정은 나와도 닮았다. 한쪽 눈은 눈에 띌 만큼 다른 눈보다 위쪽에 위치하고 있었으며, 눈빛은 숙명에 가득 차서 내 머리 너머 어딘가를 골똘히 응시하고 있었다.

나는 그 앞에 서 있었다. 그러자 내적인 긴장으로 가슴속까지 서늘해졌다. 나는 그 그림에 물었다. 나는 그림을 비난하고, 애무하고, 그림에게 빌었다. 나는 그림을 어머니라고 부르고, 애인이라고 부르고, 매춘부에 천한 계집이라고 부르고, 또 아브락사스라고도 불렀다. 그러는 사이에 피스토리우스의 말이(혹은 데미안의 말이었던가?) 불현듯 떠올랐다. 언제 들었는지는 기억나지 않지만 그것을 다시 듣고 있는 것 같았다. 야곱이 신의 천사와 한 싸움에서 "그대 나를 축복하지 않는다면 내 그대를 놓아주지 않으리로다"라고 한 말이었다.

그려진 얼굴은 램프 불빛을 받고 내가 부를 때마다 변화했다. 환하게 빛나기도 하고 검고 어둡게 되기도 했다. 생기 없는 눈이 창백한 눈꺼풀을 감았다가는 다시 뜨고, 타는 듯한 시선을 빛내곤 했다. 여자였고, 남자였고, 소녀였고, 조그마한 아이였고, 짐승이었다. 몽롱해져서 반점이 되었다가는 다시 크고 분명하게 되곤 했다. 마지막에 나는 강력한 내부의 부름을 따라 두 눈을 감았다. 그러자 이제는 그 그림이 나의 내부에서 한결 더 강하고 힘차게 변해가는 모습을 봤다. 나는 그 앞에 무릎을 꿇으려고 했다. 그러나 그 그림은 너무나도 깊이 나의 내부에 들어 있어서, 마치 그림이 순진한 나 자신이 되어버리기라도 한 것처럼 나는 이미 그림을 나와 분리할 수가 없었다.

그때 봄의 폭풍과도 같은 어둡고 무거운 들끓는 소리가 들렸다. 그러고는 형언할 수 없는 불안과 체험의 새로운 감정에 와들와들 떨었다. 별들이 내 앞에서 반짝거리다가 꺼졌다. 잊어버렸던 유년 시절에까지, 아니 존재 이전과 생성의 초기 단계에까지 거슬러 올라간 추억이 내 곁을 밀치면서 흘러갔다. 그러나 나의 온 생활은, 가장 은밀한 비밀까지도 되풀이되는 것처럼 보이던 추억은, 어제와 오늘로서 끝나는 것이 아니라 더 나아가서 미래를 반영하고 현재의 나를 낚아채어 새로운 생활 형식으로 이끌어주었다. 그 형식의 형상은 굉장히 맑고 눈이 부셨으나 후에 나는 아무것도 똑바로 기억할 수가 없었다.

밤에 깊은 잠에서 깼다. 옷을 입은 채 침대 위에 비스듬히 누워 있었다. 나는 불을 켜고, 중요한 것을 생각해내야 한다고 느꼈다. 몇 시간 전의 일이 아무것도 기억나지 않았다. 불을 켜자 점차 기억이 돌아왔다. 나는 그 그림을 찾았다. 이제 벽에 걸려 있지 않았다. 책상 위에 놓여 있지도 않았다. 그러자 내가 그림을 태워버렸다는 생각이 희미하게 들었다. 내가 손 위에 올려놓고 태워 그 재를 먹어버린 것은 꿈이었을까?

크고 쑤시는 듯한 불안이 나를 몰아댔다. 나는 모자를 쓰고 집과 골목 사이를, 마치 떠밀려가듯 걸어갔다. 폭풍에 휘몰린 것처럼 거리를 지나고 광장을 넘어서 달리고 또 달렸다. 내 친구의 그 음침한 교회 앞에서 귀를 기울이고, 무엇을 찾는지도 모르면서 어두운 충동에 못 이겨 찾고 또 찾았다. 나는 매춘부들의 집이 있는 교외를 통과해서 갔다.

그곳에는 아직도 여기저기에 불빛이 있었다. 멀리 바깥에는 신축 가옥과 벽돌더미가 군데군데 잿빛 눈으로 뒤덮여 있었다. 몽유병자처럼 낯선 압박감을 느끼면서 이 황무지를 쏘다니고 있을 때 고향의 신축 가옥이 불현듯 떠올랐다. 한때 나를 괴롭혔던 크로머가 최초의 거래를 위해 나를 끌고 들어간 곳이었다. 그곳과 비슷한 집이 잿빛 어둠 속에서 내 앞에 서 있었고, 어두운 문 구멍이 나를 향해 입을 벌리고 있었다. 나는 그 안으로 끌려 들어갔다. 피하고 싶었지만 모래와 자갈에 걸려 비틀거렸다. 그러나 들어가고 싶은 충동이 더 강렬해서 안으로 들어서지 않을 도리가 없었다.

판자와 바스러진 벽돌을 넘어 나는 그 황막한 공간 속으로 휘청거리면서 들어섰다. 축축한 냉기와 돌 냄새가 음산하게 코를 찔렀다. 모래 무더기가 환하게 잿빛의 오점처럼 드러나 있는 부분 이외에는 온통 깜깜했다.

그때 놀란 목소리가 나를 불렀다.

"세상에, 싱클레어, 어디서 오는 거야?"

그러고는 내 곁 어둠 속에서 사람 하나가, 작고 야윈 청년 하나가 유령처럼 일어났다. 학교 친구인 크나우어라는 걸 알아채고 나서도 나의 머리칼은 놀라움으로 곤두서 있었다.

"어떻게 여기에 왔어?"

흥분한 나머지 정신이 산란해진 듯한 목소리로 그가 물었다.

"날 어떻게 찾았어?"

나는 무슨 말인지 이해할 수가 없었다.

"널 찾던 게 아냐."

나는 얼떨떨해져서 말했다. 말 한 마디 한 마디가 힘이 들었다. 그래서 생기가 없고, 무겁고, 얼어붙은 것 같은 입술에서 말이 가까스로 새어 나왔다.

그는 나를 물끄러미 바라봤다.

"찾던 게 아니라고?"

"그래 끌려 들어온 거지. 네가 나를 불렀니? 틀림없이 네가 불렀을 거야. 도대체 여기서 뭘 하지? 밤인데 말야."

그는 야윈 두 팔로 발작적으로 나를 끌어안았다.

"그렇지, 밤이야. 곧 아침이 되겠지. 오, 싱클레어, 나를 잊지 않았구나! 나를 용서해줄 수 있겠지?"

"대체 뭘?"

"아, 나는 정말 추악했어!"

그제야 겨우 우리의 대화가 떠올랐다. 4~5일 전의 일이었나? 내겐 그 이후에 한평생이 지난 것만 같았다. 그러나 그 순간 나는 불현듯 모든 것을 알아차렸다. 우리 사이에 일어난 일뿐만 아니라 왜 내가 여기에 왔으며 크나우어가 이런 위험한 곳에서 무엇을 하려 했는지까지.

"자살하려고 했구나, 크나우어?"

그는 추위와 공포에 몸서리를 쳤다.

"그래, 그러려고 했어. 내가 할 수 있었을지는 모르지만 아침까지 기다리려고 했어."

나는 그를 밖으로 끌고 나왔다. 여명의 빛줄기가 말할 수 없이 차갑고 삭막하게 잿빛의 대기 속에서 희미하게 빛나고 있었다.

나는 제법 멀리까지 그의 팔을 잡아끌고 갔다. 내게서 이런 말이 튀어나왔다.

"이제 집에 가. 그리고 누구에게도 말해서는 안 돼! 너는 길을 잘못 든 거야. 그냥 길을 헤맨 거야! 우리는 네가 생각하는 것처럼 모두 돼지는 아냐. 우리는 인간이지. 우리가 신을 만들고 그들과 더불어 싸우면 신은 우리를 축복해주는 거라고."

아무 말도 없이 걷다가 우리는 헤어졌다. 집에 오자 날이 밝았다.

성 ○○시에서 보낸 그 시절이 내게 가져다준 최고의 것은 피스토리우스와 함께 오르간 옆이나 또는 난로불 앞에서 보낸 시간이었다. 우리는 아브락사스에 관한 그리스어 원서를 함께 읽었다. 그는 베다*에서 번역된 몇 구절을 내게 읽어주었다. 그리고 신성한 '옴'을 부르는 법을 가르쳐주었다. 그중에서 나의 마음을 이끈 것은 그의 해박한 지식이 아니라 오히려 그 반대였다. 나에게 유익한 것은 나의 내부로의 탐험이 깊어간 것이었고, 나 자신의 꿈과 사상과 예감에 대한 신뢰가 커진 것이었으며, 나의 내부에 지니고 있는 힘에 대한 자각이 보다 확고해진 것이었다.

피스토리우스와는 어떤 방식으로든지 호흡이 맞았다. 단지 간절하게 그를 생각하기만 하면 되었다. 그러면 반드시 그나 또는 그의 안부 인사가 내게로 왔다. 나는 마치 데미안에게처럼 그가 여기에 없어도 무엇이든 그에게 물을 수 있었다. 오로지 그를 마음속으로 똑똑히 그리고 나의 질문을 집중해서 그에게 보내기만 하면 되었다. 그러면 모든 질문에 모아졌던 영혼의 힘이 대답이 되어 내 마음속에 되돌아왔다. 내가 마음속에 그렸던 사람은 피스토리우스라는 인물이나 막스 데미안이라는 인물이 아니라 내가 꿈에서 보고 그렸던 그 초상이며, 내가 불러낸 수밖에 없었던 내 안의 악마인 반남반녀의 꿈의 영상이었다. 그 모습은 이제 단지 내 꿈속에서만 살고 있거나 종이 위에만 그려져 있지 않고 나의 내부에서 소망하는 모습으로서, 나 자신의 고양된 모습으로서 살고 있었다.

기이하고도 때로 우스운 것은 그 자살 미수자 크나우어가 나와 맺게 된 관계였다. 내가 그에게로 이끌렸던 그 밤 이후로 그는 충실한 하인이나 개처럼 내게 매달려서, 자기의 인생을 내게 결부시키

---

* 인도 바라문교 사상의 근본 성전이자 오래된 경전이다.

려고 애쓰며, 맹목적으로 나를 따라다녔다. 그는 괴상망측한 질문이나 소원을 들고 내게로 와서는 유령을 보고 싶어 하고 카발라* 비법을 배우려고 했다. 내가 그러한 모든 것에 대해 아무것도 모른다고 단언을 해도 곧이듣지 않았다. 그는 내가 온갖 힘을 가지고 있다고 믿었다. 그러나 이상스러운 일은 내가 마음속에 엉켜 있는 어떤 매듭을 풀지 않으면 안 될 때마다, 그가 나에게 기묘하고 어리석은 질문을 가지고 찾아와서는 자신의 변덕스런 생각이나 관심사로 종종 내 문제를 해결할 실마리나 계기를 주었다는 사실이다. 때때로 귀찮아서 그를 위압적으로 쫓아 보내기도 했다. 그러나 그 역시 내게 보내진 사람이고 내가 그에게 준 것이 배가 되어 그에게서 내 마음속으로 되돌아왔으며, 그 역시 내게는 한 사람의 안내자이거나 하나의 길이라고 느꼈다. 그가 그 속에서 자신의 구원을 찾고 내게 가져오는 놀라운 책이나 글은 당장에 깨달을 수 있는 것보다 더 많은 것을 내게 가르쳐주었다.

그런 크나우어는 나중에 조용히 나의 길에서 떨어져나갔다. 그와는 싸움이 필요치 않았다. 그러나 피스토리우스와는 필요했다. 이 친구와는 성 ○○시에서 내 학창 시절이 끝날 무렵, 또 한 번 이상야릇한 경험을 했다. 설사 무난한 사람일지라도 평생에 한 번이나 혹은 몇 번쯤은 독실한 마음과 감사, 미덕과 갈등에 빠지게 마련이다. 누구나 한 번은 아버지와 선생에게서 자신을 분리하는 걸음을 밟아야 하며, 그것을 참아내지 못해 이내 다시 제자리로 돌아간

---

* 유대교의 신비주의적 교파다.

다 하더라도 고독의 쓰라림을 다소나마 느낄 수밖에 없다. 나의 부모님과 그들의 세계, 즉 나의 유년 시절의 그 '밝은 세계'에서 나는 맹렬한 싸움을 하며 갈라져 나오지 않고 서서히 그리고 거의 눈에 띄지도 않게 더욱 멀리 떨어져 나왔고, 낯설게 변해갔다. 나는 그것이 유감스러웠다. 고향에 돌아가면 때때로 나는 쓰라린 시간을 가졌다. 그러나 그 쓰라림이 가슴속 깊이까지 파고들어오지는 않았고, 그 정도는 참을 수가 있었다.

그러나 우리가 습관이 아니라 독자적인 충동에서 애정과 공경심을 바쳤을 때나 독자적인 마음으로 귀의자나 친구가 되었을 경우, 갑자기 우리 내부의 주류가 사랑하는 사람에게서 떠나려고 하는 것을 깨닫게 되면, 고통스럽고 무서운 순간이 찾아온다. 그런 때에는 친구와 선생에 반발하는 모든 생각이 독이 묻은 가시가 되어 우리 자신의 마음을 향하게 되고, 그것을 막으려는 온갖 타격은 오히려 자기의 얼굴에 정통으로 명중하는 법이다. 적절한 도덕을 자기 자신의 마음속에 지니고 있다고 생각하는 사람은 '배신'과 '배은망덕'이라는 이름을 떠올린다. 치욕적인 기억이나 낙인처럼.

그때에는 깜짝 놀란 마음이 유년 시절의 미덕이 있는 사랑스러운 골짜기로 근심에 사로잡혀 달아나고, 어떤 단절이 이루어지고, 결국에는 유대조차 끊어져야 함을 믿지 못하게 된다.

시간이 가면서 서서히 나의 내부의 어떤 감정이 나의 친구 피스토리우스를 절대적인 안내자로 인정하는 것을 거역하기 시작했다. 나의 청춘 시절의 가장 중요한 몇 달 동안에 체험한 일은 그와 맺은 우정이었고, 충고였고, 위로였고, 그와 나눈 친교였다. 그를 통해서

신이 내게 이야기를 했다. 그의 입을 통해 나의 꿈은 내게 되돌아왔고, 명확해지고 해석되었다. 그는 나 자신을 마주할 용기를 주었다. 아, 그런데 이제 나는 서서히 그에게 반항감이 커가는 것을 느꼈다. 그의 말에는 너무나도 많은 교훈이 들어 있었으며, 그가 단지 나의 일부분만을 완전히 이해하고 있다고 나는 느꼈다.

우리 사이에는 아무런 싸움도 없었다. 불화나 우정의 청산 같은 것도 없었다. 나는 그에게 다만 악의 없는 단 한 마디의 말을 했을 뿐이었다. 그렇지만 그 순간 우리 사이의 환상은 알록달록한 파편으로 산산조각이 났다.

이미 한동안 그런 예감이 나를 짓누르고 있었다. 그러다가 마침내 어느 일요일, 그의 낡은 서재에서 뚜렷한 감정으로 나타났다. 우리는 벽난로 앞에서 바닥에 누워 있었다. 그는 자신이 연구하고 명상하며 그 가능한 미래에 대해 골똘히 생각하고 있는 비밀스러운 종교 의식과 형식에 관해서 이야기했다. 그러나 나는 이 모든 것이 인생의 중대사라기보다는 오히려 기묘하고 흥미로운 것처럼 보였다. 내게는 그것이 박식의 음향으로 들릴 뿐이었고 옛 세계의 폐허 속에서 고달프게 탐구하는 소리로만 들렸다. 그리하여 불현듯 나는 이러한 모든 방법, 이 비법의 예배, 이전의 종교 형식을 짜맞추는 장난에 반감을 느꼈다.

"피스토리우스."

나는 내가 생각해도 의외이며 놀라울 정도로 악의를 품은 어조로 돌연히 말했다.

"내게 다시 한번 밤에 꾼 꿈 이야기를, 실제의 꿈 이야기를 해줘요. 지금 말하는 건 너무나도…… 너무나도 곰팡이 냄새가 나요!"

그는 내가 그런 식으로 이야기하는 것을 한 번도 들어본 적이 없었다. 그 순간에 나는 섬광처럼 번쩍이는 부끄러움과 충격을 느꼈다. 그에게 쏴 심장에 명중시킨 그 화살은 바로 그의 무기고에서 얻었다는 생각이 들었다. 그가 때때로 냉소적인 어조로 내뱉곤 하던 자기 비난을 내가 지금 그에게 더욱 날카로운 형태로 던지고 있다는 생각이 들었다.

그는 그것을 순간적으로 느끼고 곧 조용해졌다. 나는 가슴에 불안을 보듬고 그가 무섭게 창백해지는 것을 봤다.

길고 무거운 침묵의 시간이 지난 다음 그는 새 장작을 불에 던지며 조용히 말했다.

"자네가 옳아, 싱클레어. 자네는 영리한 친구야. 그놈의 곰팡내 나는 것을 가지고 자네를 괴롭혀서는 안 되지."

그는 매우 침착하게 말했다. 그러나 나는 그가 입은 상처의 고통을 잘 알아차릴 수가 있었다. 대체 무슨 짓을 저질렀단 말인가?

나는 눈물이 나올 것 같았다. 나는 진심으로 그에게 용서를 빌고, 나의 사랑과 애정이 넘치는 감사를 전하려고 했다.

간절한 말들이 떠올랐다. 그러나 말할 수가 없었다. 나는 그대로 엎드린 채 불을 들여다보고 아무 말도 하지 않았다. 그도 역시 아무 말이 없었다. 그렇게 우리는 엎드려 있기만 했다. 불은 다 타서 사그라져갔다. 사그라지는 불꽃마다 다시 되돌아올 길 없는 아름답고 친밀한 뭔가가 식어가고 사라지는 것을 느꼈다.

"내 말을 오해한 건 아닌지 염려됩니다."

나는 드디어 몹시 압박감을 느껴 메마르고 쉰 목소리로 말했다. 이 어리석고 무의미한 말이 마치 신문 소설이라도 낭독하는 것처럼 기계적으로 입술에서 새어 나왔다.

"자네 말을 아주 정확히 이해했네."

피스토리우스는 나지막하게 말했다.

"자네가 옳아."

그는 조금 뜸을 들인 다음 천천히 계속했다.

"한 사람이 다른 사람에게 정당할 수 있는 한에서 말이야."

아니, 아니 내가 틀렸어요! 하고 나는 마음속으로 외치고 있었다. 그러나 아무 말도 할 수 없었다. 단 한 마디의 짤막한 말로 내가 그의 본질적인 약점과 고민, 상처를 지적했음을 알고 있었다. 나는 그가 스스로 자신을 믿을 수 없는 바로 그 지점을 건드렸다. 그의 이념에서는 '곰팡이 냄새가 났고' 그는 퇴보적인 탐구자였으며 낭만주의자였다. 그러자 갑자기 피스토리우스는 내게 되어준 것 같은 존재가 자신에게는 될 수 없고, 내게 준 것을 자신에게는 줄 수 없음을 마음 깊이 느꼈다. 그는 나를 이끌어준 그마저 넘어서고 버리지 않으면 안 되는 길로 나를 인도했다.

정말이지 그러한 말이 어떻게 나왔을까! 나쁜 뜻이라고는 전혀 없었고, 파국에 대한 예감 같은 것도 느끼지 않았다. 나는 이야기하고 있는 순간에도 스스로 전혀 알지 못하는 소리를 뇌까렸다. 약간 재치 있고 약간 악의적인 생각을 따랐을 뿐인데, 운명적인 일이 되어버렸다. 나는 사소하고 부주의한 만행을 저지른 셈인데, 그에게는 그것이 심판이 되어버렸다.

아, 나는 그때 그가 성을 내고 자기 변명을 하고, 호통을 쳐주었으면 하고 얼마나 바랐던가! 하지만 그는 아무것도 하지 않았다. 이 모든 일을 나는 마음속에서 스스로 해야 했다. 할 수만 있었다면 그는 미소를 지었을 것이다. 그가 미소를 지을 수 없었다는 사실로 그가 얼마나 심한 충격을 받았는지 알 수 있었다.

피스토리우스는 내게 받은, 주제넘고 배은망덕한 제자에게 받은 타격을 그렇듯 말없이 감수하고, 내가 옳다고 인정하고, 내 말을 운명으로 받아들였다. 그렇게 하여 그는 내가 나 스스로를 혐오케 하고 나의 실책을 몇천 배나 더 크게 만들었다. 내가 타격을 가했을 때는, 강하고 자기 방어를 할 줄 아는 사람을 때렸다고 생각했다. 그러나 그는 말없고 참을성 있는 사람이었고, 묵묵히 항복하는 무방비 상태의 사람이었다.

오랫동안 우리는 꺼져가는 불 앞에 엎드린 채로 가만히 있었다. 그 속에서 불타는 모든 형상이, 스스로 휘어져가는 모든 재의 줄기가 나에게 행복하고 아름답고 풍성했던 시간을 기억 속에 불러일으켜주었고, 피스토리우스에 대한 내 의무라는 죄책감을 점점 더 크게 쌓아 올려주었다. 마침내 더는 참을 수 없어 나는 일어서서 나왔다. 한참 동안이나 나는 문 앞에 서 있었다. 한참 동안이나 컴컴한 계단 위에서, 행여 그가 나를 뒤좇아오지나 않을까 하고 기다리면서 서 있었다. 그러고는 걸어 나와서 몇 시간이고 시내와 교외를, 공원과 숲을 저녁때까지 헤매 다녔다. 그때 처음으로 내 이마에 찍힌 카인의 표식을 느꼈다.

차츰 나는 돌이켜 생각해보기 시작했다. 내 생각은 오로지 나를 고발하고 피스토리우스를 옹호하려는 의도만 있었다. 그러나 모두 반대의 결과로 끝났다. 천 번 만 번 나의 경솔함을 후회했고 철회할 용의가 있었다. 그러나 그 말은 엄연한 사실이었다. 이제야 비로소 나는 피스토리우스를 이해하고 그의 모든 꿈을 내 앞에 세우는 데 성공했다. 그 꿈은 목사가 되고, 새로운 종교를 선포하고 영혼을 고양하고 사랑과 예배의 새로운 형식을 부여하고 새로운 상징을 세우는 것이었다. 그러나 그 일은 그의 역량과 사명에 맞지 않았다. 그는 너무나도 열심히 이미 존재하고 있는 것에 집착했고 너무나도 정확히 이전에 있었던 일을 알고 있었다. 그리고 이집트와 인도, 미트라*, 아브락사스에 대해 너무나 많이 알고 있었다. 그의 사랑은 이 세상이 이미 봐온 형상에 결부되어 있었다. 그러면서도 그는 마음속 깊은 곳에서 새로운 것은 새롭고 달라야 하며 신선한 대지에서 솟아올라야지 박물관의 수집품이나 도서관 같은 데서 가져와서는 안 된다는 것을 스스로 잘 알고 있었다. 그의 사명은 아마도 그가 내게 그러했듯이 인간을 자기 자신에게로 이끌도록 도움을 주는 데 있었을 것이다. 그들에게 한 번도 들어본 적이 없는 것을, 새로운 신을 전해주는 일은 그의 사명이 아니었다.

그런데 여기서 불현듯 날카로운 불꽃 같은 인식이 나를 불태웠다. 누구에게나 '사명'이 있지만, 누구에게도 스스로 선택하고 해석하고 임의로 관리할 수 있는 사명은 없다는 것. 새로운 신을 원하는

---

* 고대 페르시아 신화에 나오는 신으로 빛과 진리의 신이다. 고대 인도 신화에서는 태양신이자 우주 지배자인 주신(主神)이다.

것은 잘못이었다. 이 세계에 그 무엇인가를 주려고 하는 것은 전적으로 잘못이었다! 각성한 인간에게는 단 한 가지, 자신을 찾고 스스로를 굳건히 하고 어디로 통하든 자신의 길을 앞으로 더듬어 나가는 것 외에 다른 의무란 존재치 않았다. 이 생각이 나를 깊이 흔들었다. 이것이야말로 내가 이 체험에서 얻은 열매였다. 때로 나는 미래의 모습을 그려보며 놀았다. 시인, 혹은 예언자, 혹은 화가, 혹은 그 어떤 모습으로 내게 주어질 역할을 꿈꾸었다. 그러나 이 모든 것은 다 아무것도 아니었다. 나는 시를 쓰거나, 설교를 하거나, 그림을 그리기 위해 존재하지는 않았다. 나와 그 밖의 어떤 사람도 그런 일을 하기 위해 존재하고 있지는 않았다. 이 모든 것은 단지 부차적인 결과물일 뿐이다. 진정한 사명은 자기 자신을 찾는 것 단 하나뿐이다. 그가 설사 시인이나 미치광이나 예언자나 또는 범죄자로서 끝나도 상관없다. 그것은 그의 문제가 아니기 때문이다. 그렇다. 그것은 결국 중요한 게 아니다. 그의 과제는 임의의 어떤 운명이 아니라 자신만의 운명을 발견하고 그 운명을 자기 안에서 송두리째 그리고 온전하게 끝까지 살아내는 것이다. 그 외의 모든 것은 반쪽에 불과하며, 도피하려는 시도이고, 대중의 이상 속으로 들어가는 재도피이며, 순응이며, 자기 자신에 대한 두려움이다. 무섭고 성스럽게 그 새로운 심상이 내 앞에 솟아올랐다. 몇백 번이나 예감했고, 아마도 이미 여러 차례 이야기한 적이 있었지만 그럼에도 이제야 비로소 경험했다. 나는 자연에 던져진 존재다. 알 수 없는 곳으로, 어쩌면 새로운 것으로, 어쩌면 허무 속으로 던져졌을 것이다. 이 투척이 원초적인 심연에서 효과를 발휘하도록 작용하고 그 의지를 내 안에서 느끼고 그것을 송두리째 내 것으로 만드는 것만이 나의 사명이었다. 오직 그것만이.

나는 이미 많은 고독을 맛봤다. 이제 내게는 보다 더 깊은 고독이 있고 그 고독을 피할 수 없음을 예감했다.

나는 피스토리우스를 달래려는 노력은 하지 않았다. 우리는 여전히 친구였다. 그러나 우리의 관계는 달라졌다. 우리는 그 일에 관해 단 한 번밖에 이야기하지 않았다. 혹은 그 말을 한 것은 실은 피스토리우스뿐이었는지도 모른다. 그는 말했다.

"나는 목사가 되려는 소원을 갖고 있어, 자네도 알고 있지만. 나는 무엇보다 우리가 그렇게도 많은 예감을 품고 있는 새로운 종교의 목사가 되고 싶은 거야. 나는 결코 그렇게 될 수는 없을 거야, 나도 잘 알고 있지. 감히 전적으로 토로한 적은 없지만, 이미 오래전부터 알고 있었지. 하지만 나는 그것과는 다른 목회와 관련된 봉사를 하겠지. 오르간이나 그 밖에 다른 방법으로. 그러나 나는 언제나 내가 아름답고 신성하다고 느끼는 무언가로, 다시 말하면 오르간 음악과 비밀스러운 종교 의식, 상징과 신화 같은 것에 둘러싸여 있어야 해. 나는 그게 필요하고 그것과 떨어지고 싶지 않으니까. 그게 내 약점이지. 나는 때때로, 싱클레어, 그러한 소원을 가져서는 안 되고 그건 사치이고 약점이라는 걸 알고 있어. 내가 아주 간단하게 아무런 요구도 없이 운명에게 자신을 맡긴다면 오히려 그 편이 더 위대하고 더 정당하겠지. 하지만 그럴 수가 없거든. 그거야말로 내가 할 수 없는 유일한 일이지. 아마 자네라면 언젠가 한 번은 그렇게 할 수 있을 거야. 그건 어려워. 그건, 이보게, 이 세상에 존재하는 단 하나의, 정말로 어려운 일이야. 나는 때때로 그걸 꿈꾸었지. 그러나 할 수 없었어. 나는 몸서리쳐져. 이렇듯 완전히 벌거숭이가 되어 고독하게 서 있을 수는 없어. 나도 별 수 없이 약간의 온기와 먹을 것이 필요하고, 이따금 같은 부류의 체온을 가까이 느끼고 싶어 하는 불쌍하고 연약한 한 마리의 개란 말이야. 정말 자기의 운명 외에는 전혀 아무것도 원하지 않는 사람에게는 이미 자기와 같은 부류의 존재라곤 없는 거지. 그는 아주 고독하고, 자기 주변에 싸늘한 세계의 공간밖에는 없는 거야. 겟세마네 동산에서의 그리스도도 그랬지. 흔쾌히 십자가에 못 박히는 순교자들도 있긴 있었지만 그들도 역시 영웅은 아니었고 자유롭지도 못했어. 그들 또한 자기들에게 친밀하고 다정한 뭔가를 원한 거지. 그들에겐 모범이 있었고, 또한 이상을 가졌더랬지. 그저 운명만을 원하는 사람은 모범도 이상도 없는 거니까. 아무런 사랑도 아무런 위안거리도 그들에겐 없는 법이거든! 그런데 사람이란 이러한 길을 걷지 않으면 안 돼. 나나 자네 같은 사람들은 물론 진정 고독하긴 하지만 그래두 우리는 아직 서로 가진 게 있잖아. 남과 다르게 되고 반항하고 이상한 것을 원하는 데에 남모르는 만족을 느끼는 것. 사람이 그 길을 온전하게 가려고 한다면 그마저 그만둬야 해. 그 사람은 또한 혁명가도 모범도 순교자도 되려고 해서는 안 돼. 상상할 수도 없는 일이지."

그렇다. 그것은 상상할 수도 없었다. 그러나 꿈꿀 수는 있었다. 또한 미리 느끼고 예감할 수는 있었다. 몇 번인가 아주 조용한 시간을 발견했을 때 나는 그것을 조금 느껴봤다. 그런 때면 나의 내부를 들여다보고 내 운명의 모습, 부릅뜨고 있는 두 눈을 들여다봤다. 그

눈들은 예지에 충만해 있기도 했고 광기로 가득 차 있기도 했다. 애정으로 빛나거나 깊은 악의로 빛나기도 했다. 그러나 다 마찬가지였다. 무엇 하나 사람이 선택할 수 없었고, 무엇 하나 원할 수도 없었다. 단지 자기를 원하고 자기의 운명만을 원할 수 있을 뿐이었다. 피스토리우스는 안내자로서 내가 이 길을 제법 멀리 걸어 나갈 수 있도록 하는 데 도움을 주었다.

그 시절에 나는 아무 분간도 못하는 것처럼 사방을 헤매 다녔다. 폭풍이 마음속에서 소리치고 발걸음마다 위험이었다. 나는 내 앞에 이제까지 걸어온 모든 길이 그 속으로 사라지고 가라앉는 심연의 어두움 외에는 아무것도 볼 수가 없었다. 그리고 마음속에서 나는 데미안과 닮은 안내자의 모습을 봤다. 그 눈에는 나의 운명이 깃들어 있었다.

나는 종이에 이렇게 썼다.

"안내자가 나를 버렸다. 나는 완전한 어둠 속에 서 있다. 나 혼자서는 한 발자국도 걸어 나갈 수가 없다. 오, 나를 도와다오!"

그 종이를 나는 데미안에게 보내려고 했다. 그러나 그만두었다. 그렇게 하려고 할 때마다 바보 같고 무의미해 보였기 때문이다. 그러나 나는 그 짤막한 기도문을 외워 때때로 혼자 마음속으로 되뇌어봤다. 그 기도문은 어느 때나 나를 따라다녔다. 기도가 무엇인가를 나는 알아차리기 시작했다.

나의 학창 시절은 끝났다. 나는 방학 동안 여행을 해야 했다. 그 여행은 아버지가 생각해냈으며, 그 후에 대학에 가야 했다. 무슨 학부에 갈지도 나는 알지 못했다. 한 학기 동안 철학 수업을 들을 수 있었다. 다른 어떤 학과였더라도 나는 마찬가지로 만족했을 것이다.

에바 부인

방학 중에 나는 데미안이 몇 해 전에 그의 어머니와 함께 살았던 집에 가봤다. 늙은 부인이 정원을 산책하고 있었다. 나는 그 부인에게 말을 걸었고 그녀가 그 집의 주인이라는 것을 알게 되었다. 나는 데미안의 가족에 대해 물었다. 그 부인은 그들을 잘 기억하고 있었다. 하지만 지금 그들이 어디에 살고 있는지는 알지 못했다. 나의 관심을 눈치챈 그 부인은 나를 집 안으로 데리고 들어가더니 가죽 표지 앨범 한 권을 찾아와서는 데미안의 어머니 사진을 보여주었다. 나는 데미안의 어머니가 거의 기억나지 않았다. 그러나 그 조그마한 사진을 보자 심장이 멎는 듯했다. 내가 꿈에서 본 모습이었다. 그렇다. 그 여자였다. 자기의 아들을 닮은, 어머니다운 표정과 엄격한 표정을 지닌, 깊은 열정을 지닌, 큰 키에 거의 남자 같은 여자, 아름답고 매력적이며, 아름답고 초연하며, 악마적인 동시에 어머니이며, 운명인 동시에 애인인, 바로 그녀였다.

내가 꿈에서 본 모습이 지상에 살고 있다는 사실을 알게 되자 마치 엄청난 기적이 일어난 것 같았다. 내 운명의 표정을 지닌 부인이 있었다! 그녀는 어디 있을까? 어디에? 그런데 그녀가 바로 데미안의 어머니였다.

그 후 곧 나는 여행을 떠났다. 특별한 여행을! 마음 내키는 대로 끊임없이 그녀를 찾아 쉬지 않고 이곳저곳을 돌아다녔다. 그녀를 떠오르게 하고 그녀와 닮은 모든 사람을 만나는 나날이었다. 마치 뒤얽힌 꿈에서처럼 낯선 도시의 골목으로, 정거장으로, 기차 안으로 이끌리듯 들어갔다. 그런데 나의 탐색이 얼마나 소용없는가를 깨닫는 날들도 있었다. 그럴 때면 나는 어느 공원이나 호텔의 정원, 대합실에 할 일 없이 앉아 있었다. 그러고는 나의 내부를 들여다보고 그 모습을 나의 내부에서 소생시키려고 애썼다. 그러나 이제는 그것도 부끄럼을 타듯 도망가기만 했다. 나는 한 번도 잠을 제대로 잘 수 없었다. 단지 미지의 풍경 속을 달리는 기차 여행 도중 15분쯤 꾸벅꾸벅 졸 뿐이었다. 한 번은 취리히에서 어떤 여자가 나를 따라왔다. 예뻤지만 약간 뻔뻔스러운 여자였다. 나는 거의 그 여자를 거들떠보지도 않고 그 여자가 공기라도 되는 듯 계속 걸었다. 다른 여자에게 잠깐 동안이라도 관심을 보내느니 차라리 당장에 죽는 편이 나을 것 같았다.

내 운명이 나를 끌어당기는 것을 느꼈고 그 실현의 날이 가까이 왔음을 느꼈다. 하지만 내가 그것을 스스로 앞당길 수 없다는 사실에 조바심이 나 미칠 지경이었다. 그러다가 한번은 정거장에서, 인

스브루크에서였던 것 같은데, 막 떠나가는 기차의 창가에서 그 여자를 연상케 하는 모습을 봤다. 그리고 며칠 동안이나 비참함을 느꼈다. 그러더니 불현듯 그 모습이 한밤중에 꿈속에서 나타났다. 나는 내 추적의 무의미함에 부끄럽고 처량한 심정으로 눈을 뜨고는 곧장 집으로 돌아왔다.

2, 3주일 후 나는 대학에 입학했다. 모든 일이 실망스러웠다. 내가 들은 철학사 강의는 공부하는 학생들의 행동과 마찬가지로 허무하고 기계적이었다. 모든 것이 너무나도 판에 박힌 것 같았고, 서로가 똑같이 행동했다. 소년다운 얼굴의 상기된 쾌활함은 너무나도 암담하게 공허했고, 기성품처럼 보였다! 그러나 나는 자유로웠다. 교외의 낡은 집에서 조용하고 안락하게 살면서 온종일 단지 나를 위해서만 보냈다. 내 책상 위에는 니체의 책 두서너 권이 놓여 있었다. 그와 더불어 살고, 그의 영혼의 고독을 느끼고, 그를 끊임없이 몰아댄 숙명을 알아채고, 그와 더불어 괴로워했다. 그렇듯 가차없이 자기의 길을 걸어간 사람이 있었다니 기뻤다.

어느 날 저녁 늦게, 나는 가을바람을 맞으면서 시내를 걷고 있었다. 음식점에서 대학생들이 부르는 노랫소리가 들려왔다. 활짝 열린 창문으로 담배 연기가 뭉게뭉게 솟아 나오고 있었다. 노랫소리는 세찬 파도처럼 크게 넘쳐 나왔지만 흥겹지가 않고 생기 없이 단조로웠다. 나는 거리 모퉁이에 서서 귀를 기울였다. 두 군데의 술집에서 정확하게 훈련된 청춘의 쾌활함이 밤을 향해서 울리고 있었다. 어디를 가도 집단이 있고, 어디를 가도 모임이 있고, 어디를 가도 운명의 발산과 따스한 군중들 속으로 숨는 도피가 있었다.

내 뒤에서 두 남자가 천천히 지나갔다. 나는 그들의 대화를 조금 들었다.

"흑인 마을에 있는 청년들의 집과 똑같지 않아요?"

그중 한 명이 물었다.

"모든 것이 똑같네요. 문신(紋身)이 아직도 유행이에요. 보세요. 이게 젊은 유럽이랍니다."

그 음성이 내게는 이상하게도 경고처럼 들렸는데, 무척 귀에 익었다. 나는 어두운 골목길에서 두 사람을 따라갔다. 그중 하나는 자그마하고 세련된 일본인이었다. 나는 가로등 아래에서 미소 띤 그의 누런 얼굴이 빛나는 것을 봤다.

그때 다른 남자가 다시 말했다.

"그런데 당신네 일본도 더 나을 건 없겠지요. 군중을 추종하지 않는 사람들은 어디를 가도 드무니까요. 여기에도 그런 사람이 있긴 합니다만."

말 한 마디 한 마디가 즐거운 놀라움으로 내게 스며들었다. 나는 그 사람을 알고 있었다. 데미안이었다. 바람이 부는 밤에 나는 그와 일본인을 어두운 골목길을 지나 뒤따라가며 그들의 대화에 귀를 기울이고 데미안 음성의 울림을 즐겼다. 그 음성은 옛날의 음색을 지니고 있었다. 옛날의 아름다운 안정감과 침착성을 지니고 있었으며, 나를 누르는 옛날의 힘을 지니고 있었다. 이제 모든 게 다 잘 되었다. 그를 찾아냈으니 말이다.

교외의 거리 모퉁이에서 그 일본인은 작별을 하고 현관문을 열었다. 데미안은 그 길을 되돌아왔다. 나는 멈춰 서서 거리 한복판에서 그를 기다렸다. 두근거리는 가슴을 안고 나는 그가 똑바로 탄력 있는 걸음걸이로 나를 향해 오는 것을 봤다. 그는 갈색 비옷을 입고 가느다란 짧은 지팡이를 팔에 걸고 있었다. 그는 일정한 발걸음을 유지한 채로 내 앞 가까이까지 와서 모자를 벗고 결단성 있게 다문 입과 특이하게 넓은 이마를 지닌 옛날의 그 환한 얼굴을 내게 보여주었다.

"데미안!" 하고 나는 불렀다.

그는 내게 손을 내밀었다.

"여기 있었군, 싱클레어! 너를 기다리고 있었지."

"내가 이곳에 있는 줄 알고 있었어?"

"확실히는 몰랐지만 그러기를 희망하고 있었지. 이렇게 마주친 건 오늘 저녁이 처음이지만 말이야. 저녁 내내 우리를 뒤쫓아 왔지?"

"그럼, 난 줄 금방 알았어?"

"물론이지, 넌 확실히 변하긴 했지만 그래도 여전히 표식을 달고 있으니까."

"표식이라니? 무슨 표식?"

"아직 기억하고 있는지 모르겠지만, 옛날 우리는 그것을 카인의 표식이라 불렀지. 그건 우리의 표식이야. 너는 언제나 그걸 지니고 있었거든. 그래서 친구가 된 거고. 그런데 지금은 더 뚜렷해졌는걸."

"나는 몰랐어. 아니, 알고 있었는지도 모르지. 언젠가 네 초상을 그린 적이 있어, 데미안. 그런데 그 모습이 나와도 닮아서 놀랐거든. 그게 바로 표식이었을까?"

"그게 표식이야. 네가 여기에 와서 좋구나! 우리 어머니도 기뻐하실 거야."

나는 깜짝 놀랐다.

"네 어머니? 어머니도 여기 계셔? 하지만 나를 전혀 모르실 텐데."

"아니, 어머니도 너를 알고 계셔. 네가 누군지 내가 말하지 않아도 어머니는 널 알아보실 거야. 그런데 왜 그렇게 오랫동안 아무 소식이 없었어?"

"계속 편지를 하려고 했지만 그렇게 되지가 않았어. 얼마 전부터 널 찾아낼 거라고 느꼈지. 난 매일 그날을 기다리고 있었어."

그는 내 팔짱을 끼고 나와 계속 걸었다. 그의 침착함이 나의 내부에 옮아들었다. 우리는 곧 옛날처럼 지껄였다. 학교 시절과 견진성사 수업과 그 당시 방학 중에 있었던 그 불행한 만남까지 회상했다. 다만 우리 사이를 처음으로 밀접하게 결합해준 유대, 즉 프란츠 크로머만은 이번에도 말이 없었다. 뜻밖에도 우리는 기이하고도 예감에 가득 찬 대화의 한복판에 들어가 있었다. 데미안과 그 일본인의 대화를 떠올리면서 대학 생활 이야기를 하고 대학 생활과 관련 없는 다른 이야기들도 나누었다. 그러나 데미안의 말 속에는 서로 밀접한 관련으로 맺어졌다.

그는 유럽의 정신과 현대의 특징에 관해서 이야기했다. 어디를 가도 단합과 집단 형성이 지배하고 있으나 그 어디에도 자유와 사랑이 지배하는 곳은 없다고 말했다. 학생 단체와 합창단에서 국가에 이르기까지 이 모든 공동체는 강제적인 형성물이며, 불안과 도피와 당혹감에서 비롯되었고, 그 내부는 썩고 낡았으며 붕괴 직전이라고 했다.

"단합이란 아름다운 일이지만 우리가 가는 곳마다 번창해 있는 그런 건 전혀 단합이 아냐. 진정한 단합은 개인이 서로서로 알게 되면서 생겨나고 그러한 단합이 한동안 세계를 변화시킬 거야. 지금 단합을 빙자한 것은 단지 오합지졸에 불과해. 인간들이 서로를 두려워해서 서로의 품으로 도망치는 거야. 신사는 신사끼리, 노동자는 노동자끼리, 학자는 학자끼리! 그런데 왜 그들은 두려워할까? 자기 자신과 하나가 되지 못해서야. 한 번도 자기 자신에게 귀의하지 못해서지. 자기 내부에 있는 미지의 존재를 두려워하는 인간들만의 공동체라니! 그들은 모두 자기들의 인생 법칙이 더는 적합하지 않다는 걸 느끼고 있어. 자기들이 낡아빠진 로마 시대의 동판법* 같은 것을 좇아서 살고 있고 종교도 도덕도 이 모든 것 가운데 어느 것 하나도 우리에게 필요한 것에 적합하지 않다고 느끼고 있지. 수백 년간, 아니 그보다 더 오랫동안 유럽은 그저 연구만 하고 공장만 세웠거든! 그들은 한 사람의 인간을 죽이기 위해 몇 그램의 화약이 필요한지는 정확히 알고 있지만 신에게 기도를 드리는 법도 알지 못하고, 한 시간 동안이라도 만족해 있을 수 있는 방법도 전혀 모르거든. 학생 주점 같은 곳을 한번 들여다봐! 아니면 부자들이 찾아드는 유흥장들을 봐. 절망이야! 싱클레어, 어디서도 명랑이라곤 나

* 12동판법은 기원전 451년과 449년 두 번에 걸쳐 제정된 고대 로마의 최초의 성문법이다. 12장의 동판에 여러 법이 새겨져 있다.

오지 않거든. 그렇듯 불안스레 모여 있는 사람들은 두려움과 악의에 가득 차서 아무도 신뢰하지 않지. 그들은 이미 이상이 아닌 이상에 매달려 있고, 새로운 이상을 세우는 모든 사람에게 돌팔매질을 하는 거야. 싸움이 벌어질 게 느껴져. 싸움이 벌어질 거야. 머지않아. 틀림없어. 물론 그게 세계를 '개선'하지는 못하겠지. 노동자가 공장주를 때려죽이거나 아니면 러시아와 독일이 서로 총질을 하거나 단지 소유자만이 바뀔 뿐이지. 그렇다고 해서 그게 헛된 일은 아닐 거야. 오늘날 이상의 무가치함을 증명해줄 테니까. 그리고 석기시대의 신들을 제거해줄 거야. 지금의 이 세계는 바야흐로 죽어가고 있어. 멸망하고 있고 또 그렇게 되고 말 거야."

"그럼 그때 우리는 어떻게 될까?"

나는 물었다.

"우리? 아, 우리도 아마 함께 멸망하겠지. 우리 같은 사람들도 맞아 죽을 가능성이 있으니까. 단지 우리 모두가 그런 식으로 처리되지 않기를. 우리에게 남는 사람이나 살아남은 자들을 중심으로 미래의 의지가 모일 거야. 유럽이 한동안 기술과 과학이라는 시장으로 떠들썩하게 덮어 누른 인간성의 의지가 나타나겠지. 그러고 나서야 인간성의 의지가 국가와 민족, 단체와 교회 같은 오늘날의 공동체의 의지와는 결코 같지 않다는 사실이 드러나겠지. 자연이 인간에게 원하는 바는 각 개인의 마음속에, 자네나 나의 마음속에 적혀 있어. 그리스도의 마음속에도 적혀 있었고 니체의 마음속에도 적혀 있었지. 이 중요한 흐름을 위한 공간이 만들어질 거야. 물론 매일같이 다른 모습으로 나타낼 수 있지만. 오늘날의 공동체가 무너져버리고 나면 말이야."

우리는 늦게서야 시냇가의 정원 앞에 멈춰 섰다.

"여기가 우리 집이야. 곧 한번 놀러 와. 우리는 널 몹시 기다리고 있으니까."

데미안이 말했다.

기쁜 마음으로 나는 차가워진 밤공기 속을 멀리 걸어 돌아왔다. 시내 곳곳에서 집으로 돌아가는 대학생들이 소란을 피우며 비틀거리고 있었다. 자주 나는 그들의 우스꽝스러운 즐거움과 나의 고독한 생활 사이의 대립을 때로는 결핍감으로 때로는 조소로 느꼈다. 그러나 이제껏 한 번도 나는 오늘처럼 차분함과 비밀스러운 힘을 가지고, 그 세계가 나와는 얼마나 무관한지, 내게서 얼마나 멀리 사라져버렸는지를 느껴본 적은 없었다. 나는 내 고향의 관리들, 늙고 신분이 높은 신사들을 떠올렸다. 그들은 마치 행복한 낙원의 추억처럼 음주로 허송한 그들의 대학 시절을 추억하며 집착하고, 마치 시인이나 그 밖의 낭만주의자들이 그들의 유년 시절에 바치는 것과 흡사하게 대학 시절의 사라져버린 '자유'를 예찬했다. 어디서나 똑같았다! 그들은 어디서나 자신의 책임을 떠오르게 하고, 자신의 길을 가도록 주의를 받을지도 모른다는 불안 때문에 자신의 과거 어딘가에서 '자유'와 '행복'을 찾았다. 2~3년간 폭음을 하고 환호하며 지내다가 기어 들어와서는 관청의 성실한 관리가 되었다. 그렇다, 썩었다. 우리의 나라는 썩었다. 그러나 대학생들의 이런 바보짓은 그 밖의 수백 가지의 일보다는 좀 더 영리하고 좀 더 질이 좋은 편이기는 했다.

그럼에도 내가 멀리 떨어진 나의 숙소에 도착해 잠자리에 들었을 때는 이 모든 생각이 사라져버리고 없었다. 그리고 온통 오늘이 내게 준 대단한 약속에 정신이 쏠려 있었다. 내가 원하기만 하면 내일이라도 데미안의 어머니를 볼 수가 있었다. 대학생들이 술판을 벌이거나, 얼굴에 문신을 하거나, 이 세상이 썩었거나, 몰락이 오거나 그게 나와 무슨 상관인가! 나는 단 하나, 내 운명이 새로운 모습으로 나를 마중 나오길 기다릴 뿐이었다.

아침 늦게까지 곤하게 잠을 잤다. 엄숙한 축제일 같은 새날이 밝았다. 어린 시절 성탄절 축제 이후 경험하지 못한 그러한 날이었다. 나는 내심 불안에 가득 차 있었다. 그러나 두려움은 없었다. 내게 중요한 날이 밝았다고 느꼈다. 내 주위에서 세계가 변화하고, 기대에 부풀며, 나와의 깊은 관련 속에서 엄숙해져가는 모습을 보고 또 느꼈다. 소슬히 내리는 가을비 또한 아름답고 고요하여 기꺼운 음악에 가득 차 있는 축제일다웠다. 난생처음으로 외부의 세계가 나의 내부의 세계와 순수하게 어울려 화음을 냈다. 그러면 영혼의 축제일이 오고, 사는 보람이 생겨났다. 어떤 집도 어떤 진열장도 골목의 어떤 얼굴도 나를 방해하지 못했다. 모든 일이 마땅히 그렇게 있어야 하는 것처럼 있었다. 그러나 눈에 익은 공허한 얼굴이 아니라 기대에 차 있는 자연 바로 그것이었고 운명을 맞아들일 준비를 경건히 하고 서 있었다.

어렸을 때는 성탄절이나 부활절 같은 대축제일의 아침에 나는 그렇게 세계를 봤다. 이 세계가 아직도 그렇게 아름다울 수 있음을 나는 알지 못했다. 나는 나의 내부에 들어가 사는 것에 익숙해져

저 외부 세상에 대한 감각을 상실했다. 눈부신 빛깔의 상실은 불가피하게 유년 시절의 상실과 관계가 있으며, 사람은 어느 정도까지는 영혼의 자유와 성인이 되기 위한 대가로서 이 사랑스럽고 아름다운 빛을 포기할 수밖에 없다고 체념하는 데 익숙해져 있었다. 그러나 이제 나는 이 모든 것이 단지 파묻히고 가려졌을 뿐이고, 어린 시절의 행복을 포기하고 자유롭게 된 사람도 이 세계가 빛나는 것을 볼 수 있으며, 어린이다운 관찰의 내적인 전율을 맛볼 수 있음을 황홀하게 인식했다.

그날 밤 막스 데미안과 작별을 한 교외의 정원을 다시 보게 될 때가 왔다. 비에 젖어 잿빛으로 보이는 높다란 나무들 뒤에 밝고 아늑해 보이는 조그마한 집이 서 있었다. 커다란 유리벽 뒤에는 꽃이 핀 관목들이 있었고 빛나는 유리창 뒤에는 그림과 책이 줄지어 있는 어두운 벽이 있었다. 현관은 곧장 난방이 된 조그마한 홀과 통해 있었다. 뽀얀 앞치마에 검은 옷을 입은 말이 없는 늙은 하녀가 나를 안내하고 나의 외투를 받았다.

그 여자는 나를 홀 안에 혼자 남겨두었다. 나는 사방을 둘러봤다. 그러자 곧 나는 내 꿈의 한복판에 들어가게 되었다. 문 위의 검은 나무벽 위에 있는 검정 유리틀 속에 내가 잘 아는 그림이 걸려 있었다. 그것은 지구의 껍데기를 깨고 날아오르려고 하는 황금빛 매의 머리를 한 나의 새였다. 감동한 나는 주춤하고 서 있었다. 그 순간에, 내가 이제껏 행하고 경험한 온갖 것이 해답과 실현으로 내게 되돌아온 것처럼 나는 기뻤고 동시에 슬프기도 했다. 수없는 형상이 번개처럼 빠르게 내 영혼을 스쳐 지나가는 것을 봤다. 현관문 아치 위에 석조 문장이 있는 고향 집, 그 문장을 그리던 소년 데미안, 두려움에 가득 차 원수 크로머의 속박에 묶여 있던 소년이던 나, 조용한 교실의 책상에서 동경의 새를 그리며 자신의 그물에 영혼이 뒤얽힌 청년이던 나. 그리고 모든 것이, 이 순간에 이르는 모든 것이 나의 내부에서 되울리고 긍정하고 응답받고 승인되었다.

젖어오는 눈으로 나는 내 그림을 응시하며 내 마음속을 읽었다. 그때 내 눈길이 아래쪽으로 향했다. 새의 그림 아래 열린 문 앞에 검은 옷을 입은 키 큰 부인이 서 있었다. 바로 그 여자였다.

나는 한 마디도 할 수가 없었다. 아들과 마찬가지로 시간과 나이도 없고, 활기차고 의지에 넘쳐 있는 얼굴을 지닌 아름답고 품위 있는 부인이 나를 향해 정답게 미소를 보내고 있었다. 그녀의 눈길은 만족스러웠고 그녀의 인사는 귀향을 뜻했다. 잠자코 나는 그녀에게 두 손을 내밀었다. 그녀는 굳건하고 따스하게 두 손을 잡아주었다.

"싱클레어죠. 첫눈에 알아봤어요. 잘 왔어요."

그녀의 음성은 낮고 따스했다. 나는 감미로운 포도주라도 마시듯이 그 음성을 들이켰다. 그리고 이제 시선을 들어 고요한 얼굴과 검고 깊이를 알 수 없는 두 눈을 들여다보고, 신선하고 성숙한 입과 표식를 달고 있는 활짝 트이고 기품이 있는 이마를 쳐다봤다.

"얼마나 기쁜지 모르겠습니다."

이렇게 말하고 나는 그녀의 두 손에 입을 맞추었다.

"저는 한평생 언제나 길 위에 있는 것 같았습니다. 이제야 집에 왔습니다."

그녀는 어머니처럼 미소를 띠었다.

"아무도 집으로 돌아갈 수는 없어요. 그러나 친밀한 두 길이 만날 때는 온 세계가 얼마 동안은 고향처럼 보이지요."

그녀는 다정하게 말했다.

그녀는 이곳에 오는 도중에 내가 느꼈던 바를 말했다. 음성과 말 또한 아들과 매우 닮아 있었다. 그러나 전혀 딴판이기도 했다. 모든 것이 한결 더 성숙했고, 더 따스했고, 한층 더 자명했다. 그러나 막스가 예전에 누구에게도 소년의 인상을 주지 않았던 것처럼 그의 어머니도 전혀 성장한 아들의 어머니처럼 보이지 않았다. 얼굴과 머리칼 위에 감도는 숨결은 그토록 젊고 감미로웠고, 황금빛 살결은 너무나도 팽팽하고 주름이라곤 없었으며, 그 입은 꽃처럼 피어 있었다. 그녀는 나의 꿈속에서보다 훨씬 위풍 있게 내 앞에 서 있었다. 그녀 가까이에 있다는 것은 사랑의 행복이었고 그녀의 눈빛은 충족감을 주었다.

이것이 내 숙명이 나에게 모습을 나타낸 새로운 영상이었다. 더는 엄격하지도 고독하지도 않고, 단지 성숙하고 기쁨에 가득 차 있었다! 나는 결심도 하지 않고 아무런 맹세도 하지 않았다. 나는 목적지에 도달했다. 거기서 앞으로 나아가는 길은 가까운 행복의 나무 그늘이 드리워져 있고, 가까운 온갖 열락의 정원에서 식혀진 길이었다. 멀리 약속의 나라를 향해 뻗어 있는, 장엄한 고지에 도달한 것이다. 일이 어떻게 되어가든지 이 세상에서 이 부인을 알고 그녀의 음성을 들이마시고 그녀 가까이에서 숨쉴 수 있다는 것이 행복했다. 설사 그녀가 내게 어머니가 되든, 애인이 되든, 여신이 되든,

단지 거기에 있기만 하다면! 나의 길이 그녀의 길 가까이 있기만 하다면!

그녀는 나의 매 그림을 가리켰다.

“우리 막스가 이 그림을 받았을 때만큼 그렇게 크게 기뻐한 적이 없어요.”

그녀는 생각에 잠기며 말했다.

“나도 그랬지요. 우리는 당신을 기다렸어요. 이 그림이 오자 당신이 우리에게로 오는 중인 걸 알았지요. 당신이 조그만 소년이었을 때 말예요, 싱클레어! 어느 날 우리 집 애가 학교에서 와서는 말했어요. ‘이마에 표식이 있는 아이가 있어요. 그 애는 틀림없이 내 친구가 될 거예요’라고. 그 애가 당신이었지요. 당신은 쉽지 않았겠지만 우리는 당신을 신뢰했습니다. 방학 때 집에 왔을 때 막스와 만난 일이 있었지요. 그 당시 당신은 아마 열여섯 살쯤 되었을 거예요. 막스가 그 일을 이야기해주더군요.”

나는 그녀의 말을 가로막았다.

“오, 그걸 말했나요! 그 당시는 제가 가장 비참했던 시절이었지요.”

“알아요. 막스가 나에게 지금 싱클레어는 최대의 어려움에 직면해 있다고 말하더군요. 당신이 또다시 집단 속으로 도망치려고 애쓰고 있으며 심지어는 술집의 단골손님이 되기까지 했다고, 하지만 성공하지는 못할 거라고 했지요. 표식이 가려져 있긴 하지만 그 표식이 아무도 모르게 당신을 불태우고 있으니까 그렇다고 했어요. 그렇지 않았나요?”

"네, 물론 그랬습니다. 틀림없이요. 그 후 저는 베아트리체를 발견했고 그다음에는 마침내 안내자 한 명이 제게 찾아들었지요. 피스토리우스라는 사람이었어요. 그때야 비로소 왜 저의 소년 시절이 그렇듯 막스와 밀접하게 연결되어 있었는지, 왜 제가 막스에게서 벗어날 수 없었는지 명백해졌습니다. 아주머니, 아니 어머니, 저는 그 당시 때때로 자살해야겠다고 생각했습니다. 누구에게나 그 길은 그렇게 어려운가요?"

그녀가 손으로 나의 머리를 공기처럼 가볍게 쓰다듬어주었다.

"태어난다는 것은 언제나 어려운 일이지요. 새도 알에서 나오기 위해서 애쓰잖아요. 돌이켜 생각해보고 스스로에게 물어보세요. 대체 길이 그렇게도 어려웠던가? 그저 어렵기만 했던가, 또한 아름답지는 않았던가 하고요. 당신은 보다 더 아름답고 보다 더 쉬운 길을 알고 있었나요?"

나는 머리를 절레절레 저었다.

"어려웠습니다."

나는 꿈을 꾸듯 말했다.

"꿈이 오기까지는 어려웠습니다."

그녀는 머리를 끄덕이고 나를 뚫어지게 쳐다봤다.

"그래요, 사람이란 자기의 꿈을 발견해야 되는 거예요. 그러면 길은 쉬워져요. 하지만 영속적인 꿈이란 존재하지 않아요. 새로운 꿈이 모든 꿈과 바뀌는 거지요. 그리고 어떤 꿈에도 집착하려고 해서는 안 돼요."

나는 매우 놀랐다. 그것은 경고였을까? 아니면 방어였을까? 그러나 매한가지였다. 나는 그녀의 인도를 받고, 목적 같은 건 묻지 않으려는 각오가 되어 있었기 때문에.

"저는 모르겠는데요."

나는 말했다.

"얼마나 오랫동안 내 꿈이 계속될지를요. 저는 그것이 영원하기를 원합니다. 새의 그림 아래서 제 운명은 마치 어머니처럼 그리고 마치 애인처럼 저를 맞아주었습니다. 저는 운명에 속해 있으며, 그 밖에는 아무에게도 속해 있지 않습니다."

"그 꿈이 당신의 운명인 한에서 당신은 그 꿈에 언제나 충실해야 되겠지요."

그녀는 엄숙하게 결론짓듯 말했다.

비애가 나를 사로잡았다. 이 매혹당한 순간에 죽고 싶다는 간절한 소망이 나를 사로잡았다. 나는 눈물이 억누를 길 없이 내 안에서 넘쳐흘러 나를 압도하는 것을 느꼈다. 얼마나 오랫동안 나는 울지 않았던가! 황급히 나는 그녀에게서 얼굴을 돌리고 창가로 걸어가서 흐릿해진 눈으로 화분의 꽃 너머 저쪽을 바라봤다.

등 뒤에서 나는 그녀의 목소리를 들었다. 그 목소리는 침착하게 들렸다. 그러나 포도주로 가득 채워진 잔처럼 사랑에 가득 차 있었다.

"싱클레어, 당신은 어린애로군요! 물론 당신의 운명은 당신을 사랑하고 있어요. 당신이 충실함을 잃지 않는다면 당신이 꿈꾸고 있듯이 언젠가는 완전히 당신의 것이 될 거예요."

나는 진정하고 다시 그 여자에게로 얼굴을 돌렸다. 그녀가 내게 손을 내밀었다.

"내겐 몇 명의 친구가 있지요."

그녀는 미소를 띠며 말했다.

"몇 안 되지만, 아주 가까운 친구들인데 그들은 나를 에바 부인이라고 부른답니다. 당신도 원한다면 그렇게 불러요."

그녀는 나를 문가로 데려가서 문을 열고 정원을 가리켰다.

"저 바깥에 막스가 있어요."

높다란 나무 아래 나는 멍하니 충격을 느끼면서 서 있었다. 그 어느 때보다 더 깨어 있는 것인지, 또는 꿈을 꾸고 있는 것인지 알 수 없었다. 빗방울이 나뭇가지에서 망울져 떨어졌다. 나는 천천히 강기슭을 따라서 멀리 뻗어 있는 정원 안으로 걸어 들어갔다. 거기서 나는 마침내 데미안을 발견했다. 그는 탁 트인 정원의 정자 안에서 웃통을 벗고 서서 허공에 매달린 모래주머니 앞에서 권투 연습을 하고 있었다. 놀라서 나는 멈췄다. 데미안은 멋있어 보였다. 널따란 가슴, 야무지고 남성적인 머리, 게다가 쳐든 두 팔은 긴장된 근육으로 강하고 단단해 보였다. 그리고 허리와 어깨와 팔의 관절에서 흐르는 샘물처럼 근육이 꿈틀거렸다.

"데미안!" 하고 나는 그를 불렀다.

"거기에서 뭘 하고 있어?"

그는 유쾌하게 웃었다.

"연습을 하고 있지. 그 조그만 일본인하고 씨름을 한판 하기로 했거든. 그 녀석 고양이처럼 날쌔고 그만큼 빈틈이 없단 말야. 그래도 나를 어떻게 하지는 못할걸. 그에게 갚아주어야 할 아주 사소한

굴욕적인 일이 있었지."

그는 속옷과 윗도리를 걸쳤다.

"벌써 우리 어머니한테 갔었니?"

"그래, 데미안. 네 어머니는 정말 근사한 분이셔! 에바 부인이라니, 그 이름은 완벽하게 그분에게 어울리거든. 모든 존재의 어머니 같단 말야."

그는 잠시 생각하는 듯이 내 얼굴을 들여다봤다.

"벌써 그 이름을 아니? 그렇다면 자랑해도 되겠는걸! 어머니가 초면에 당신 이름까지 이야기한 건 네가 처음이니까 말이야."

그날부터 나는 아들이나 형제처럼 그 집에 드나들었다. 그러나 또한 마치 연인처럼 드나들기도 했다. 현관문을 닫고 그 집에 들어설 때면, 아니 멀리에서 정원의 높은 나무들이 나타나는 것을 볼 때면 나는 벌써 흡족하고 행복했다. 밖에는 '현실'이 있었다. 밖에는 거리와 집, 사람과 시설, 도서관과 강의실이 있었다. 그런데 여기 집 안에는 사랑과 영혼이 있었고, 전설과 꿈이 살고 있었다. 그럼에도 우리는 결코 세상과 차단되어 살고 있지는 않았다. 생각이나 대화에서는 때로 이 세상의 한복판에서 살았다. 우리는 다른 영역에 살았지만 다수의 사람들과 경계선으로 분리된 게 아니라 단지 보는 방식의 차이에 따라 분리되어 있었다. 우리의 사명은 이 세계에 한 개의 섬을 보여주는 일이었다. 그것은 하나의 모범일지도 모르지만 하여간에 살아 나가는 데 다른 가능성을 보여주는 것은 틀림없다. 나는, 오랫동안 고립되어 있었던 나는 단지 완전한 고독을 맛본 인간들 사이에서만 가능한 협동 사회를 알게 되었다. 다시는 결코 행복한 사람들의 식탁이나 흥겨워하는 사람들의 축제에 끼기를 원하지 않을 것이다. 다른 사람들의 협동체를 보더라도 결코 부러움이나 향수를 떠올리지 않을 것이다. 그리하여 차츰 나는 '표식'을 달고 있는 사람들의 비밀과 통하게 되었다.

표식을 지니고 있는 우리는, 세상의 눈에 이상하다든가 미쳤다든가 위험하다고 여겨질지도 모른다. 우리는 각성한 자 혹은 각성하고 있는 자들이다. 그리고 우리의 노력은 갈수록 완전해지는 각성으로 옮아가지만, 반면 다른 사람들의 노력과 행복의 탐구는 그들의 의견, 이상과 의무, 생활과 행복을 군중의 것에 점점 더 밀접하게 결부시키는 데로 옮아간다. 그곳에도 노력은 있고, 힘과 위대성은 있다. 그러나 우리 생각에 우리 표식을 지닌 자들은 새로운 것, 고립된 것, 미래의 것으로 향하는 자연의 의지를 제시하지만 다른 자들은 완고한 의지 속에서 살고 있었다. 그들에게 인류란 (우리와 마찬가지로 그들도 사랑하는 인류란) 유지되고 보호받아야 되는 완성된 그 무엇이었다. 그러나 우리에게 인류란 우리 모두 그것을 향해가는 중에 있고, 그 모습을 아는 사람이라곤 없으며, 그 법칙이 적혀 있는 곳은 아무 데도 없는 아득히 먼 미래다.

에바 부인과 막스와 나 말고도 여러 종류의 탐구자들이 가깝게 혹은 멀게 우리 모임에 속해 있었다. 그들 대부분은 색다른 길을 걸어가며 개별적인 목적을 지향하는 독특한 의견과 의무에 집착하고 있었다. 그들 중에는 점성술가와 카발라 학파, 톨스토이 백작의 신봉자까지 있었고 섬세하고 수줍어하며 상처입기 쉬운 사람들과 새로운 교파의 신봉자들, 인도풍의 구도자와 채식주의자 등이 있었다. 이 모든 사람과 우리는 서로의 비밀스러운 꿈을 존중한다는 것 말고는 정신적으로 아무런 공통점도 없었다. 몇몇 사람들은 우리와 좀 더 가까웠는데 그들은 과거의 신과 새로운 소망에 대한 인류의 탐구를 추적했기 때문에, 그들의 연구는 때로 피스토리우스의 그것을 상기시켜주었다. 그들은 서적들을 가져와 고대 언어의 원서를 번역해주고 고대의 상징과 의식의 도해를 보여주며, 이제까지 인간이 소유한 이상이란 모두가 무의식적인 영혼의 꿈과 인류가 손으로 더듬으면서 미래 가능성의 예감을 추구한 꿈으로 구성되어 있음을 가르쳐주었다. 이렇게 해서 우리는 고대 세계의 천 개의 머리를 지닌 경이로운 신들부터 기독교로 개종하는 데 이르는 신의 역사를 더듬어 내려왔다.

고독하고 경건한 사람들의 고해와 민족에서 민족으로 옮아가는 종교의 변천을 우리는 알게 되었다. 그리고 우리가 수집한 모든 것에서 우리 시대와 현대 유럽에 대한 비평이 나왔다. 우리는 엄청난 노력으로 강력하고 새로운 무기를 만들어냈으나 마침내는 극심한 정신의 황폐화에 빠지고 만 것이다. 유럽은 온 세계를 얻었지만 그래서 자기의 혼을 잃어버렸다.

여기에도 또한 일정한 희망과 구원의 교리를 믿는 신자와 고해자가 있었다. 유럽을 개종시키려고 하는 불교도들이 있는가 하면 톨스토이 신봉자와 그 밖의 종파들이 있었다. 우리의 작은 모임은 이러한 가르침에 귀를 기울였지만, 그 어느 것도 상징 이상으로는 받아들이지 않았다. 미래에 대한 염려는 우리 표식을 지닌 자들의 책임이 아니었다. 우리는 모든 교파와 구원의 교리가 이미 죽었고 쓸모없다고 생각했다. 그리하여 우리는 각자가 완전한 자기 자신이 되고 자기의 내부에서 작용하는 자연의 싹을 뒤따르며 불확실한 미래가 초래할지 모르는 온갖 일에 대비하고 있음을 발견하면서 사는 것만을 의무와 운명으로 느꼈다.

왜냐하면 입 밖에 내건 안 내건 간에 새로운 탄생과 현대의 붕괴가 가까웠다는 것은 우리 모두의 마음속에서는 분명한 일이었기 때문이다. 데미안은 여러 번 나에게 말했다.

"무엇이 올지는 짐작할 수가 없어. 유럽의 영혼은 무한히 오랫동안 쇠사슬에 매어져 있는 짐승이란 말야. 그게 해방되었을 때 그 최초의 행동은 칭찬할 만한 게 못 될 거야. 그러나 이제까지 그렇게도 오랫동안 계속 기만당하고 마비되었던 영혼의 진정한 고난이 백일하에 드러나기만 한다면, 우리가 가야 할 길이 지름길이든 돌아가는 길이든 그건 중요하지 않아. 그때가 되면 우리의 날인 거야. 세상 사람들은 지도자나 새로운 입법자로서가 아니라(새로운 법률 같은 건 이제 경험하지 않게 되겠지만) 오히려 의지자로서, 운명이 부르는 곳이라면 함께 가서 그곳에 서 있을 각오가 되어 있는 그런 사람으로서 우리를 필요로 하게 될 거야. 봐, 자신들의 이상이 위협을 받는다면 모든 사람은 믿을 수 없을 만한 짓도 충분히 해낼 수 있게 돼. 그러나 새로운 이상이, 새롭고 위험스러우며 무시무시한 성장의 움직임이 노크할 때에 거기에 있는 사람은 아무도 없지. 그때 거기 있다가 함께 가는 소수의 사람들이 바로 우리가 될 거야. 그러기 위해 우리에게 표식이 찍혀 있는 거니까. 공포와 증오를 일으켜 그 당시의 인류를 좁은 낙원에서 위험한 광활한 세계로 내몰기 위해 카인이 표식을 받았던 것처럼. 인류의 여정에 영향을 끼친 사람들은 모두 하나같이 운명을 준비하고 있었기 때문에 유능하고 활동적이었던 거야. 모세와 부처도 그랬고, 나폴레옹과 비스마르크도 그랬지. 어떤 흐름에 휩쓸리고, 어떤 자극에 지배받는지는 자기의 선택 범위를 벗어나는 일이거든. 비스마르크가 사회민주주의자들을 이해하고 그들과 생각을 같이 했더라면, 그는 영리한 지배자는 될 수 있었을지 몰라도 운명의 인물은 아니었을 거야. 나폴레옹도, 카이사르도, 로욜라도, 다른 모든 사람도 마찬가지야! 언제나 생물학적이며 진화론적으로 생각해야 돼! 지구 표면의 격변으로 수생동물이 육지로, 육지 동물이 물속으로 밀려났을 때, 전대미문의 새로운 일을 수행하고 새롭게 적응하여 자기들의 종족을 구한 것은 운명을 준비한 자들의 표본이라고 볼 수 있지. 이들이 이전에 자기들의 종족 가운데서 보수적이고 보존적이었는지 변태적이고 혁명적이었는지 우리는 알지 못하지만, 어쨌든 그들은 준비하고 있었고 그랬기에 새로운 발전으로 넘어가면서 자기들의 종족을 구할 수 있었던 거야. 그것을 우리는 알고 있지. 그러므로 우리는 준비를 하려는 거야."

그러한 대화를 나눌 때 에바 부인은 때때로 함께 있었다. 그러나 스스로 이런 식의 이야기에 끼어들지는 않았다. 그녀는 생각을 표현하는 우리 각자에게 신뢰와 이해심으로 가득 찬 경청자이자 반향이었다. 그러한 생각들이 모두 그녀에게서 나와 그녀에게로 되돌아가는 것처럼 보였다. 그녀 가까이에 앉아 있거나 때때로 그 목소리를 듣고, 그녀를 에워싸고 있는 성숙과 영혼의 분위기에 한몫

끼는 것은 나에게 행복이었다.

나의 내부에서 어떤 변화나 혼탁이나 또는 혁신이 일어나고 있을 때면, 그녀는 곧 감지했다. 내가 잠잘 때 꾸는 꿈들을 마치 그녀가 불어넣은 것만 같았다. 나는 자주 그녀에게 이 이야기를 했다. 그러면 그 꿈은 그녀에게 이해할 만했고 자연스러웠다. 그녀가 분명한 느낌으로 따를 수 없는 기상천외한 일이란 존재하지 않았다. 얼마 동안 나는 마치 우리의 일상적인 대화를 그대로 옮겨놓은 것 같은 꿈을 꾸었다. 온 세계가 혼란에 빠지고 나 혼자서 또는 데미안과 함께 긴장하여 위대한 운명을 기다리는 꿈을 꾸었다. 운명은 가리워진 채로 있었다. 그러나 어쩐지 에바 부인의 표정을 지니고 있었다. 그녀에게 선택되거나 배척당하거나, 그것이 바로 운명이었다.

여러 번 그녀는 내게 미소를 띠면서 말했다.

"당신의 꿈은 완전하지가 않아요. 싱클레어, 당신은 제일 좋은 것을 잊어버렸어요."

그러고 나서야 나는 다시 그것을 떠올리게 되고 어떻게 그것을 잊을 수 있었는지 이해할 수가 없었다.

때때로 나는 불만을 느끼고 욕구에 시달렸다. 그녀를 끌어안지도 못하면서 가까이에서 본다는 걸 더는 참을 수 없다고 생각했다. 곧 그녀도 알아차렸다. 한번은 내가 여러 날 동안 찾아가지 않다가, 혼란스러운 마음으로 다시 찾아갔을 때 나를 곁으로 데려가서 이렇게 말했다.

"믿지도 않는 소망에 정신을 잃어서는 안 돼요. 당신이 무엇을 소망하는지 알아요. 당신은 그 소망을 버리거나 아니면 완전하고 올바르게 바라지 않으면 안 됩니다. 그것의 성취를 마음속에 완전히 확신해야 성취도 있어요. 그러나 당신은 소망하면서도 후회하고 동시에 겁을 집어먹고 있지요. 이 모든 것을 극복해야 해요. 전설 이야기를 하나 해드리지요."

그러더니 별을 사랑한 한 젊은이 이야기를 해주었다. 그는 바닷가에 서서 손을 뻗쳐 별을 예배했다. 그는 별의 꿈을 꾸고 자기의 생각을 별에게 보냈다. 그렇지만 사람이 별을 끌어안을 수는 없었다. 그도 그 사실을 알고 있었다. 아니, 알고 있다고 생각했다. 그는 이뤄질 수 없는 희망인 별을 사랑하는 것이 자신의 운명이라고 생각했다. 그리고 이 생각에서 체념과 자기 정화에 대한 무언의 충실한 고민을 읊은 완전한 생명의 시를 지었다. 그러나 그의 꿈은 모두 별에 집중되어 있었다. 그는 어느 날 밤 다시 바닷가 높은 낭떠러지 위에 서서 별을 쳐다보고 별에 대한 사랑을 불태우고 있었다. 그리하여 그리움이 절정에 달한 순간 그는 몸을 던져 별을 향해 허공으로 비상했다. 그러나 그 도약의 순간 그는 번개처럼 생각했다. 정말 되지도 않을 일이다! 라고. 그리고 그는 바닷가에 떨어져 산산조각이 났다. 그는 사랑하는 법을 몰랐다. 그가 뛰어오른 그 찰나에 굳고 확실하게 그 일의 성취를 믿는 정신력만 가졌던들 하늘로 날아올라가서 별과 하나가 되었을 터였다.

"사랑은 간청해서는 안 되는 거예요. 또한 요구해도 안 되지요. 사랑은 자기의 내부에서 확신에 이를 수 있는 힘을 지녀야만 해요. 그러면 사랑은 끌려오는 것이 아니라 스스로 끌어당기게 되죠. 싱클레어, 당신의 사랑은 나에게 끌리고 있어요. 내가 아니라 당신의 사랑이 나를 끌게 되면 나는 가겠어요. 나는 아무런 선물도 주고 싶지 않아요. 단지 획득당하고 싶은 거예요."

그녀는 말했다.

그러나 다음번에 그녀는 나에게 다른 이야기를 해주었다. 희망도 없이 사랑하는 남자가 있었다. 그는 자기의 영혼 속에 완전히 틀어박혀 사랑한 나머지 타 없어질 것 같다고 말했다. 그에게는 이 세계가 사라져버렸으며 푸른 하늘도, 파릇파릇한 숲도 더는 보이지 않았다. 그에게는 시냇물도 졸졸거리지 않았고 하프도 울리지 않았다. 모든 것이 가라앉아버렸고, 그는 가난하고 비참해졌다. 그러나 그의 사랑은 자라났다. 그리하여 그는 사랑하는 그 예쁜 여자를 소유하지 못하느니 차라리 죽어버리고, 멸망해버렸으면 하고 바랐다. 그때 그는 자신의 사랑이 자기의 내부에 있는 다른 온갖 것을 불태워버렸음을 느꼈다. 그리하여 그 사랑은 강력해져 그 여자를 끌어당겼다. 그러자 그 아름다운 여자는 따라올 수밖에 없었다. 그 여자가 왔다. 그는 그 여자를 자기에게로 끌어당기기 위해 두 팔을 활짝 벌리고 서 있었다. 그러나 그 여자가 그의 앞에 와 서자 그 여자는 아주 달라져 있었다. 그리하여 그는 자기가 잃어버린 온 세계를 자기에게로 끌어당겼음을 전율하며 느끼고, 봤다. 그 세계는 그의 앞에 서서 그에게 몸을 맡겼다. 하늘과 숲과 시내, 이 모든 것이 새로운 빛을 띠고 생생하고 화창하게 그를 향해 와서 그의 것이 되고 그의 말을 했다. 이렇게 그는 단순히 한 사람의 여성을 얻는 대신 온 세계를 마음속에 지니게 되었다. 하늘의 모든 별은 그의 내부에서 타오르고 그의 영혼을 뚫고 환희의 불꽃을 뿜어냈다. 그는 사랑을 했고 그 과정에서 자기 자신을 발견했다. 그러나 대부분의 사람들은 사랑을 통해 자기를 잃는다.

에바 부인에 대한 나의 사랑이 내게는 내 생활의 유일한 내용처럼 보였다. 그러나 매일같이 다른 모습을 띠었다. 때때로 나는 그녀가 내 존재를 끌어당기는 사람이 아니라 내 내면의 상징에 불과하며, 나를 더 깊은 내면으로 이끌고 싶어 하는 사람이라고 확신했다.

때때로 나는 나의 마음을 움직이는 절박한 질문에 대하여 나의 무의식이 대답하고 있는 것처럼 들리는 그녀의 이야기를 들었다. 또 내가 그녀 곁에서 관능적인 욕망에 불타고 그녀가 만진 물건에 입을 맞추는 그러한 순간도 있었다. 그리고 점차 관능적인 사랑과 비관능적인 사랑이, 현실과 상징이 서로 겹쳐졌다. 그러고는 내가 우리 집 내 방에서 그녀를 조용한 마음으로 생각하면 그녀의 손을 나의 손 안에, 그녀의 입술을 내 입술 위에 느끼고 있다고 생각되는 적도 있었다. 또는 내가 그녀 곁에 있어서 그 얼굴을 들여다보고 그녀와 이야기도 하며, 또 그녀의 목소리를 들으면서, 그럼에도 그녀가 현실적으로 존재하는지 또는 꿈은 아닌지 알 수가 없었다. 어떻게 사랑을 지속적이고 불멸의 것으로 간직할 수 있는지 깨닫기 시작했다. 어떤 책을 읽다가 나는 새로운 깨달음을 얻었는데 그것은 에바 부인의 입맞춤과 똑같은 느낌이었다. 그녀는 나의 머리칼을 쓰다듬어주며 성숙하고 향기로운 따스함을 품고 나에게 미소를 지어주었다. 그러자 나는 마치 나 자신의 내부에 무슨 진보라도 이룬 것 같은 느낌이 들었다. 나에게 중요하고 운명이었던 온갖 것이 그 여자의 모습을 지니게 되었다. 그녀는 나의 모든 생각으로 변신할 수 있었고 나의 모든 생각은 그 여자로 변신할 수 있었다.

2주일이나 에바 부인과 떨어져서 산다는 것은 틀림없이 고통이라고 생각했으므로 나의 부모님과 함께 지내야 될 성탄절 휴가가 두려웠다. 그러나 고통은 아니었다. 집에 있으면서 그녀를 생각한다는 건 멋진 일이었다. H시로 되돌아와서도 나는 이틀 동안이나 이 안정감과 관능적인 그녀의 현존(現存)에서 독립감을 즐기기 위해 그녀의 집을 멀리했다. 또한 나는 그녀와의 융합이 새로운 비유적인 방식으로 이루어지는 꿈도 꾸었다. 그녀는 내가 용솟음쳐 흘러 들어가는 바다였다. 그녀는 별이었고 나 자신도 별이 되어 그녀에게로 가고 있었다. 그리고 우리는 서로 만났고 서로에게 끌렸으며, 함께 있으면서 행복하게 서로의 주위를 맴돌며 영원히 울려퍼지는 원을 그렸다.

내가 다시 그녀를 방문했을 때 나는 이 꿈에 대해 이야기했다.

"아름답군요."

그녀는 조용히 말했다.

"그것이 진실이 되도록 하세요!"

이른 봄철에 내가 결코 잊을 수 없는 날이 왔다. 나는 홀에 들어갔다. 창문 하나가 열려 있었고 훈훈한 바람이 히아신스의 무거운 향기를 방 안으로 휘몰아넣었다. 아무도 보이지 않아 계단을 올라서 막스 데미안의 서재로 갔다. 가볍게 문을 두드리고 언제나처럼 그의 대답도 기다리지 않고 들어섰다.

방은 어두웠다. 커튼은 모두 드리워져 있었다. 막스가 화학 실험실로 꾸며놓은 조그만 옆방으로 가는 문이 열려 있었다. 그곳에서 먹구름을 통해서 비치는 밝고 뽀얀 봄 햇살이 들어오고 있었다. 나는 아무도 없다고 생각했다. 그래서 한쪽 커튼을 젖혔다. 그런데 커튼이 드리워진 창문 가까이에 데미안이 의자 위에 이상하게 변한 채로 웅크리고 앉아 있었다. 그러자 마치 섬광처럼 언젠가 이런 일을 본 적이 있었다! 하는 느낌이 뇌리를 스치고 지나갔다. 그는 두 팔을 까딱도 하지 않고 내려뜨리고 두 손은 무릎 위에 올려놓고 있었다. 두 눈을 크게 뜨고 약간 앞으로 숙인 그의 얼굴은 생기가 없고 무감각했다. 눈망울에는 조그맣게 반짝이는 빛의 반사가 마치 한 조각의 유리처럼 생기 없이 번득이고 있었다. 창백한 얼굴은 자기 가운데 침잠해 있었으며 몸서리쳐지는 마비 상태 이외에는 아무런 다른 표정도 없었다. 마치 사원의 현관에 있는 태곳적 짐승의 가면처럼 보였다. 그는 숨을 쉬지 않는 것처럼 보였다.

추억이 되살아나 나는 몸을 떨었다. 수년 전 내가 아직 조그만 아이였을 때 이미 나는 이와 똑같은 모습의 그를 한 번 본 적이 있었다. 그렇게 그의 두 눈은 자신의 내부를 응시하고 있었다. 그렇게 그의 두 손은 생기 없이 나란히 놓여 있었고 파리 한 마리가 그의 얼굴 위를 기어 다니고 있었다. 6년 전인가 그때에도 그는 꼭 지금만큼 나이 먹고 지금만큼 시간을 초월한 듯 보였다. 얼굴에 있는 주름살 하나도 오늘과 틀리지 않았다.

공포감에 사로잡혀 조용히 방에서 나와 계단을 내려왔다. 홀에서 에바 부인을 만났다. 그녀는 창백했고 피곤해 보였다. 그녀에게서 본 적이 없는 모습이었다. 그림자가 창문을 스쳐 지나갔다. 눈부신 하얀 햇빛이 홀연히 사라져버렸다.

"막스한테 갔었어요."

나는 성급하게 소곤댔다.

"무슨 일이 있는 건가요? 그가 잠을 자는지, 아니면 무엇에 몰두하고 있는지 저는 모르겠어요. 예전에도 한 번 그렇게 하고 있는 그를 본 적이 있어요."

"그 애를 깨우지는 않았겠지요?"

그녀는 황급히 물었다.

"아니요. 내가 들어가는 소리를 듣지 못했어요. 저는 곧 되돌아 나왔고요. 에바 부인, 무슨 일인지 말씀해주시겠어요?"

그녀는 손등으로 이마를 쓰다듬었다.

"걱정 말아요, 싱클레어, 아무 일도 없으니까. 그 애는 명상에 잠겨 있는 거예요. 오래 걸리지는 않을 거예요."

그녀는 일어섰다. 그러고는 막 비가 내리기 시작했는데도 정원으로 나갔다. 따라 나가면 안 된다고 느꼈다. 그래서 나는 홀 안에서 이리저리 왔다 갔다 하며 혼미할 정도의 향기를 풍기는 히아신스의 냄새를 맡고, 문 위에 걸린 나의 새 그림을 쳐다보고, 오늘 아침 이 집을 가득 채우고 있는 이상한 그림자를 답답하게 느끼면서 호흡했다. 무엇일까? 무슨 일이 일어났을까?

에바 부인은 곧 돌아왔다. 빗방울이 까만 머리카락에 방울져 있었다. 그녀는 자신의 안락의자에 앉았다. 피곤함이 온몸에 깃들어 있었다. 나는 그녀 곁으로 가서 그녀 위에 몸을 굽히고 머리칼에 맺힌 물방울에 입을 맞추었다. 그녀의 두 눈은 맑고 고요했다. 그러나 그 물방울이 내게는 눈물 같은 맛이 났다.

"그에게 가보고 올까요?"

나는 속삭이면서 물었다.

그녀는 희미하게 미소를 지었다.

"어린애 같은 짓 마세요, 싱클레어!"

그녀는 자기 자신의 마음속에 깃들인 마력을 깨뜨리려는 듯이 크게 나무랐다.

"지금은 가세요. 그리고 나중에 다시 오세요. 나는 지금 당신과 이야기를 할 수가 없어요."

나는 그곳을 나와 집과 시가지를 지나 산으로 달려갔다. 비스듬히 내리는 가느다란 비가 나를 향해 떨어졌다. 구름은 무거운 압박을 받으며, 겁을 집어먹고 있는 듯이 낮게 내려앉은 채로 흘러가고 있었다. 아래쪽에는 바람이 거의 불지 않았다. 그러나 높은 곳에서는 폭풍이 불고 있는 것 같았다. 때때로 잠시 동안 태양이 강철 같은 잿빛 구름 사이에서 창백하게, 또는 눈부시게 얼굴을 내밀곤 했다.

그때 하늘에는 뭉게뭉게 누런 구름이 흘러갔다. 그 구름이 잿빛 벽에 걸리고, 몇 초 동안 바람이 이 누런 구름과 푸른 하늘로 하나의 형상을, 한 마리의 굉장히 큰 새를 만들었다. 이 새는 이 푸른 혼돈으로부터 뛰쳐나와서는 훨훨 날갯짓을 하면서 하늘로 사라져버렸다. 그리고 나서 폭풍이 부는 소리가 들리더니, 비가 우박과 뒤섞여서 떨어졌다. 짧지만 엄청나게 무서운 소리로 울리는 천둥이 빗발에 얻어맞은 풍경 위에서 우르릉거렸다. 그러고는 곧 다시 햇살이 새어 나오고 갈색의 숲 너머 가까운 산 위에 창백한 눈이 어슴푸레 비현실적으로 빛나고 있었다.

몇 시간 뒤 내가 물에 흠뻑 젖은 물초가 되어 되돌아오자 데미안이 직접 현관문을 열어주었다.

그는 자기 방으로 나를 데리고 올라갔다. 실험실에는 가스불이 타고 있었고 종이가 사방에 흩어져 있었다. 일을 하고 있었던 것처럼 보였다.

"앉아."

그는 권했다.

"피곤할 거야. 지긋지긋한 날씨였지. 바깥에서 몹시 헤맨 모양이구나. 곧 차를 가져올 거야."

"오늘 뭔가가 시작되었어. 그저 평범한 뇌우가 아닌 것 같아."

나는 주저하면서 말했다.

그는 무엇인가를 찾아내려는 것처럼 나를 쳐다봤다.

"뭘 봤어?"

"응, 구름 속에서 잠깐 동안 하나의 형상을 똑똑히 봤지."

"무슨 형상을?"

"한 마리 새였어."

"그 매? 그거였어? 네 꿈의 새 말야?"

"응, 내 매였어. 노랗고 굉장히 컸지. 검푸른 하늘로 날아가버렸어."

데미안은 깊이 한숨을 내쉬었다. 문을 두드리는 소리가 났다. 늙은 하녀가 차를 가져왔다.

"자, 싱클레어, 들어봐. 네가 그 새를 우연히 봤다고는 생각하지 않겠지?"

"우연히? 그런 걸 우연히 볼 수 있을까?"

"좋아, 볼 수 없지. 그건 뭔가를 의미하고 있을 거야. 무엇을 의미하는지 알겠니?"

"아니, 나는 그저 그게 동요를, 운명 속의 한 발자국을 뜻한다고 느낄 뿐이야. 나는 그게 우리 모두와 관계가 있다고 믿어."

그는 성급히 이리저리 왔다 갔다 했다.

"운명 속의 한 발자국이라고!"

그는 크게 소리쳤다.

"똑같은 것을 나도 지난밤에 꿈꾸었어. 그리고 어머니도 어제 똑같은 예감을 느꼈다는 거야. 나는 사다리를 타고 어떤 나무줄기거나 탑으로 보이는 곳으로 올라가는 꿈을 꾸었어. 위에 올라가보니까 아래로 널따란 평야가 펼쳐져 있었는데, 온 나라가 도시나 마을 할 것 없이 불타고 있었어. 나는 아직 전부를 이야기할 수는 없어. 아직도 모든 것이 내게는 뚜렷하지는 않으니까."

"그 꿈을 너와 관련해서 해석하는 거야?"

나는 물었다.

"나와 관련해서? 그야 물론이지. 자기와 관계없는 꿈을 꾸는 사람은 아무도 없거든. 그렇지만 그 꿈은 나 혼자만 관련된 것은 아니야. 그건 네가 옳아. 나는 자기 영혼의 동요를 보여주는 꿈과 매우 드물지만 온 인류의 운명을 암시해주는 꿈을 매우 정확하게 구별하지. 나는 그런 꿈을 거의 꾸지 않았고 예언이라고 말할 수 있는 꿈이라도 실현된 적이 한 번도 없어. 해석은 너무 애매해. 하지만 이것만은 확실해. 내가 꾼 꿈은 나 혼자만 관련된 일이 아니야. 다시 말하면 그 꿈은 내가 과거에 꾸었고, 지금도 계속되고 있는 옛날의 다른 꿈에 속해 있는 거야. 이 꿈들은, 싱클레어, 이미 너한테 이야기했지만, 내가 예감을 얻고 있는 그러한 꿈들이란 말야. 우리의 세계가 정말로 썩어 있다는 사실을 우리는 알고 있지만 그렇다고 해서 세계의 멸망이나, 또는 그와 비슷한 일을 예언할 근거는 안 돼. 그러나 나는 여러 해 전부터 구세계의 붕괴가 다가오고 있다고 결론지을 만한 꿈을 꿔왔어. 처음에는 아주 약하고 희미한 예감이었지만 갈수록 뚜렷하고 강해졌어. 내가 아직 아는 건 뭔가 크고 무서운 것이 가까이 다가오고 있고 내게도 영향을 미칠 거라는 것뿐이야. 싱클레어, 우리가 누차 이야기한 것을 경험하게 될 거야. 이 세계는 스스로 혁신하려 하고 있어. 죽음의 냄새가 나. 죽음 없이는 어떠한 새로운 것도 올 수 없으니까. 내 생각보다 한층 몸서리쳐지는 일이야."

깜짝 놀라서 나는 그를 물끄러미 바라봤다.

"네 꿈의 나머지를 이야기해줄 수 없겠어?"

나는 수줍은 듯이 부탁했다.

그는 머리를 절레절레 저었다.

"안 돼."

문이 열리고 에바 부인이 들어왔다.

"여기 같이 있었구나! 설마 슬퍼하고 있는 건 아니겠지?"

그녀는 싱싱해져서 이제는 전혀 피곤해 보이지 않았다. 데미안은 어머니에게 미소를 지어 보였다. 그녀는 겁에 질린 아이들에게로 오는 어머니처럼 우리에게 다가왔다.

"어머니, 우리는 슬퍼하지 않아요. 그저 이 새로운 징조에 대해 이야기를 좀 했어요. 하지만 중요한 건 그게 아니에요. 오려고 하는 것은 갑자기 오겠죠. 그때 우리가 알아야 할 게 뭔지 알게 되겠죠."

나는 기분이 나빴다. 그래서인지 작별 인사를 하고 혼자서 홀을 지나가는데 히아신스 향이 시체 냄새처럼 느껴졌다. 하나의 그림자가 우리 위에 드리워졌다.

종말의 발단

나는 여름 학기에도 H시에 머물겠다는 뜻을 관철했다. 집 안에 있는 대신 우리는 거의 언제나 시냇가의 정원에 있었다. 씨름에 완전히 패배한 그 일본인은 가버렸다. 톨스토이 신도도 사라졌다. 데미안에게는 말이 있었고 그는 매일같이 끈질기게 말을 탔다. 나는 종종 그의 어머니하고만 있었다.

때때로 나는 내 생활의 평화로움이 의아스러웠다. 너무나 오랫동안 고독하게 지냈고 단념을 훈련하고 괴로움과 힘들게 싸우는 데 익숙해져 있었으므로, H시에서 지낸 이 수개월이 내게는 안락하고 황홀하게, 아름답고 유쾌한 일과 감정에만 매료되어 편안하게 살 수 있는 꿈의 섬처럼 보였다. 나는 이것이 우리가 생각하는 그 새롭고 보다 더 높은 공동체의 전조라고 느꼈다. 그러나 가끔 이 행복에 깊은 비애가 엄습했다. 행복이 오래 지속될 수는 없다는 것을 잘 알고 있었기 때문이다. 나는 풍요로움과 안락함을 호흡할 운명이 아니었다. 나는 고뇌와 광분이 필요했다. 언젠가 이 아름다운 사랑의 영상에서 깨어나면, 단지 고독과 투쟁만이 있을 뿐 아무런 평화도 공존도 없는 그러한 다른 사람들의 차가운 세계에서 다시 혼자 서 있게 되리라고 느꼈다.

그래서 나는 더욱 내 운명이 아직 이 아름답고 고요한 표정을 지니고 있다는 사실이 기뻤고 두 배의 애정을 품고 에바 부인 곁을 떠나지 않았다.

여름의 몇 주일은 황급히 그리고 쉽사리 지나갔다. 학기도 벌써 끝나려 하고 있었다. 이별의 시간이 눈앞에 다가오고 있었다. 나는 이별을 생각해서는 안 되었고, 사실 생각조차 하지 않았다. 꿀이 있는 꽃에 깃든 나비처럼 이 아름다운 날들에 매달렸다. 그때는 행복한 시절이었고, 내 인생 최초로 충족감을 느낀 때였으며 공동체에 가입한 시절이었다. 다음에는 무슨 일이 일어날까? 나는 또다시 싸워나가고, 동경에 괴로워하고, 꿈을 꾸고 고독해질 것이다.

이러한 날 중 어느 날에 그런 예감이 몹시 강력하게 나를 엄습했다. 그리하여 에바 부인에 대한 나의 사랑이 갑자기 고통스럽게 불타올랐다. 마음 아프게도, 머지않아 그녀를 보지 못하고, 집 안을 거니는 그녀의 확고하고 다정한 발걸음 소리도 듣지 못하며, 내 책상 위에 놓이는 그녀의 꽃도 보지 못할 것이다. 대체 나는 무엇을 얻었던가? 그녀를 얻는 대신에 그녀를 얻으려고 싸우고, 영원히 그녀를 내 것으로 빼앗는 대신에 꿈을 꾸었고, 안락함 속에 내 몸을 맡겼을 뿐이다! 이제까지 그녀가 내게 이야기한 진정한 사랑에 대한 온갖 말과 헤아릴 수 없는 세련된 경고의 말, 헤아릴 수 없는 부드러운 유혹, 혹은 약속 같은 것이 불현듯 뇌리에 되살아왔다. 그것들로 나는 무엇을 이룰 수 있었던가? 아무것도 없다! 아무것도!

내 방 한가운데 서서 모든 의식을 집중하여 에바를 생각했다. 그녀가 나의 사랑을 느끼게 하고 그녀를 내게로 끌어당기기 위해 내 영혼의 힘을 집중하려고 했다. 그녀는 내게로 와야 하고 내 포옹을 열망해야 한다. 나의 입맞춤이 그녀의 무르익은 사랑의 입술을 탐욕적으로 파고들어야 한다.

나는 서서 손과 발이 차가워질 때까지 긴장을 유지했다. 내게서 힘이 빠져나가는 것을 느꼈다. 잠시 동안 뭔가 밝고 차가운 것이 나의 내부에서 밀접하게 응결했다. 나는 잠깐 동안 가슴속에 수정(水晶) 한 덩이를 품고 있는 것 같은 감각을 느꼈다. 나는 그것이 내 자아라는 것을 알았다. 냉기가 가슴까지 올라왔다.

그 무서운 긴장감에서 깨어나자 뭔가가 다가오는 것 같았다. 나는 피로해 죽을 지경이었으나 그래도 에바가 황홀하게 불타오르며 방 안으로 들어오는 것을 볼 준비를 갖추고 있었다.

그때 멀리서부터 말발굽 소리가 따닥따닥하며 다가왔다. 그리고 가까이에서 요란스럽게 울리더니 갑자기 멈추었다. 나는 창가로 뛰어갔다. 아래층에서 데미안이 말에서 내리고 있었다. 나는 밑으로 뛰어내려갔다.

"무슨 일이야, 데미안? 설마 네 어머니에게 무슨 일이 있는 건 아니지?"

그는 내 말을 귀담아듣고 있지 않았다. 매우 창백했으며 땀이 이마에서 양쪽 볼로 흘러내리고 있었다. 그는 화끈 달아오른 말고삐를 정원의 울타리에 맸다. 그러고는 내 팔을 잡고 함께 길을 걸었다.

"벌써 소식 들었어?"

나는 아무것도 몰랐다.

데미안이 내 팔을 눌러 쥐고 어둡고 안타깝고 이상한 눈빛으로 나에게 얼굴을 돌렸다.

"그래, 이봐 이제 터졌어. 너도 러시아와 고조된 긴장 상태를 알고 있었겠지."

"뭐라고? 전쟁이 일어났단 말이야? 설마 그렇게까지는 생각 못했는데!"

가까이에 아무도 없었는데도 그는 소리를 낮춰 말했다.

"아직 전쟁이 선포되지는 않았지만 전쟁이야. 내 말을 믿어. 나는 그때 이후 이 문제로 너를 귀찮게 하지 않았지만 그 이후로 세 차례나 새로운 징조를 봤어. 요컨대 그건 세계의 몰락도, 지진도, 혁명도 아니야. 전쟁이 일어나는 거야. 사태가 어떻게 되어갈지 곧 보게 될 거야! 사람들에게는 기쁨이 되겠지. 벌써 지금도 모든 사람이 전쟁 시작을 기뻐하고 있거든. 그들에게 생활은 그만큼 무의미해진 거야. 하지만 싱클레어, 이건 단지 시작에 불과해. 모르긴 해도 대전쟁, 굉장한 대전쟁이 될 거야. 하지만 그 역시 단순한 시작에 불과하지. 새로운 것이 시작될 거야. 낡은 것에 집착하고 있는 사람들에게는 새로운 것이 끔찍할 거야. 너는 어떻게 할 거니?"

나는 당혹스러웠다. 모든 것이 아직도 낯설고 사실처럼 들리지 않았다.

"나는 모르겠어, 너는?"

그는 어깨를 으쓱했다.

"동원령이 내려오면 곧 입대하겠지. 나는 소위야."

"그래? 그런 줄 몰랐어."

"그렇지, 그게 내 적응 방법의 하나야. 너도 알겠지만 나는 눈에 띄는 걸 좋아하지 않아. 그리고 오히려 언제나 지나쳐서 올바르지 못했지. 나는 1주일 안에 전쟁터로 갈 거 같아."

"오, 이런."

"이봐, 감상적으로 생각해서는 안 돼. 물론 살아 있는 사람에게 발포 명령을 하는 건 즐거운 일은 아니지만 그건 부차적인 문제야. 이제 우리 모두는 커다란 수레바퀴 속으로 휩쓸려들어갈 거야. 너도 마찬가지고. 너도 분명히 징집당할 거야."

"그럼 네 어머니는, 데미안?"

이제야 비로소 나는 다시 15분 전에 있었던 일을 떠올렸다. 세상이 얼마나 변해버렸는가? 그 감미롭기 그지없는 영상을 불러일으키려고 나는 전력을 짜냈다. 그런데 지금 운명은 갑자기 위협적인 무서운 가면 속에서 돌연히 나를 노려봤다.

"우리 어머니? 아, 어머니는 염려할 필요 없어. 어머니는 믿을 만하니까. 지금 이 세상 그 어느 누구보다도 믿을 만하니까. 어머니를 그렇게 사랑하니?"

"알고 있었어, 데미안?"

그는 밝고 쾌활하게 웃었다.

"이 어린 친구야! 물론 알고 있었지. 우리 어머니를 사랑하지 않고 에바 부인이라고 부른 사람은 아직 아무도 없었어. 그런데, 어땠지? 네가 오늘 어머니나 나를 불렀지, 그렇지 않아?"

"응, 불렀어. 에바 부인을 불렀지."

"어머니는 그걸 감지하셨어. 어머니가 갑자기 나를 보내셨거든. 너한테 가보라고. 내가 러시아에 관한 소식을 이야기해드리고 있던 참이었는데 말이야."

우리는 돌아섰다. 그리고 더는 이러쿵저러쿵 이야기하지 않았다. 그는 말고삐를 풀고 올라탔다. 위층 내 방에서 비로소 나는 데미안이 전한 소식으로, 아니 오히려 그 이전의 긴장으로 내가 얼마나 기진맥진해 있는지를 느꼈다. 하지만 에바 부인은 내가 부르는 소리를 들었다! 나는 마음속의 생각으로 그녀에게 도달했다. 그녀가 직접 왔더라면. 그러나 그렇지 않다 해도 이 모든 것이 얼마나 야릇한 일인가! 그리고 결국 얼마나 아름다운가! 이제 전쟁이 일어난다는 이야기였다. 이제 우리가 종종 이야기하던 일이 일어나기 시작하려 했다. 그리고 데미안은 그 많은 것을 예견하고 있었다. 지금 세계의 흐름이 더는 우리 곁을 지나 어딘가로 흘러가지 않고 갑자기 우리의 가슴 한복판을 뚫고 흘러가고, 모험과 거친 운명이 우리를 부르고, 이 세계가 스스로 변화하려 하고, 우리를 필요로 하는 순간이 지금 또는 곧 오리라는 것은 얼마나 이상한 일인가. 데미안이 옳았다. 감상적으로 받아들여서는 안 된다. 단지 이상한 일은 그렇게도 고독했던 내 '운명'을 이제는 그렇듯 많은 사람과, 아니 온 세상과 더불어 함께 경험해야 한다는 사실이었다. 물론 좋다!

나는 준비가 되었다. 저녁에 시내를 걷는데 가는 곳마다 엄청난 흥분으로 들끓었다. 어디를 가도 '전쟁'이라는 말뿐이었다!

나는 에바 부인의 집으로 갔다. 우리는 정원의 정자에서 저녁을 먹었다. 내가 유일한 손님이었다. 아무도 전쟁에 대해 한 마디도 하지 않았다. 내가 떠나기 직전에 에바 부인이 말했다.

"싱클레어, 당신이 오늘 나를 불렀지요. 왜 내가 직접 가지 않았는지 알겠지요. 그러나 잊지 마세요. 당신은 이제 부르는 법을 압니다. 그러니 언제든지 표식을 지닌 누군가가 필요할 때는 다시 부르세요!"

그녀는 몸을 일으켰다. 그러고는 정원의 황혼 속을 걸어나갔다. 잠잠한 나무들 사이를 이 신비에 찬 여인은 당당하게 걸어나갔다. 그녀의 머리 위에서는 뭇별들이 조그맣게, 그리고 얌전히 빛나고 있었다.

내 이야기의 끝이 가까워졌다. 상황은 빠르게 흘러갔다. 곧 전쟁이 일어났고, 데미안은 군복에 은회색 외투를 입고 놀랍도록 낯선 모습으로 떠나갔다. 나는 그의 어머니를 집으로 데려다주었다. 얼마 지나지 않아 나도 그녀와 작별을 했다. 그녀는 내 입에다 입을 맞추고, 잠시 동안 나를 가슴에 끌어안았다. 그녀의 불타는 큰 눈이 나의 눈을 가까이에서 들여다보고 있었다.

모든 사람이 형제 같았다. 그들은 조국과 명예를 생각했다. 그러나 그들 모두가 일순간 그 가리지 않은 얼굴을 들여다봤지만 그것은 운명의 모습에 불과했다. 젊은 남자들은 병영에서 나와 기차를 탔다. 그리고 많은 얼굴에서 나는 표식을 봤다. 우리의 것이 아니라 사랑과 죽음을 의미하는 아름답고 고귀한 표식이었다. 나 역시 평생 본 적이 없는 사람들에게 포옹을 받았다. 나는 그 포옹을 이해했고 흔쾌히 응답했다. 그들이 그런 행동을 하는 심정은 흥분 때문이지, 운명의 의지는 아니었다. 그렇지만 그 흥분은 신성했다. 모두가 이 잠깐 동안의 흥분된 시선으로 운명의 눈을 봤기 때문이다.

내가 전쟁터에 왔을 때는 이미 겨울이 다가와 있었다. 처음에 나는 총격전의 충격에도 모든 것이 실망스러웠다. 옛날에 나는 인간이 하나의 이상을 위해 사는 일이 왜 그토록 드문지 무척 곰곰이 생각해봤다. 그런데 지금 나는 많은 사람이, 아니 모든 사람이 이상을 위해 죽을 수 있다는 점을 봤다. 그러나 개인적이거나 자유롭거나 선택된 이상은 아니었다. 떠맡겨진 공통의 이상이 분명했다. 그러나 시간이 지나가면서 나는 내가 인간을 과소평가했다는 사실을 알았다. 아무리 군무와 공통적인 위험이 그들을 획일화했다 하더라도, 살아 있는 사람들이나 죽어가는 사람들이 훌륭한 태도로 운명의 의지에 접근하는 것을 봤다. 많은 사람, 매우 많은 사람은 공격할 때뿐만 아니라 어느 때건 목적에 대해 아무것도 모르면서도, 다른 어떤 거대한 것에 대한 완전한 헌신을 뜻하는 확고하고 아득하고 다소간 홀린 듯한 눈빛을 지니고 있었다. 설사 이들이 언제나 자기들이 원하는 바를 믿고, 말하고 있다 하더라도 그들은 준비되어 있었고, 쓸모가 있었으며, 그들에게서 미래가 만들어질 것이다. 그리고 이 세계가 전쟁과 영웅주의를, 명예와 그 밖의 다른 낡아빠진 이상을 완고히 지향하고 있는 것처럼 보이면 보일수록, 외관상으로 인간성의 모든 음향이 있는 듯 없는 듯하게 울리면 울릴수록, 이 모든 것은 마치 전쟁의 외적이고 정치적인 목적이 그렇듯이 단지 피상적인 것에 불과했다. 그 깊숙한 곳에서는 뭔가가 싹트고 있었다. 새로운 인간성과 같은 뭔가가. 나는 많은 사람을 볼 수가 있었다. 그들 가운데 다수가 내 옆에서 죽어갔지만 그들에게서는 증오나 분노도, 살육과 파괴도 그 대상물에 결부되어 있지 않다는 인식이 느껴졌다. 그렇다. 그 대상물은 목적과 마찬가지로 완전히 우연이었다. 본래의 감정, 심지어 가장 과격한 감정조차도 적에게 향하지 않았다. 그 피비린내 나는 싸움의 소산은 내면의 발산이며, 새로이 태어나기 위해 미쳐 날뛰고 죽이고 파괴하고 죽어버리려고 하는 내부에서 분열된 영혼의 발산이었다. 한 마리의 거대한 새가 알에서 나오려고 투쟁했다. 알은 이 세계였고 이 세계는 산산조각이 나야만 했다.

우리가 점령한 농가 앞에서 나는 어느 이른 봄날 밤에 보초를 서고 있었다. 맥없는 바람이 변덕스럽게 간간이 불어오고, 플랑드르의 높은 하늘 위를 구름 떼가 흩날려가고 있었다. 구름 뒤 어느 곳에 달이 떠 있는 것 같았다. 그날은 하루 종일 왠지 불안했다. 뭔가 알 수 없는 불안이 내 마음을 어지럽게 했다. 그 순간 나는 어두운 전초지에서 이제까지의 내 생활상과 에바 부인과 데미안에 대해 간절히 생각했다. 나는 한 그루 백양나무에 기대어 서서 움직이는 하늘을 응시했다. 남몰래 바르르 떨고 있는 그 하늘의 밝은 빛이 곧 솟아오르는 커다란 형상의 행렬이 되었다. 내 맥박이 이상하게 가냘피 뛰고, 바람과 비에 내 피부가 무감각해졌으며 내면에서 선뜻 선뜻 경각심이 떠오르는 걸로 보아 안내자가 내 주위에 있음을 느꼈다.

구름 속에 대도시가 보였다. 그곳에서 수백만 명의 사람이 나와서 광대한 풍경 속으로 떼지어 흩어졌다. 그들 사이 한복판에 반짝이는 별을 머리에 단, 산맥처럼 거대하며 마치 에바 부인과 같은 표정을 지닌 힘찬 신의 모습이 나타났다. 그 모습 속으로 인간의 대열은 마치 어마어마한 동굴 속으로 들어가는 것처럼 사라져버렸다. 그 여신은 땅바닥에 웅크리고 앉았다. 여신의 이마 위에 박힌 점이 환하게 빛났다. 꿈이 그 여신을 지배하고 있는 것처럼 보였다. 여신은 두 눈을 감았다. 그리고 그 커다란 얼굴이 고통으로 일그러졌다. 돌연히 여신은 날카로운 소리로 비명을 질렀다. 그러자 이마에서 별들이, 수없이 많은 반짝이는 별들이 튀어나왔고 멋진 활 모양과 반원을 그리면서 어두운 하늘로 날아올라갔다.

그 별들 가운데 하나가 날카로운 음향을 내면서 똑바로 내게 쏜살같이 날아왔다. 나를 찾는 것 같았다. 그러다가 굉음을 내며 수많은 불꽃으로 작열하고, 나를 높이 끌어올렸다가 다시 땅바닥으로 내동댕이쳤다.

우레와 같은 소리를 내면서 세계는 내 위에 무너졌다.

나는 흙에 뒤덮이고, 많은 상처를 입고, 백양나무 가까이에 쓰러진 채 발견되었다.

나는 지하실에 누워 있었다. 포탄이 머리 위에서 으르렁대고 있었다. 나는 마차 안에 누워 황막한 벌판 위를 덜거덕거리며 갔다. 대개 잠을 자고 있거나 혼수상태였다. 그러나 깊이 자면 잘수록 뭔가가 나를 끌어당기고 있다는 느낌, 나를 지배하는 어떤 힘을 내가 따라가고 있다는 느낌이 더욱더 격렬하게 들었다.

나는 마구간의 짚더미 위에 누워 있었다. 어두웠다. 누군가가 내 손을 밟았다. 그러나 내 내면은 계속해서 더 나아가려고 했다. 한층 더 강력하게 나를 끌어당겼다. 다시 나는 마차 안에 누웠고, 그 후에는 들것인지 사다리인지 위에 누워 있었다. 점점 더 강력하게 어딘가로 가라는 명령을 받고 있다는 느낌이 들었다. 나는 마침내 그곳까지 가야 한다는 절박감 외에는 아무것도 느끼지 못했다.

드디어 목적지에 왔다. 밤이었다. 나는 의식을 완전히 되찾았다. 내면의 강력한 끌림과 절박감을 곧 느꼈다. 지금 나는 홀 안 바닥에 깔린 자리에 드러누워 있었다. 내가 부름을 받은 바로 그곳에 와 있는 느낌이었다. 사방을 둘러봤다. 내 매트리스 바로 옆에 다른 매트리스가 있고, 그 위에 누군가가 있었다. 그는 몸을 굽혀 나를 바라봤다. 그는 이마에 표식을 갖고 있었다. 막스 데미안이었다.

나는 말을 할 수가 없었다. 그도 말을 할 수 없었거나 하려고 하지를 않았다. 그저 나를 바라볼 뿐이었다. 그의 머리 위 벽에 걸린 등불이 그의 얼굴을 비쳐주었다. 그는 내게 미소를 지어 보였다.

한없이 오랜 시간 동안 그는 끊임없이 내 두 눈을 들여다보고 있었다. 천천히 그는 자기의 얼굴을 내 가까이로 밀고 와서 우리는 거의 살이 맞닿을 정도까지 되었다.

"싱클레어!"

그는 속삭이며 말했다.

나는 그에게 그의 말을 알아들었다고 눈으로 신호를 했다.

그는 동정이라도 하는 듯 다시 미소를 지었다.

"꼬마!"

그는 웃으면서 말했다.

그의 입은 이제 내 입 아주 가까이에 있었다. 나직이 그는 말을 계속했다.

"프란츠 크로머를 아직 기억해?"

그는 물었다.

나는 그에게 눈을 깜박였다. 이제는 미소를 지을 수도 있었다.

"꼬마 싱클레어, 들어봐! 나는 떠나지 않으면 안 돼. 너는 언젠가 내가 다시 필요할지도 몰라. 크로머나 또는 그 밖의 일로. 그때 네가 나를 부르더라도 나는 이제 말을 타거나 기차를 타고 갈 수 없어. 그럴 때는 네 내면의 소리에 귀를 기울여야 해. 그러면 내가 네 안에 있는 걸 깨닫게 될 거야. 알겠어? 그리고 한 가지 더! 에바 부인이 말했어. 네가 언젠가 좋지 않은 처지에 놓이면 그녀가 나에게 보낸 입맞춤을 너에게 해주라고 말이지……. 눈을 감아, 싱클레어!"

나는 선선히 눈을 감았다. 그치지 않고 계속해서 조금씩 피가 흐르는 나의 입술 위에 그가 가볍게 입을 맞추는 것을 느꼈다. 그리고 나는 잠이 들었다.

다음 날 아침 눈을 떴다. 나는 붕대를 감아야만 했다. 마침내 완전히 잠에서 깨자 급히 옆의 매트리스로 몸을 돌렸다. 그 위에는 내가 한 번도 본 적이 없는 낯선 사람이 누워 있었다.

붕대를 감는 것은 아팠다. 그리고 그 이후에 내게 일어난 모든 일이 아팠다. 그러나 나는 때때로 열쇠를 찾아 내면으로, 어두운 거울 속에 운명의 형상이 잠들어 있는 나의 내면으로 완전히 내려가기만 하면, 단지 그 어두운 거울 위에 몸을 굽히기만 하면 되었다. 그러면 이젠 완전히 데미안과 같은, 내 친구이자 안내자인 데미안과 같은 나 자신의 모습을 볼 수 있었다.

토마스 만의 영문판 서문*

내가 헤르만 헤세와 악수를 한 지 거의 10년이 지나갔다. 하지만 그보다 훨씬 오래된 일처럼 느껴지는 이유는 그사이 너무나 많은 일이 일어났기 때문이다. 세계의 역사에서 너무나 많은 일이 일어났고, 이렇듯 경련을 일으키는 시대가 야기하는 스트레스와 수란

---

* 토마스 만(Thomas Mann, 1875~1955)은《마의 산》,《트리스탄》,《요셉과 그의 형제들》 등의 작품을 남긴 독일을 대표하는 소설가다. 1924년 발표한《마의 산》은 독일 문학을 세계적 수준으로 끌어올렸다고 평가받았으며 이 작품으로 1929년 노벨문학상을 수상했다. 1933년 히틀러가 정권을 장악하자 망명 생활을 시작한 토마스 만은 1938년 미국 프린스턴대학교의 초빙으로 미국으로 이주한 후 활발한 강연 활동을 벌였다. 토마스 만은 소설가로서뿐 아니라 평론가로서도 탁월해 문학과 예술, 철학, 정치 분야에서 탁월한 평론을 남겼으며, 20세기 가장 위대한 작가 가운데 한 사람이라 평가받는다. 이 책에 수록한 토마스 만의 서문은《데미안》의 미국판에 실린 것으로 1947년에 썼다. 이 글은 독문학 박사이자 번역가인 이미옥이 우리말로 옮겼다.

과 더불어, 우리 손으로 쉴 새 없이 가동되는 무기 산업 때문에 많은 일이 일어났다. 외부에서 일어나는 사건들, 특히 독일이라는 불행한 폐허에서 일어나는 사건들을 헤세와 나는 이미 예견했으며 둘 다 목격자로 살고 있다. 공간적으로는 서로 멀리 떨어져 있어서 가끔은 대화를 나누기조차 불가능하지만, 우리는 항상 함께하며 항상 서로를 생각하고 있다. 우리가 가는 길은 영성의 땅을 통과하지만 분명하게 서로 분리된 코스를 지나가며, 그것도 정중하게 거리를 두고 지나간다. 하지만 어떤 의미에서 이 길은 같을 수도 있으며, 또 어떤 의미에서 우리는 동료 순례자이자 형제일 수 있다. 또는 어쩌면, 친밀감은 약간 부족한 동료(confrère)라고 말할 수 있다. 헤세와 나와의 관계를 그의 소설《유리알 유희》에 등장하는 요셉 크네히트와 베네딕트회 수사 야코부스 사이의 만남이라는 용어로 해석하고 싶기 때문이다. 이런 관계는 두 명의 성자 혹은 추기경이 오랫동안, 만나면 늘 서로 인사를 나누는 놀이 같은 의식이 없으면 지속되지 못한다. 즉 절반은 아이러니가 섞여 있는 의식이다. 헤세의 소설《유리알 유희》에서 크네히트가 매우 좋아하는 중국인 인물이 등장하는데, 바로 이 중국인의 특징이기도 하다. 또한 직접 언급하고 있듯이 마기스타 루디(=유희의 명인) 토마스 폰 데어 트라베로부터 배운 의식이기도 하다.

이렇게 하여 우리 두 사람의 이름은 가끔씩 함께 언급되고는 한다. 아주 낯선 방식으로 이루어질 때도 있지만 우리는 동의한다. 뮌헨에 살고 있으며 나이를 꽤나 먹은 유명한 작곡가가 있다. 이 남자는 고집도 세고 상당히 화를 잘 내는 독일인으로 최근에 미국에 보내는 편지에서, 우리 둘을 일컬어 '가련한 인간(wretchs)'이라고 불렀다. 우리가, 헤세와 내가, 독일 사람들이 가장 수준이 높고 고상한 민족이라는 사실을, 그러니까 편지를 그대로 인용해보자면 독일인이 "참새 떼들 가운데 있는 카나리아"라는 사실을 믿지 않기 때문에 불쌍하고 가련하다고 했다. 뮌헨의 유명한 작곡가가 사용한 이런 비유는 지극히 근거가 부족할뿐더러 어리석을 따름이다. 이런 비유는, 불운한 독일 국민들에게 가져다주었을 불행을 무시하고라도, 너무 거만한 나머지 구제할 길조차 없다. 내 입장을 말하자면, 나는 '독일 정신'과 같은 판단을 체념하면서 수용하는 편이다. 내 조국에서도 그러하듯, 나라는 사람은 단지 감성적으로 독일을 찬양하는 노래를 부르는 무리에 속하지 못한 채 서 있는 한 사람의 늙은 참새 지식인에 불과하다. 그들은 1933년에 나를 무자비하게 짓밟았으면서도* 지금은 내가 고향으로 돌아가지 않는다는 이유로 심각하게 상처를 받은 척 행동한다. 헤세는 어떠한가? 이런 나이팅게일(그는 결코 중간급의 카나리아에 속하지 않는다)을 독일의 숲에서 추방하다니, 이 얼마나 무식한 행동이자 문화의 손실인가? 독일의 시인 뫼리케**가 살아 있다면 열정적으로 포옹했을 시인이

---

* 토마스 만은 1933년 나치스 정권이 들어서자 스위스로 망명했고, 1938년에는 미국으로 망명했다. 그리고 1944년에 미국 시민권을 획득했으나 전쟁이 끝난 후 1952년에 다시 스위스에 돌아와 살았다.

** Eduard Friedrich Mörike, 1804~1875, 독일 출신의 시인으로 아름다운 서정시를 남겼다.

자, 우리의 언어에서 가장 순수하고 세심하게 이미지를 만들어냈고, 우리의 언어로 노래와 가장 심오한 예술적 통찰력이 담긴 격언을 만들어낸 이 작가를 '가련한 인간'이라고 부르다니. 단지 헤세는 독일의 품격을 떨어뜨리는 생각의 형태와 거리를 두었을 따름인데, 오히려 이를 두고 독일을 배반했다고 비난하면서 말이다. 또한 살아가면서 가장 끔찍한 경험을 했더라도 이해하지 못할 진실을 헤세가 나서서 설명해주었고, 독일 인종들이 자기도취에 빠져서 저지른 악행에 헤세가 양심에 동요를 느끼고 여기에 대해 언급했다는 이유로 독일을 배반했다고 비난한다.

오늘날, 각 국가의 개인주의가 죽어가고 있는 오늘날, 이제는 그 어떤 문제도 더 이상 국내적인 관점으로만 해결되지 않으며, '조국'이라는 단어와 연계된 모든 것이 숨막히는 편협함이 되어버린 시점에서, 유럽인들의 전통을 전반적으로 대표하지 않는 정신은 이제 고려할 만한 장점이 없는 시점에서, 오늘날 진정으로 민족주의적인 것, 특별히 대중적인 것이 아직도 어떤 가치를 갖는다면(그림처럼 소지하고 있을지라도) 그렇다면 분명 중요한 것은, 항상 그렇듯, 소리 높여 외치는 의견이 아니라 실제로 거둔 업적이다. 특히 독일에서는 적어도, 독일인들이 가장 진실되다는 사실을 만족시키는 독일인들이 가치가 있을 것이다. 문자를 능수능란하게 다루었던 헤세의 교육적인 노동만 하더라도(나는 여기에서 창의적인 작가로서 그의 활동은 전혀 고려하지 않는다), 편집자와 수집자로서 전 세계에 공헌한 바 큰 그가 특별한 독일인으로서 가치가 있다는 사실을 과연 누가 간과할 수 있겠는가? 괴테가 원조이긴 하지만, '세계 문학'이라고 하는 구상은 헤세에게 가장 자연스럽고 익숙하다. 미국에 출간된 그의 작품들 가운데 하나는 "재류외국인 재산보관소의 권한으로 공공의 이익에 따라 발행됨, 1945"이라고 인쇄되었고, 다음과 같은 제목이 달려 있다. "세계 문학의 도서관". 이것은 바로 그의 책이 방대하게 그리고 열정적으로 읽히고 있다는 증거이며, 동양의 지혜를 담고 있는 사원들과도 친숙하고, '인간 영혼의 가장 오래되고 숭고한 추천서'로서 고상한 휴머니즘을 담고 있는 책이라는 증거다. 그가 특별히 관심을 가지고 연구한 아시시의 프란체스코와 보카치오는 1904년에 에세이 형태로 출간되었다. 그리고 "무질서에 대한 시선"이라고 헤세 스스로 이름을 붙인 도스토옙스키 연구는 세 번 발표되었다. 또한 헤세는 중세 이야기들, 이탈리아 작가가 쓴 중편소설과 이야기들, 동양의 동화, 독일 시인들의 노래, 장 파울, 노발리스와 그 밖에 다른 독일 낭만주의 작가들에 관한 연구도 했다. 이 모든 것을 위해 그가 바친 노동, 숭배, 선택, 편집, 재발간, 충분한 설명을 덧붙인 서문, 이러한 것은 그가 문자를 능수능란하게 다룬 박식한 남자임을 충분히 보여준다. 헤세는 이런 활동을 참으로 사랑이 넘쳐나는(그리고 정열이) 상태에서 했고, 자신의 작품 활동을 하면서도 부차적으로 이러한 취미 생활도 적극적으로 했다. 자신의 개인적인 작품에서 다양한 차원의 생각과 관심을 건드렸으며, 동시대인들과는 비길 대상이 없을 정도로 세계와 자신의 문제에 대한 관심을 표현했다.

더욱이 그는 시인이었으나 편집자와 문서 보관 담당자의 역할을 맡는 것도 좋아했다. 겉으로는 다른 사람들의 작품이 '빛을 낼 수 있도록' 노력하는 모습이었으나, 그 배후를 들여다보면 헤세가 가면을 쓰고 가장 무도회 놀이를 하는 것 같다. 이와 관련된 본보기 가운데 가장 탁월한 작품은, 그가 나이가 들어서 집필한 작품《유리알 유희》이다. 동서양을 통틀어서 인류 문화의 모든 자료를 바탕으로 하는 이 소설에는 다음과 같은 부제가 붙어 있다. "마기스타 루디 토마스 크네히트의 삶과 크네히트의 사후 작품에 대한 서술, 헤르만 헤세 편집." 이 소설을 읽으며 나는 패러디, 픽션, 자서전적 농담, 줄여 말하면 언어적 농담이, 이 후기 소설이 한계를 벗어나지 않도록 얼마나 도와주고 있는지를 강력하게 느꼈다. 그와 같은 언어적 농담은 위험하게 보일 정도로 앞서 나간 지성미를 여전히 유지하면서도, 소설의 극적인 효과에 기여하고 있다. 나는 이런 느낌을 헤세에게 직접 편지로 쓰기도 했다.

독일적일까? 이런 게 문제가 된다면, 이 후기 작품은 그의 초기 작품 모두와 함께 참으로 독일적이다. 거의 불가능할 정도로 독일적이며, 세계에다 대고 무뚝뚝하게 거절한다는 의미에서 독일적이라 할 수 있다. 그러니까, 결국은 세계적인 명성을 얻은 대부분의 문학 작품들은 오히려 그 명성 때문에 개성이 가려지고 밋밋한 인상을 줄 수 있지만, 바로 이렇게 되는 것을 거절하는 태도로 보건대 독일적이라는 말이다. 이런 과거에는 독일이라는 이름은 최상의 명성을 누렸으며, 인류의 공감도 얻었다. 이렇듯 순수하고도 대담한 작품은, 환상으로 가득하며 동시에 매우 지적이고 전통, 충성심, 기억, 비밀로 가득하다. 뭔가 파생된 게 거의 없이 말이다. 이 작품은 친숙하고 익숙한 것을 새로운 지성으로 끌어올리는데, 그 수준이 지극히 혁명적이다. 직접적으로 정치적 혹은 사회적인 의미에서가 아니라 심리적, 예술적인 의미에서 혁명적이라는 의미이다. 다시 말해, 진실되고 솔직한 형태로 미래에 대한 예언을 담고 있으며, 미래에 민감하게 반응하고 있다. 나는 이 작품이 나를 매료시킨 특별하고, 애매하면서도 독특한 매력을 다른 방식으로 어떻게 묘사해야 할지 모르겠다. 이 작품은 낭만적인 음색, 모호함, 복잡함, 독일 정신의 우울증과 같은 유머들을 가지고 있다. 매우 이질적이고 결코 감정적이지 않은 특징을 지닌 요소들, 유럽식 비판주의와 정신분석학적인 요소들과 유기적이고 사적으로 연결된 채로 말이다. 서정시와 전원시를 쓰는 슈바벤 지방 출신의 이 작가가 빈*의 성애학적으로 '심오한 정신분석'과 맺는 관계는, 예를 들어《나르치스와 골드문트》에서 잘 표현되어 있다. 이 소설은 순수함과 판타지가 독특하게 결합되어 있는 시적인 소설이라 할 수 있는데, 가장 매력적인 종류의 정신적 모순이다. 프라하 출신의 유대인 천재 작가 프란츠 카프카에게 헤세가 느낀 매력은 놀랍고도 독특하다. 일찍이 헤세는 카프카를 일컬어 '왕관을 쓰지 않은 독일 산문의 왕'이라 불렀으며, 기회가 생길 때마다 카프카의 글에 대한 비평을 썼다. 그러니까 카프카의 이름이 파리와 뉴욕에서 유행하기 훨씬 오래전에

* 프로이트가 활동한 곳이 바로 오스트리아 빈이라서 이렇게 표현하고 있다.

말이다.

헤세가 '독일인'이라면, 분명 평범하거나 익숙하다는 의미에서 하는 게 아니다. 1차 세계대전 이후에, 신비로운 분위기의 싱클레어의 손으로 써내려간《데미안》이 전 세대에 미친 전기 충격과 같은 영향력은 잊을 수가 없다. 이 시적인 작품은 묘한 정확성을 가지고 당시의 신경을 강타했고 모든 젊은 세대에 황홀감을 불러일으켰다. 이들 젊은 세대는 자신들의 가장 내면에 있는 삶에 대한 해설자가 자신들과 같은 부류에서 나왔다고 믿으며 작가에게 감사의 마음을 품었다. 그러나 작가는 이미 마흔두 살이었고, 젊은 세대가 본 것을 그들에게 주었을 따름이다. 또한 실험 소설이었던 헤세의 《황야의 이리》는 제임스 조이스의《율리시스》*와 앙드레 지드의 《사전꾼들》에 뒤지지 않는다고 말해도 되지 않을지?

나에게 그의 작품들은 독일의 전통적인 낭만주의에 뿌리를 두고 있으며, 가끔은 이상한 개인주의를 담고 있고, 어떨 때는 웃길 정도로 심술궂게 또 어떨 때는 신비스러울 정도로 세상과 시대에서 소원해지기를 갈망하면서, 우리 시대의 가장 고매하고 순수한 정신적 염원이자 노동으로 보인다. 내가 속해 있는 문학 세대 가운데 나는 일찌감치 헤세를 알아보고 그를 좋아하게 되었다. 그는 지금 성

---

* 1904년 6월 16일 아침 8시부터 다음 날 새벽 2시 45분까지, 광고 외판원이지만 박학다식하며 다정다감한 중년 블룸, 블룸의 아내, 스티븐이라는 세 명에 관한 이야기를 다루고 있다. 심리 소설의 대표적인 작품으로 알려져 있다.

서에서 말하는 인간의 수명*에 달해 있으며, 나와 가장 가깝고도 소중하다. 나는 공감하는 심정으로 그가 성장하는 모습을 지켜봤고, 사실 그는 나와 다르면서도 지극히 비슷하기도 하다. 후자, 즉 나와 너무나 유사해서 때때로 깜짝 놀라고는 했다. 내가 왜 공언하지 못하겠는가? 그는《요양객》**과 같은 작품을 썼고, 특히《유리알 유희》의 그렇게 긴 서문을 읽고서 나는 마치 나의 다른 한 부분이 서문을 쓴 게 아닐까, 라고 느꼈다.

나는 헤세라는 사람을 사랑한다. 명랑하고 사려 깊으며, 악동 같기도 하고, 아름답고 깊은 눈. 아아, 약해진 그의 눈, 파란 그의 눈은 슈바벤 지방의 나이 지긋한 농부의 깎은 듯한 그의 얼굴에서 빛을 발한다. 내가 처음 그와 친해진 것은 14년 전으로 얼마 되지 않는다. 이때는 내가 내 나라, 내 집과 내 마음을 잃은 채 고통스러워하던 시기였다. 나는 자주 그와 함께 스위스 테신에 있던 그의 집과 정원에서 보내고는 했다. 당시에 그가 얼마나 부럽던지! 자유로운 국가에서 누리는 안전뿐만 아니라 그는 무엇보다 힘들게 얻어냈고 나를 능가하는 정신적인 자유를 소유하고 있었으니까. 모든 독일 정치에서 철학적으로 분리되어 있던 그가 너무나도 부러웠다. 그

---

* 헤세는 1877년에 태어났고, 토마스 만이 이 서문을 썼을 때가 1947년으로 헤세는 70세였다. 성서에서 인간의 수명은 70세 혹은 80세라고 보기에 이런 말을 한 것 같다.

** 토마스 만도《마의 산》이라는 작품에서 요양객을 주인공으로 하는 소설을 썼다.

렇듯 혼란스러운 시기에 그와 나눈 대화는 그 무엇보다 위로가 되고 치유되었다.

나는 10년 전부터 그의 작품이 스웨덴에서 세계적인 문학에 수여하는 상을 받도록 노력해왔다. 60세에 이 상을 받았더라도 빠른 편이 아니었을 것이다. 또한 중립국 스위스의 시민이 된 작가를 수상 후보자로 선택한 행위는, 히틀러가 모든 독일인에게 상을 받는 것을 금지한 바로 그 시점이었기에 매우 재치 있는 일이었다.* 하지만 헤세에게 주어진 이 노벨상은 명예도 안겨주었지만 당연히 받아야 할 작가가 받았기에 타당성도 있다. 이미 풍성한 작품을 출간한 70세에 이른 늙은 저자가 숭고한 교육적 소설로 왕관을 쓰게 되었으니 그렇다는 말이다.** 이 노벨상은, 이때까지 모든 국가에서 적절한 관심을 받지 못했지만 그래도 미국에서 유명세를 끌어올리고 출판업자와 대중의 관심을 끌어올리는 데 한몫을 톡톡히 하고 있다.《데미안》이 미국판으로 출간되어 따뜻한 추천사를 담은 서문을 이렇게 쓸 수 있게 되어 나는 기쁘기 한량없다. 이 작품

---

* 독일의 언론인이자 작가이며 평화주의자 오시에츠키(Carl von Ossietzky)가 발단이었다. 그는 세계 무대라는 뜻을 지닌《벨트뷔네》라는 잡지의 발행인이었는데, 1931년에 금지되었지만 독일이 군비 확장을 하고 있다는 내용을 잡지에 보도했고, 이 일로 스파이로 낙인이 찍혔다. 오시에츠키는 1935년 노벨평화상 수상자가 되었으나 수감되어 있어 시상식에 참석하지 못했고 1936년에야 상을 받을 수 있었다. 히틀러는 오시에츠키가 노벨평화상을 받는 것은 독일인에 대한 모독이라고 보고 독일인의 노벨상 수상을 전면 금지한다는 명령을 내렸다.

** 《유리알 유희》로 노벨문학상을 받았다.

은 헤세가 활기찬 중년의 나이에 쓴, 감동적인 산문적이고 시적인 작품이다. 물론 이 책은 얇은 분량의 책이다. 하지만 흔히 얇은 책은 엄청나게 다이내믹한 힘을 행사할 수 있다. 예를 들어서 독일에 미친 영향력을 고려해볼 때, 괴테의《젊은 베르테르의 슬픔》을 꼽을 수 있는데,《데미안》은 아득히 오래전에 나온 괴테의《젊은 베르테르의 슬픔》과 비슷한 측면이 있다. 저자는 자신이 창조한 주인공에게 초개인적인 타당성을 부여해줄 수 있는 생동적인 감각을 확실히 지니고 있었다. 소설《데미안》에 붙어 있는 '젊은이의 이야기'라는 부제는 전 세계 모든 젊은 세대는 물론이거니와 개인에게도 해당되는 까닭이다. 이렇듯 특정한 인물이 아니라 전 세계의 젊은이면 누구나 겪었을 수 있는 경험이기에, 헤세는 이미 세상에 잘 알려져 있던 자신의 이름을 이 책의 저자로 올리지 않았다. 대신에 싱클레어라는 필명을 사용했고(싱클레어라는 이름은 횔더린*에게 헌신적이었던 친구에게 얻어왔다) 오랫동안 자신이 저자라는 사실을 은폐했다. 당시에 나는 이 책을 출판한 베를린의 출판사 발행인 피셔에게, 물론 내 책도 피셔 출판사에서 나왔는데, 편지를 써서 이렇듯 파격적인 책에 대해서 그리고 이런 책을 쓴 특별한 '싱클레어'가 도대체 누구인지 물어봤다. 그러자 이 노인은 나에게 점잖게 거짓말을 해서 둘러댔다. 즉 피셔는 제3자가 스위스에서 원고를 받아 건넸다는 것이다. 하지만 저자의 정체가 서서히 알려지게 되었는데,

---

* Friedrich Hölderlin, 1770~1843, 독일에서 가장 탁월한 시인들 가운데 한 사람으로 꼽힌다.

글을 쓴 스타일이 비평적으로 분석되기도 했고 비밀이 약간 누설되기도 해서 결과적으로 헤세라는 사실이 알려지고 말았다. 하지만 책이 10쇄가 되어서야 헤세의 이름이 처음으로 드러났다.

책의 마지막 부분(시기는 1914년)에 가면 데미안은 친구 싱클레어에게 이렇게 말한다. "전쟁이 일어나는 거야. (……) 하지만 싱클레어, 이건 단지 시작에 불과해. 모르긴 해도 대전쟁, 굉장한 대전쟁이 될 거야. 하지만 그 역시 단순한 시작에 불과하지. 새로운 것이 시작될 거야. 낡은 것에 집착하고 있는 사람들에게는 새로운 것이 끔찍할 거야. 너는 어떻게 할 거니?"

올바른 대답은 "오래된 것을 희생하지 않고 새로운 것을 도와줄 거야"일 것이다. 새로운 것에 가장 훌륭한 하인이자 종은 (헤세도 본보기가 되는데) 오래된 것을 알고 사랑하면서도 그것을 새로운 것으로 이어나가는 사람들일지 모른다.

1947년 4월 18일
캘리포니아 퍼시픽 팰리세이드에서
토마스 만

작품 해설

헤르만 헤세의《데미안》을 번역하면서 느낀 것은 이 작품이 1차 세계대전이라는 대참사를 배경으로 씌어지고 또 대전 직후의 여러 상황에서 크게 호평을 받았다는 사실을 떠나, 오늘날에도 여전히 얼마나 큰 생명력을 갖고 우리에게 호소하고 경고하고 나아가서는 우리의 길을 밝혀주고 있는가였다.

자신의 조국을 떠나 중립국인 스위스에서 1차 세계대전의 전야와 전쟁 중에 많은 고민을 겪을 수밖에 없었던 내성적 인간이며 시대의 양심인 헤르만 헤세는 하나의 확고한 인식에 도달했다. 바로 유럽의 불행은 결국 물질주의와 여기서 연유하는 개개인의 자기 상실증에서 초래되었다는 인식이었다.

"……전쟁의 축복을 일삼는 시인들의 신문 논설을 읽거나 대학 교수들의 호소, 유명한 시인들의 서재에서 나온 온갖 전쟁시를 읽을 때마다 내 마음은 한결 비참해졌다"라고 헤세는 피력하고 있다.

《데미안》에서도 그는 작중 인물의 입을 통해 "수백 년간, 아니 그보다 더 오랫동안 유럽은 그저 연구만 하고 공장만 세웠거든! 그들은 한 사람의 인간을 죽이기 위해 몇 그램의 화약이 필요한지는 정확히 알고 있지만 신에게 기도를 드리는 법도 알지 못하고, 한 시간 동안이라도 만족해 있을 수 있는 방법도 전혀 모르거든"이라고 말하고 있다.

결국 개개의 인간은 극단적인 물질주의를 추구하다가 빠져든 정신의 공허에서 탈출하려고, 다시 말해서 거기서 오는 무엇인지 모를 불안과 공포감 같은 것에서 헤어나려고 잘못된 해결책을 찾았다. 그들은 자기 자신 가운데 잠겨들어 고독한 가운데 우러나오는 진실된 운명의 소리를 듣는 대신 모임을 만들고 떼를 지어 다니며 끼리끼리 합세하여 기염을 토하는 가운데서 해결 방법을 찾으려고 했다. 불안에서 벗어난 진정한 해방이 아니라 오히려 자기 상실이며, 이러한 자기 상실은 이성을 상실한 전쟁 가운데서 궁극적인 탈출구를 찾았다.

이것이 바로 헤세가 본 1차 세계대전관이었다. 그릇된 지도자들의 선동에 맹종하고 소리 높여 군가를 합창하며 종군한 결과는 뻔했다. 이제 남은 건 전쟁이 할퀴고 간 처참한 자국뿐이었다. 큰소리치던 지도자도, 서로 의지하며 기세를 올리던 동지들도, 요란한 모임도, 모든 것이 사라졌다. 스스로 생각하고 자신의 입으로 말해본 일이라곤 없던 텅 빈 자신만이 달랑 남아서 속절없이 방황하고 있을 뿐이었다.

헤르만 헤세의 장편소설《데미안》이 '에밀 싱클레어의 젊은 시절 이야기'라는 가공 인물의 수기 형식으로 출판된 것은 바로 이러한 상황에서였다. 환멸과 실의의 구렁텅이에서 갈 바를 모르고 헤매던 당시 젊은이들에게《데미안》이 어떠한 영향을 미쳤을지는 쉽사리 짐작이 가는 일이다. 흡사 메마른 자에게 내려진 생명수와 같았다. 자기를 잃은 젊은이들은 이 책으로 자기 자신을 되찾을 수 있었고, 새로운 삶을 바라볼 수가 있었다. 자기 자신의 마음에 귀를 기울이고 마음이 명하는 바만을 행하라는 이 교훈은 매우 단순하게 들리기도 하나 얼마나 힘든 길인지는 주인공 싱클레어가 어린 시절과 청춘 시절을 오로지 이 목적을 달성하기 위해서만 산 사실에 비추어봐도 쉽게 짐작이 간다. 그것도 이끌어주는 안내자가 없었더라면 더욱더 오랜 시일이 걸렸을 것이다. 싱클레어의 안내자인 데미안의 말을 빌려보기로 하자.

> 새는 알에서 나오려고 투쟁한다. 알은 새의 세계다. 태어나려고 하는 자는 하나의 세계를 깨뜨리지 않으면 안 된다. 새는 신을 향해 날아간다. 그 신의 이름은 아브락사스다.

선과 악, 신과 악마를 겸한 복합체인 독특한 신 아브락사스에 대한 신앙, 그것은 다름 아닌 주체성 있는 자기 내면의 소리에 대한 믿음이다.

싱클레어는 항상 올바르고 선한 것의 대명사인 신과 그러한 신이 깃들었다고 확신해온 밝은 세계인 자기 집에 대한 절대적인 믿음에 회의를 느끼기 시작한다. 그리고 이러한 신과는 대조적인 악의 세계, 즉 어두운 세계가 바로 자기 집 문 밖에서 시작된다는 사실, 아니 자신의 내부에 벌써 그러한 세계의 어둠이 깃들었다는 사실을 깨닫게 된다. 싱클레어는 선량한 인간이자 신의 총아로서 사랑을 받아온 '아벨'이 사실은 강자에 대한 두려움으로 결집한, 떼를 지어 떠들어대는 비겁자들이 만들어낸 한갓 위선의 표본이라는 사실을 발견한다. 그리고 '카인'이야말로 두려움을 모르는, 온갖 비겁자를 위압한 초연한 인간이었다는 것을 인식하고 차츰 아브락사스에 대한 믿음에 이끌린다. 데미안과 특이한 오르가니스트 피스토리우스는 싱클레어의 이러한 자기 발견을 위한 진통, 진실로 태어나려는 자의 몸부림(알의 껍질을 깨고 나오기 위해서 투쟁하는 새의 몸부림)의 과정에서 꾸준히 그를 이끌어준다. 마지막에 싱클레어는 이제 안내자조차 필요 없을 정도로 성장한 자신을 발견한다. 이러한 사실은 세계대전 중 신기한 인연으로 부상당한 데미안과 야전병원에서 만난 다음, 그리고 데미안이 사망한 다음 기록된 부상병 싱클레어의 수기의 마지막 구절에 역력히 나타난다.

붕대를 감는 것은 아팠다. 그리고 그 이후에 내게 일어난 모든 일이 아팠다. 그러나 나는 때때로 열쇠를 찾아 내면으로, 어두운 거울 속에 운명의 형상이 잠들어 있는 나의 내면으로 완전히 내려가기만 하면, 단지 그 어두운 거울 위에 몸을 굽히기만 하면 되었다. 그러면 이젠 완전히 데미안과 같은, 내 친구이자 안내자인 데미안과 같은 나 자신의 모습을 볼 수 있었다.

싱클레어는 그의 모든 동경과 사랑과 믿음의 상징인 데미안을 외계에서는 잃고 말았지만 내면을 발견하게 된 지금, 비단 데미안뿐만 아니라 온 세계를 불변인 모습으로 스스로의 내부에서 얻게 되었다.

1차 세계대전 후 정신적인 황무지 속에서 헤르만 헤세의《데미안》이 독일의 젊은이들에게 마음의 양식이 되고 삶의 지주가 되었다는 사실은 앞서 말한 바와 같다. 그러나 서구의 물질만능주의는 다시금 인간의 정신 세계를 압도하기 시작했고, 급기야 금세기의 제2의 파국으로까지 이끌고야 말았다. 불과 20년도 안 되어 인간은 자기 내부에서 말하는 운명의 소리를 귀담아듣는 대신 군중과 모임 속에 뛰어들어 자기를 잃고 남의 말에 공감하고, 흥분하고, 떼를 지어 무리를 지어 싸움터로 행진하는 사태가 벌어지고 말았다. 올바른 지표를 상실한 나머지 얼마나 많은 젊은 목숨이 다시금 떼죽음을 당해야 했고 온 세계가 잿더미로 화해야 했던가!

이제 2차 세계대전의 기억은 사라졌고 그 상처도 모두 아물었다. 그러기가 무섭게 서구의 젊은이들은 다시금 경박해지고, 단체와 모임과 유행 가운데 잠겨들어 떼 지어 항의하고, 떼 지어 행진하고, 떼 지어 떠들어댄다. 모든 것이 공동화되어간다. 마약이나 성에 이르기까지. 물론 1차 세계대전 후의 양상과는 판이하게 다른 면이 있다. 즉 그들은 전쟁에 동조하는 것이 아니라 전쟁에 반대하고 전쟁을 일으킨 세대에 항의한다. 그러나 자기 내면의 소리에 귀를 기울이는 대신 외부에서 울려오는 말에 흥분하고, 남이 제창하는 구호를 합창하는 이들의 생태에서 정신적 황폐를 느낀다면 지나친

말일까? 이러한 정신적 황폐는 급기야 어디서 또 탈출구를 찾게 될 것인가?

이렇게 생각하면, 우리는 헤르만 헤세의 《데미안》에서 교훈을 얻고 또 얻어야 할 것이다.

옮긴이

헤르만 헤세 연보

1877년 7월 2일, 독일 남서부 슈바벤 지방의 소도시 칼프에서 태어났다. 아버지 요하네스 헤세는 개신교 목사였고 어머니 마리 군데르트는 유서 깊은 신학자 집안 출신이었다. 부모님의 종교적 영향 때문에 헤세는 어린 시절 엄격한 환경에서 자랐고 종교적 신념을 강요당하기도 했다. 아버지는 인도에서 선교 활동을 한 적이 있었고 외사촌 빌헬름 군데르트는 불교 연구의 권위자였다. 이러한 환경은 훗날 헤세가 동양 사상에 관심을 두는 계기가 되었다.

1881년 가족이 모두 스위스 바젤로 이사했고, 1883년 아버지가 스위스 국적을 얻었다.

1886년 스위스 바젤을 떠나 독일 칼프로 돌아왔다. 헤세는 시골 마을 칼프에서 마음껏 뛰어놀았고 외할아버지의 집을 자주 방문했다. 외할아버지 헤르만 군데르트는 철학 박사이자 여러 언어에 능통했고 그런 외할아버지의 영향으로 헤세는 어린 시절부터 폭넓은 독서를 할 수 있었다.

1890년 신학교 시험 준비를 위해 괴팅겐의 라틴어 학교에 다녔다.

1891년 명문 개신교 신학교이자 수도원인 마울브론 신학교에 입학했다. 처음 몇 달 동안은 성적이 좋았지만 답답한 신학교 생활에 적응하지 못해 힘들어했다. 고전 그리스 시를 읽고 번역하거나 글을 쓰면서 보냈다.

1892년 "시인이 되지 못하면 아무것도 되지 않겠다"라며 신학교를 그만두었다. 이후 우울증으로 힘들어하다가 자살을 시도해 잠시 정신 병원에 입원하기도 했다. 11월에 칸슈타트 김나지움에 입학했다.

1893년 1년 만에 칸슈타트 김나지움을 그만두었다. 이것으로 헤세는 공식 학교 교육을 끝냈다. 이후 나이 많은 친구들과 어울리며 시간을 보냈고 술과 담배를 시작했다.

1894년 칼프의 시계 부품 공장에서 14개월간 수습공으로 일했다.

1895년 튀빙겐의 서점에서 일하면서 글을 쓰기 시작했고 비로소 안정을 찾았다. 이 서점은 신학, 문헌학, 법학 등 전문 서적을 판매했고 헤세는 책을 정리하고 포장, 보관하는 일을 했다. 일이 끝나면 책을 읽으며 개인 시간을 보냈고 신학 논문, 그리스 신화, 괴테, 실러, 니체 등의 책을 탐독했다.

1896년 시 〈마돈나〉가 빈의 정기 간행물에 실렸다.

1899년 첫 시집《낭만적인 노래》와 산문집《자정 이후의 한 시간》을 출판했다. 두 작품 모두 상업적으로는 성공하지 못했다. 더욱이 헤세의 어머니는《낭만적인 노래》가 너무 세속적이고 심지어 "죄악스럽다"라고 해서 헤세가 큰 충격을 받았다. 이후 스위스 바젤의 유명한 고서점에서 일했다. 바젤에서 헤세는 자기만의 고독하고 예술적인 탐구를 이어갔다.

1900년 눈 질환으로 병역 의무가 면제되었다. 이 질환은 신경 장애, 지속적인 두통과 함께 평생 그를 따라다녔다. 시문집《헤르만 라우셔》를 발간해 시인 부세의 주목을 받았다.

1901년 오랫동안 품어온 꿈을 위해 처음으로 이탈리아로 여행을 떠났다.

1902년 어머니가 세상을 떠났다. 헤세는 아버지에게 보낸 편지에서 "어머니를 사랑하지만, 내가 가지 않는 것이 우리 둘에게 더 나을 것 같다"라고 말하며 장례식에 참석하지 않았다.

1904년 첫 소설인《페터 카멘친트》가 문단의 주목을 받았다. 스위스의 유명한 수학자 집안 출신으로 아홉 살 연상인 스위스 최초의 여류 사진작가 마리아 베르누이와 결혼했다. 마리아의 아버지가 두 사람의 관계를 강하게 반대하자 마리아의 아버지가 없는 주말을 이용해 집을 나와 결혼했고, 이후 스위스 근처 가이엔호펜이라는 작은 마을에 정착했다.

1906년 마울브론 신학교의 경험을 담은 자전적 소설《수레바퀴 아래서》를 출간했다.

1910년 예술가의 내면을 탐구하는 작품인《게르트루트》를 출간했다.

1911년 스리랑카와 인도네시아로 긴 여행을 떠났고 수마트라, 보르네오, 미얀마도 방문했다. 이 여행은 그의 문학 작품에 큰 영향을 미쳤다.

1912년 여행에서 돌아온 후 스위스 베른으로 이사했다.

1914년 《로스할데》를 출간했다. 1차 세계대전이 발발하자 평화를 호소하는 글을 스위스 〈신취리히 신문〉에 발표했고 독일인들에게 매국노, 반역자라는 비난을 받았다. 자원입대했지만 전투에 부적격하다는 판정을 받고 전쟁 포로를 돌보는 임무를 맡았다.

1915년 《크눌프》를 출간했다.

1916년 아버지가 세상을 떠났다.

1917년 《데미안》의 집필을 시작했다.

1919년 작가로 이름이 알려진 상태에서 자신을 감추고 '에밀 싱클레어'라는 필명으로《데미안》을 출간했다. 아내가 조현병을 앓았고 그의 결혼 생활도 파탄이 났다. 헤세는 아내가 회복된 후에도 함께 미래를 꾸려가기 힘들다고 판단해 4월부터 집을 나와 혼자 살았다. 몬테놀라의 오래된 성(城)인 카사 카무치를 빌려 글쓰기를 이어갔고 이곳에서 대표작을 여럿 집필하고 발표했다.

1920년 가장 활발한 작품 활동을 하던 시기로《클라인과 바그너》,《클링조어의 마지막 여름》,《방랑》,《혼란 속으로 향한 시선》을 출간했다. 수채화를 그려 첫 개인 전시회를 열었다.

1922년 《싯다르타》를 출간했다. 처음 출간되었을 때는 큰 주목을 받지 못했지만 1950년대 영어로 번역 출판된 후 영적 깨달음을 추구하는 젊은 독자들의 지지를 받았다.

1923년 아내 마리아 베르누이와 정식으로 이혼했다. 스위스 국적을 취득했다.

1924년 스위스 작가 리사 벵거의 딸인 가수 루트 벵거와 두 번째 결혼을 했다. 하지만 이 결혼에서도 안정을 얻지 못하고 3년 만에 이혼했다.

1927년 물질 과잉의 현대 문명사회 비판을 담은《황야의 이리》를 출간했다.

1930년 지성과 감정, 종교와 예술 등의 대립을 다룬《나르치스와 골드문트》를 출간했다.

1931년 미술사학자 니논 돌빈과 세 번째 결혼을 했다. 그동안 글을 쓰며 생활하던 카사 카무치를 떠나 더 큰 집으로 이사했다.

1932년 《유리알 유희》의 모태가 되는《동방 순례》를 출간했다. 《유리알 유희》의 집필을 시작했다.

1933년 독일의 나치즘을 걱정스러운 시선으로 지켜보다가, 베르톨트 브레히트와 토마스 만의 망명을 도왔다. 1930년대에 헤세는 프란츠 카프카를 포함해 유대인 작가들의 작품을 소개하며 조용히 자신만의 방식으로 저항 의사를 표현했다. 이에 나치는 1930년대 후반에 헤세의 작품을 금지했다.

1943년 《유리알 유희》를 출간했다.

1946년 《유리알 유희》로 노벨문학상과 괴테상을 수상했다.

1962년 8월 9일, 85세의 나이로 세상을 떠났다. 평생 자유와 행복의 의미를 찾으려 했고 수많은 소설과 시, 그림을 남겼다.

옮긴이 구기성

서울대학교 독어독문학과를 졸업하고 베를린대학교에서 문학 박사 학위를 받았다. 성균관대학교, 경희대학교, 서강대학교 강사를 지냈으며, 숙명여자대학교와 서울대학교 독어독문학과 교수를 역임했다. 카프카의 《변신》, 귄터 그라스의 《고양이와 생쥐》, 릴케의 《릴케 시선》, 헤르만 헤세의 《청춘은 아름다워라》 등을 번역했다.

데미안

1판 1쇄 발행 1974년 8월 10일
5판 1쇄 발행 2025년 4월 15일

지은이 헤르만 헤세 | 옮긴이 구기성
펴낸곳 (주)문예출판사 | 펴낸이 전준배
출판등록 2004. 02. 11. 제 2013-000357호 (1966. 12. 2. 제 1-134호)
주소 04001 서울시 마포구 월드컵북로 21
전화 02-393-5681 | 팩스 02-393-5685
홈페이지 www.moonye.com | 블로그 blog.naver.com/imoonye
페이스북 www.facebook.com/moonyepublishing | 이메일 info@moonye.com

ISBN 978-89-310-2459-3 04800
ISBN 978-89-310-2365-7 (세트)

• 잘못 만든 책은 구입하신 서점에서 바꿔드립니다.

문예출판사® 상표등록 제 40-0833187호, 제 41-0200044호

■ 문예세계문학선

★ 서울대, 연세대, 고려대 필독 권장 도서 ▲ 미국대학위원회 추천 도서
● 《타임》 선정 현대 100대 영문 소설 ▽ 《뉴스위크》 선정 세계 100대 명저

1 **젊은 베르테르의 슬픔** 괴테 / 송영택 옮김
▲▽ 2 **멋진 신세계** 올더스 헉슬리 / 이덕형 옮김
▲●▽ 3 **호밀밭의 파수꾼** J. D. 샐린저 / 이덕형 옮김
4 **데미안** 헤르만 헤세 / 구기성 옮김
5 **생의 한가운데** 루이제 린저 / 전혜린 옮김
6 **대지** 펄 S. 벅 / 안정효 옮김
●▽ 7 **1984** 조지 오웰 / 김승욱 옮김
▲●▽ 8 **위대한 개츠비** F. 스콧 피츠제럴드 / 송무 옮김
▲●▽ 9 **파리대왕** 윌리엄 골딩 / 이덕형 옮김
10 **삼십세** 잉게보르크 바흐만 / 차경아 옮김
★▲ 11 **오이디푸스왕 · 안티고네** 소포클레스 · 아이스킬로스 / 천병희 옮김
★▲ 12 **주홍글씨** 너새니얼 호손 / 조승국 옮김
▲●▽ 13 **동물농장** 조지 오웰 / 김승욱 옮김
★ 14 **마음** 나쓰메 소세키 / 오유리 옮김
★ 15 **아Q정전 · 광인일기** 루쉰 / 정석원 옮김
16 **개선문** 레마르크 / 송영택 옮김
★ 17 **구토** 장 폴 사르트르 / 방곤 옮김
18 **노인과 바다** 어니스트 헤밍웨이 / 이경식 옮김
19 **좁은 문** 앙드레 지드 / 오현우 옮김
★▲ 20 **변신 · 시골 의사** 프란츠 카프카 / 이덕형 옮김
★▲ 21 **이방인** 알베르 카뮈 / 이휘영 옮김
22 **지하생활자의 수기** 도스토옙스키 / 이동현 옮김
★ 23 **설국** 가와바타 야스나리 / 장경룡 옮김
★▲ 24 **이반 데니소비치의 하루** A. 솔제니친 / 이동현 옮김
25 **더블린 사람들** 제임스 조이스 / 김병철 옮김
★ 26 **여자의 일생** 기 드 모파상 / 신인영 옮김
27 **달과 6펜스** 서머싯 몸 / 안흥규 옮김
28 **지옥** 앙리 바르뷔스 / 오현우 옮김
★▲ 29 **젊은 예술가의 초상** 제임스 조이스 / 여석기 옮김
▲ 30 **검은 고양이** 애드거 앨런 포 / 김기철 옮김
★ 31 **도련님** 나쓰메 소세키 / 오유리 옮김
32 **우리 시대의 아이** 외된 폰 호르바트 / 조경수 옮김
33 **잃어버린 지평선** 제임스 힐턴 / 이경식 옮김
34 **지상의 양식** 앙드레 지드 / 김붕구 옮김
35 **체호프 단편선** 안톤 체호프 / 김학수 옮김
36 **인간 실격** 다자이 오사무 / 오유리 옮김
37 **위기의 여자** 시몬 드 보부아르 / 손장순 옮김
●▽ 38 **댈러웨이 부인** 버지니아 울프 / 나영균 옮김
39 **인간희극** 윌리엄 사로얀 / 안정효 옮김
40 **오 헨리 단편선** O. 헨리 / 이성호 옮김
★ 41 **말테의 수기** R. M. 릴케 / 박환덕 옮김
42 **파비안** 에리히 케스트너 / 전혜린 옮김
★▲▽ 43 **햄릿** 윌리엄 셰익스피어 / 여석기 옮김
44 **바라바** 페르 라게르크비스트 / 한영환 옮김
45 **토니오 크뢰거** 토마스 만 / 강두식 옮김
46 **첫사랑** 이반 투르게네프 / 김학수 옮김
47 **제3의 사나이** 그레이엄 그린 / 안흥규 옮김
★▲▽ 48 **어둠의 속** 조셉 콘래드 / 이덕형 옮김
49 **싯다르타** 헤르만 헤세 / 차경아 옮김
50 **모파상 단편선** 기 드 모파상 / 김동현 · 김사행 옮김
51 **찰스 램 수필선** 찰스 램 / 김기철 옮김
★▲▽ 52 **보바리 부인** 귀스타브 플로베르 / 민희식 옮김
53 **페터 카멘친트** 헤르만 헤세 / 박종서 옮김
★ 54 **몽테뉴 수상록** 몽테뉴 / 손우성 옮김
55 **알퐁스 도데 단편선** 알퐁스 도데 / 김사행 옮김
56 **베이컨 수필집** 프랜시스 베이컨 / 김길중 옮김
★▲ 57 **인형의 집** 헨리크 입센 / 안동민 옮김
★ 58 **소송** 프란츠 카프카 / 김현성 옮김
★▲ 59 **테스** 토마스 하디 / 이종구 옮김
★▽ 60 **리어왕** 윌리엄 셰익스피어 / 이종구 옮김
61 **라쇼몽** 아쿠타가와 류노스케 / 김영식 옮김
▲▽ 62 **프랑켄슈타인** 메리 셸리 / 임종기 옮김
▲●▽ 63 **등대로** 버지니아 울프 / 이숙자 옮김
64 **명상록** 마르쿠스 아우렐리우스 / 이덕형 옮김
65 **가든 파티** 캐서린 맨스필드 / 이덕형 옮김
66 **투명인간** H. G. 웰스 / 임종기 옮김
67 **게르트루트** 헤르만 헤세 / 송영택 옮김
68 **피가로의 결혼** 보마르셰 / 민희식 옮김

(뒷면 계속)

★ 69 **팡세** 블레즈 파스칼 / 하동훈 옮김
70 **한국 단편 소설선** 김동인 외
71 **지킬 박사와 하이드** 로버트 L. 스티븐슨 / 김세미 옮김
▲ 72 **밤으로의 긴 여로** 유진 오닐 / 박윤정 옮김
★▲▽ 73 **허클베리 핀의 모험** 마크 트웨인 / 이덕형 옮김
74 **이선 프롬** 이디스 워튼 / 손영미 옮김
75 **크리스마스 캐럴** 찰스 디킨슨 / 김세미 옮김
★▲ 76 **파우스트** 요한 볼프강 폰 괴테 / 정경석 옮김
▲ 77 **야성의 부름** 잭 런던 / 임종기 옮김
★▲ 78 **고도를 기다리며** 사뮈엘 베케트 / 홍복유 옮김
★▲▽ 79 **걸리버 여행기** 조너선 스위프트 / 박용수 옮김
80 **톰 소여의 모험** 마크 트웨인 / 이덕형 옮김
★▲▽ 81 **오만과 편견** 제인 오스틴 / 박용수 옮김
★▽ 82 **오셀로 · 템페스트** 윌리엄 셰익스피어 / 오화섭 옮김
★ 83 **맥베스** 윌리엄 셰익스피어 / 이종구 옮김
▽ 84 **순수의 시대** 이디스 워튼 / 이미선 옮김
★ 85 **차라투스트라는 이렇게 말했다** 니체 / 황문수 옮김
★ 86 **그리스 로마 신화** 에디스 해밀턴 / 장왕록 옮김
87 **모로 박사의 섬** H. G. 웰스 / 한동훈 옮김
88 **유토피아** 토머스 모어 / 김남우 옮김
★▲ 89 **로빈슨 크루소** 대니얼 디포 / 이덕형 옮김
90 **자기만의 방** 버지니아 울프 / 정윤조 옮김
▲ 91 **월든** 헨리 D. 소로 / 이덕형 옮김
92 **나는 고양이로소이다** 나쓰메 소세키 / 김영식 옮김
★ 93 **폭풍의 언덕** 에밀리 브론테 / 이덕형 옮김
★▲ 94 **스완네 쪽으로** 마르셀 프루스트 / 김인환 옮김
★ 95 **이솝 우화** 이솝 / 이덕형 옮김
★ 96 **페스트** 알베르 카뮈 / 이휘영 옮김
▲ 97 **도리언 그레이의 초상** 오스카 와일드 / 임종기 옮김
98 **기러기** 모리 오가이 / 김영식 옮김
★▲ 99 **제인 에어 1** 샬럿 브론테 / 이덕형 옮김
★▲100 **제인 에어 2** 샬럿 브론테 / 이덕형 옮김
101 **방황** 루쉰 / 정석원 옮김
102 **타임머신** H. G. 웰스 / 임종기 옮김
●103 **보이지 않는 인간 1** 랠프 엘리슨 / 송무 옮김
●104 **보이지 않는 인간 2** 랠프 엘리슨 / 송무 옮김
▲105 **훌륭한 군인** 포드 매덕스 포드 / 손영미 옮김
106 **수레바퀴 아래서** 헤르만 헤세 / 송영택 옮김
▲107 **죄와 벌 1** 표도르 도스토옙스키 / 김학수 옮김
▲108 **죄와 벌 2** 표도르 도스토옙스키 / 김학수 옮김
109 **밤의 노예** 미셸 오스트 / 이재형 옮김
110 **바다여 바다여 1** 아이리스 머독 / 안정효 옮김
111 **바다여 바다여 2** 아이리스 머독 / 안정효 옮김
112 **부활 1** 레프 톨스토이 / 김학수 옮김
113 **부활 2** 레프 톨스토이 / 김학수 옮김
▲●114 **그들의 눈은 신을 보고 있었다**
조라 닐 허스턴 / 이미선 옮김
115 **약속** 프리드리히 뒤렌마트 / 차경아 옮김
116 **제니의 초상** 로버트 네이선 / 이덕희 옮김
117 **트로일러스와 크리세이드**
제프리 초서 / 김영남 옮김
118 **사람은 무엇으로 사는가**
레프 톨스토이 / 이순영 옮김
119 **전락** 알베르 카뮈 / 이휘영 옮김
120 **독일인의 사랑** 막스 뮐러 / 차경아 옮김
121 **릴케 단편선** R. M. 릴케 / 송영택 옮김
122 **이반 일리치의 죽음** 레프 톨스토이 / 이순영 옮김
123 **판사와 형리** F. 뒤렌마트 / 차경아 옮김
124 **보트 위의 세 남자** 제롬 K. 제롬 / 김이선 옮김
125 **자전거를 탄 세 남자** 제롬 K. 제롬 / 김이선 옮김
126 **사랑하는 하느님 이야기** R. M. 릴케 / 송영택 옮김
127 **그리스인 조르바** 니코스 카잔차키스 / 이재형 옮김
128 **여자 없는 남자들** 어니스트 헤밍웨이 / 이종인 옮김
129 **사양** 다자이 오사무 / 오유리 옮김
130 **슌킨 이야기** 다니자키 준이치로 / 김영식 옮김
131 **실종자** 프란츠 카프카 / 송경은 옮김
132 **시지프 신화** 알베르 카뮈 / 이가림 옮김
133 **장미의 기적** 장 주네 / 박형섭 옮김
134 **진주** 존 스타인벡 / 김승욱 옮김
135 **황야의 이리** 헤르만 헤세 / 장혜경 옮김